SF

タイタンの妖女

カート・ヴォネガット・ジュニア
浅倉久志訳

早川書房

6427

THE SIRENS OF TITAN

by

Kurt Vonnegut, Jr.

1959

〝特別代理人〟の
アレックス・ヴォネガットに
愛をこめて――

「一時間ごとに太陽系は四万三千マイルずつヘラクレス座のM13球状星団へと近づいている——それなのに、進歩なんてものはないと主張する非順応者がまだなくならない」

——ランサム・K・ファーン

目次

本書の中の人物、場所および事件は、すべて実在する。ただし、一部の談話および思考は、やむをえず著者の解釈で構成した。無辜《むこ》の者を保護するためにあえて名称を変えることはしなかった。無辜の者の保護は、全能の神が天国の日常作業の一部としてなされているからである。

タイタンの妖女

1　ティミッドとティンブクツーのあいだ

「たぶん、天にいるだれかさんはおれが気に入ってるんじゃないかな」

――マラカイ・コンスタント

いまではどんな人間も、人生の意味を自分の中に見つけ出す方法を知っている。しかし、人類がいつもそう運がよかったわけではない。ほんの一世紀たらずの昔まで、男も女も自分の中にあるパズル箱にやすやすとは近づけなかったのだ。

魂の五十三の入口のうち、たった一つの名もいえなかったぐらいである。

たくさんのインチキ宗教が幅をきかせていた。

あらゆる人間の中にひそむ真実に気づかずに、人類は外をさぐった――ひたすら外へ外へと突き進んだ。この外への突進によって人類が知ろうとしたのは、いったいだれが森羅《しんら》万象《ばんしょう》をつかさどっているのか、そして森羅万象はなんのためにあるのか、ということだった。

人類はその先発隊を外へ外へとくりだした。そして、ついに先発隊を宇宙空間へ、無限の外界の、色もなく、味もなく、重さもない海へと投げこんだ。

小石のように投げこんだ。

これらの不幸な手先が見出したものは、すでに地球上でもいやというほど見出されているもの——果てしない無意味さの悪夢だった。宇宙空間、無限の外界の報賞は、三つ——空虚な英雄趣味と、低俗な茶番と、そして無意味な死だった。

外界は、ついに、その想像上の魅力を失った。

残された探測の場所は内界だけとなった。

未知の国《テラ・インコグニタ》として残されたのは、人間の魂だけとなった。

善と知恵はこうしてはじまった。

では、その昔、まだ魂が探測されていなかった時代、人びとはどんなふうに生きたのか。

これから物語るのは、数年の前後はあってもだいたい第二次大戦から第三次大不況のあいだに落ちつく、あの悪夢の時代の実話である。

群集。

群集がそこに集まっているのは、まもなく実体化現象が起ころうとしているからだった。ひとりの男とその愛犬が、まもなく実体化、つまり、無の中から出現しようとしているのだ——最初はぼんやりとした姿が、ついにはどんな生きた人間や生きた犬にも劣らないほどの実体を備えてくるのである。

群集は、その実体化現象を見ることができない。その実体化現象は私有地の中で起こるきわめて私的な事件で、群集が目の保養をすることは固くお断わりされている。実体化現象は、上品で近代的な絞首刑のように、背の高い、のっぺりした、警備厳重な塀の内部ではじまることになっていた。そして、塀の外の群集も、絞首刑場の塀の外の群集とたいそうよく似ていた。

群集はなにも見えないことを知りながらも、現場の近くにいること、のっぺりした塀を見つめて中の出来事を想像することに、めいめいが楽しみを見出しているのだった。実体化の神秘は、絞首刑の神秘とおなじように、塀によって強められていた。病的な空想という幻灯によって——群集が空白の塀に映し出すスライドによって——ポルノグラフィに変えられていた。

この町は、銀河系宇宙、太陽系に属する地球の、アメリカ合衆国ロード・アイランド州ニューポートであった。そして塀というのは、ラムファード邸をとりまく塀であった。実体化開始予定時刻の十分前になって、警察の手先が、実体化は予定よりも早く、塀の外ではじまったので、二ブロック先に行けば男と犬の姿がありありと見える、という噂を流した。群集は奇跡をこの目で見ようと、いっせいに交差点へむかって駆けだした。

群集は奇跡が大好きだった。

群集のしんがりを走っているのは、三百ポンドも目方のある女だった。彼女は甲状腺腫と一本のキャラメル・アップル（糖衣をかぶせたリンゴを串にさしたもの）をかかえ、蒼い顔をした小柄な六つの少女を連れていた。彼女は娘の手をとって、まるで輪ゴムの端についたボールのように、あっちこっちへと引っぱっていた。「ウォンダ・ジューン」と彼女は叱った。「ちゃんと走らないと、もう実体化を見に連れてきてやらないからね」

実体化現象は、この九年間ずっと五十九日ごとに起こっていた。そして、人格・識見ともに世界でもっともすぐれた人たちが、実体化を目撃する特権をもらおうと、必死に哀願を試みてきたのだった。これらの名士たちがどんなに言葉をつくしても、要求はにべもなく拒絶された。断わり状はいつもおなじ文面で、ラムファード夫人の社交秘書がしたためたものだった――

ウィンストン・ナイルズ・ラムファード夫人の代理として御通知申上げ候《そうろう》。此《この》度《たび》の御依頼の件に関しては遺憾乍《なが》ら貴意に応じ兼ね候。何卒《なにとぞ》夫人の心境を御賢察の上《うえ》御諒承下され度《た》く候。貴殿が観察を御希望なされたる現象は家庭内の悲しむべき私事に之有《これあ》り候へば、好奇心の御動機が如何《いか》に高尚なりとも第三者の詮索すべからざる問題と愚考致す次第に御座《ござ》候。

ラムファード夫人とその雇人たちは、実体化現象のことをききだしてくる何万もの質問に、まったく答えなかった。ラムファード夫人は、この件で世界に情報を与える義務はほとんどない、と確信していた。そのいたって微々たる義務を果たすために、夫人は毎回、実体化が終わった二十四時間後に報告を発表するしきたりだった。報告書はけっして百語を越えることがない。報告書は、邸内への唯一の入口に近い塀にボルトづけされたガラス箱に、執事の手で貼りだされる。

邸内への唯一の入口は、西側の塀にある不思議の国のアリスふうの門である。扉は四フィート半の高さしかない。扉は鉄製で、大きなエール錠がかかっている。

ほかの大きな門は、ぜんぶ煉瓦《れんが》でふさがれてしまっている。

鉄扉のそばのガラス箱に掲示される報告書の内容は、判でついたようにわびしく味気《あじけ》ない。そこに盛りこまれている情報は、好奇心の一片でも持ち合わせている人間なら、がっかりするようなしろものである。そこには、ラムファード夫人の夫とその愛犬のカザックが実体化した正確な時刻と、非実体化した正確な時刻とが記されている。人と犬との健康状態は、いつも『良好』と評価されている。報告書によると、ラムファード夫人の夫は過去も未来もはっきり見通すことができるらしいのだが、そのどちらの方向に見える光景も、実例をあげられてはいない。

さて、群集が邸《やしき》のそばからよそへおびき出されたのは、一台のレンタカーのリムジンを、人波にじゃまされずに西側の塀の小門へ横づけさせるためだった。リムジンからは、すらりとした男がエドワード王朝時代の洒落者《しゃれもの》の服装で降り立ち、門の警備にあたっている警官に一枚の紙片を見せた。男は黒いサングラスとつけひげの変装をしていた。

警官がうなずくと、男はポケットからとりだした鍵で扉のエール錠をあけた。背をかがめて小門をくぐり、がちゃんと音をさせて扉を後ろ手に閉めた。

リムジンは走り去った。

〈猛犬注意!〉と、小さな鉄扉の上に表示が出ている。夏の夕日の火炎が、コンクリート塀の上に並んだガラスの破片の刃や針のあいだで、ちかちかと燃えている。

いま門をくぐった男は、ラムファード夫人に実体化現象への招待を受けた最初の人物である。彼は大科学者ではない。それどころか、たいして教育も受けていない。ヴァージニア大学一年生のときに、放校処分になったのだ。男の名はカリフォルニア州ハリウッドのマラカイ・コンスタント、全米一の大富豪で――かつ、悪名高い女たらしでもある。

〈猛犬注意!〉――小さな鉄扉の表側にはそう書かれていた。しかし、塀の内側にあるのは、犬の骸骨ばかり。骸骨は残酷なとげのある首輪をつけ、その首輪についた鎖で塀につながれている。それは非常に大きな犬――マスチフ犬――の骸骨である。長い牙はがっぷり噛みあっている。その頭蓋とあごは、巧妙な設計の肉裂き機械の無害な実用模型だ。がっきと食いしばられたあご、かつてはここに鋭い目があり、あそこに敏感な耳があり、そこに疑い深い鼻があり、あそこに肉食獣の脳があった。ここかしこに筋肉のロープが張りわたされ、牙をがっきと肉に食いこませる役を果たしていたものだ。

その骸骨は一つの象徴だった――だれともほとんど口をきかない女性によってそこへ設置された小道具であり、装飾品であった。べつにその塀ぎわの持ち場を守って死んだ犬がいたわけではない。ラムファード夫人はある獣医からその骨を買い取って、漂白と艶出《つやだ》しと針金での接合を人にやらせたのだ。その骸骨は、時間と彼女の夫とが彼女を相手に演じた不愉快ないたずらに対する、ラムファード夫人の辛辣《しんらつ》で難解な多くの批評の中の一つだった。

ウィンストン・ナイルズ・ラムファード夫人は、千七百万ドルの財産を持っていた。ウィンストン・ナイルズ・ラムファード夫人は、アメリカ合衆国内で達しうる最高の社会的地位にいた。ウィンストン・ナイルズ・ラムファード夫人は、健康と美貌と、そして才能にも恵まれていた。

彼女の才能は詩人のそれであった。まえに匿名で〈ティミッドとティンブクツーのあいだ〉という題の小詩集を出版したことがある。これはかなりの好評を博した。

この題名は、小辞典で見るとティミッド timid とティンブクツー Timbuktu のあいだの単語はぜんぶ時間 time に関係している、という事実にちなんだものである。

しかし、ラムファード夫人はこれほど多くのものに恵まれているにもかかわらず、犬の骸骨を鎖で塀につないだり、邸への門を煉瓦でふさがせたり、有名な庭園がニューイングランドのジャングルになるまでほったらかしたりするような、心の悩みを見せているのだった。

教訓——財産、地位、健康、美貌、才能がすべてではない。

全米一の富豪マラカイ・コンスタントは、不思議の国のアリスふうの扉を後ろ手に閉めた。それから黒いサングラスとつけひげをはずして、塀の木蔦《きづた》にひっかけた。せかせかした足どりで犬の骸骨の横を通りすぎ、歩きながら太陽電池の腕時計に目をやった。あと七分でカザックというマスチフ犬が実体化して、邸内をうろつきはじめるはずだ。『カザックは人を咬《か》み候故《ゆえ》、くれぐれも時間厳守下され度く』と、ラムファード夫人の招待状には書かれていた。

コンスタントは思いだし笑いをした――時間厳守《パンクテュアル》で、という警告に対してである。パンクテュアルであるということは、時間どおりにどこかへ到着することだけでなく、点として存在することを意味する（パンクテュアルの語源であるラテン語 Punctus は「点」の意味）。コンスタントは点として存在している――それ以外の存在のしようなど、彼には想像もできない。

これが、これから彼が見出そうとしていることの一つでもあった――ほかのやりかたで存在するのは、いったいどんな気分のものなのか。ラムファード夫人の夫は、ほかのやりかたで存在しているのだ。

かつてウィンストン・ナイルズ・ラムファードは、火星から二日の距離にある、星図に出ていない、ある時間等曲率漏斗《クロノ・シンクラスティック・インファンディブラム》のまっただなかへ、自家用宇宙船でとびこんでしまったのである。彼と行をともにしたのは、一頭の愛犬だけだった。現在、ウィンストン・ナイルズ・ラムファードとその愛犬カザックは、波動現象として存在している――その起点を太陽内部に、そしてその終点をベテルギウス星に持つ歪んだらせんの内部で、脈動をつづけているらしい。

地球はまもなくそのらせんと交差するところなのだ。

そもそも時間等曲率漏斗《クロノ・シンクラスティック・インファンディブラム》の簡単な説明というもの自体が、その道の専門家にとって腹立たしいことであるにちがいない。それを承知で最良の簡単な説明を選ぶとすれば、おそらく、『いろいろなふしぎと、なにをすればよいかの子ども百科』第十四版に収められた、シリル・ホール博士のそれではなかろうか。出版元のご好意により、つぎにその項目の全文を引用することにした――

クロノ・シンクラスティック・インファンディブラム　もし、きみのパパが、地球のいままでのだれよりもりこうで、どんなことでも知っていて、なんにでも正しいことがいえて、そのうえ自分が正しいことをちゃんとしょう明できる人だったとしよう。つぎに、ここから百万光年むこうの、あるすてきな世界にもひとりの子どもがいて、その子のパパは、そのとおいすてきな世界のいままでのだれよりもりこうな人だったとしよう。その人は、きみのパパとおなじぐらいりこうで、おなじぐらい正しいんだ。どっちのパパもりこうで、どっちのパパも正しいのさ。

だが、もしかしてこのふたりがでくわしたら、きっとたいへんなぎろんになるだろう。なぜって、ふたりはどんなことにも考えがわかれるからだ。うん、きみなら、きみのパパが正しくて、よその子のパパがまちがってる、というかもしれないね。しかし、宇宙はすごく大きいところなんだよ。だから、すごく大ぜいの人間がみんな正しいことをいって、それでも考えがわかれるってこともあるわけだ。

どっちのパパも正しいくせに、それでもたいへんなぎろんになるのは、いく通りもの正しさがあるからだ。しかし、この宇宙には、そこへいけばどっちのパパもむこうのパパがなにを話しているのかわかるような、そんな場所がいくつかある。そんな場所では、いろいろなしゅるいの真理が、きみのパパの太陽電池時計の部品みたいに、ぴったり一つになっている。そんな場所のことを、クロノ・シンクラスティック・インファンディブラムという。

太陽けいには、たくさんのクロノ・シンクラスティック・インファンディブラムがあるらしい。いままでにたしかめられた大物の一つは、いつも地球と火星のあいだをうろついている。それがわかったのは、ひとりの地球人と一とうの地球犬がその中へとびこんだからだ。

　ひょっとしたらきみは、クロノ・シンクラスティック・インファンディブラムの中へとびこんで、いろんな考えかたがどれもぜったいに正しいとわかるのはすてきだろうな、と思うかもしれないが、それはすごくきけんなことなんだ。いまいったかわいそうなおじさんと犬は、空間の中だけじゃなく時間の中にも、うんと遠くのほうまでばらばらにちらばっちゃっているのさ。

　クロノは時間というみだ。シンクラスティックというのは、オレンジの皮みたいに、どっちの方向へもおんなじように曲がっていることだ。インファンディブラムというのは、ジュリアス・シーザーやネロのような大むかしのローマ人が、じょうごのことをそうよんでいたんだ。もしきみがじょうごってどんなものか知らないなら、ママにそういって見せてもらうといい。

　不思議の国のアリスふうの扉の鍵は、招待状に同封されていたものである。その鍵を毛皮の縁どりのついたズボンのポケットへしまいこむと、マラカイ・コンスタントは行く手に開けた小道を歩きだした。彼の歩いているのは濃い木蔭の中だったが、夕日の鈍い光線は木々の梢をマックスフィールド・パリッシュ（一八七〇年生まれのアメリカの画家）ふうの色彩に染めあげていた。

コンスタントは角を曲がるたびに誰何《すいか》されることを予想して、招待状をちいさくうち振りながら歩いた。招待状は紫色のインクで書かれていた。ラムファード夫人の手蹟《しゅせき》は、三十四歳という齢《とし》に似合わず、老婦人のようだった——ねじくれてとげとげした文字が並んでいる。彼女がまったく面識のないコンスタントに憎悪をいだいているのは明らかだ。招待状の文面は、まるでよごれたハンカチの上に書かれたように、気乗り薄である。

『前回の実体化の際、夫は次回に貴殿の御同席を仰ぐべしと力説致し候。それには多大の障害の存する事を説明申し候へども、遂に夫を翻意させうる事能《あた》はず候。夫は貴殿とはタイタンにて昵懇《じっこん》の間柄なりと力説致し候。タイタンとは確か土星の衛星の一つなりとか聞きはべり居《お》り候』

招待状の中のほとんどの文章に、力説という言葉が含まれていた。ラムファード夫人の夫は、彼女にむかって、彼女自身の意志にそむいてあることをするよう力説し、そしてそれを受けた彼女は、コンスタントにむかって、できるだけ彼の柄ではない紳士らしく振舞うよう力説しているのだった。

マラカイ・コンスタントは、一度もタイタンに行ったことがなかった。彼の知るかぎり、生まれ故郷の地球の大気圏から一歩も外へ出たことがなかった。だが、どうやらそれは彼の思いちがいだったらしい。

やたらに屈曲の多い小道で、視界は狭かった。コンスタントのたどっている湿った緑の小道は、芝刈機の幅しかない——事実、それは芝刈機の刈り跡なのだ。小道の両側には、庭園変じてジャングルの、緑の壁がそそり立っていた。

芝刈機の刈り跡は、水の涸《か》れた噴水を遠巻きにしていた。芝刈機を運転した男はここで創造意欲を燃やしたらしく、小道が二叉《ふたまた》に分かれている。コンスタントは立ちどまり、噴水の左右どちらでも好きな道を選べるわけだ。この分岐点でコンスタントは、噴水の視線を上に向けた。噴水そのものは、すばらしく独創的だった。たくさんの石の水盤が、上にいくにつれてその直径を縮め、全体として円錐を形づくっている。そして、どの水盤も、高さ四十フィートの円筒形の心柱《しんばしら》の鍔《つば》をなしている。

コンスタントは左右どちらの枝道も選ばず、衝動的に噴水そのものをよじ登った。てっぺんまで行けば、自分がどの方角からきてどの方角へ進んでいるかがわかるだろうと考えながら、水盤から水盤へとよじ登っていった。

やがてその頂上、バロック風の噴水の最小の水盤の上で、見捨てられた小鳥の巣の中に両足を置いて立ったマラカイ・コンスタントは、邸内をくまなく見わたし、そしてニューポートの町とナラガンセット湾の大部分を見はるかした。彼は腕時計を日光にかざし、太陽電池時計にとって、地球人にとっての金銭とおなじぐらい必要なものを、存分に飲みこませた。

海からのさわやかな微風が、コンスタントの青黒い髪をなぶった。彼は好男子だった——ライト・ヘビー級の体格、浅黒い肌、詩人の唇、クロマニョン的鼻梁《びりょう》のかげの洞窟に宿る柔らかな茶色の瞳。当年とって三十一歳。

彼には、その大半を父からうけついだ、時価三十億ドルの資産がある。

彼の名は『忠実な使者』を意味している。

彼は相場師で、おもに株式相場に手を出している。

酒、麻薬、女、といった享楽にふけったあとにいつもおそってくる抑鬱状態の中で、コンスタントはただ一つのことに憧れている——彼がそれをうやうやしく二点間へ運ぶに値するだけの、厳粛さと重要性を備えたメッセージである。

コンスタントが自分のためにデザインした盾形紋章の下には、『使者は待つ』と簡潔なモットーがはいっている。

コンスタントの頭の中にあるのは、おそらく神から、神とおなじほど重要な何者かに宛てられた第一級のメッセージなのである。

コンスタントはもう一度太陽電池時計に目をやった。あと二分のうちに、下へ降りて本館にゴールインすればいい——カザックが実体化して、咬みつくべきよそものを探しはじめるまでに、まだ二分はある。コンスタントはひとり笑いをうかべた。もし、ハリウッドのコンスタント氏という下品な成りあがり者が、純血種の犬に追いあげられて、訪問期間中をずっと噴水の上で過ごしたとしたら、ラムファード夫人はさぞうれしがることだろう。ひょっとすると、ラムファード夫人は噴水を動かすかもしれない。

彼女がいまコンスタントを観察していることもありうる。本館は噴水から歩いて一分の距離なのだ——そして、小道の三倍の幅の刈り跡でジャングルから切り離されている。

ラムファード館は大理石造りで、ロンドンのホワイトホール宮殿大宴会場の拡大模型であった。この館《やかた》は、ニューポートにあるほかの豪邸の大半とおなじように、この国の郵便局や連邦裁判所の建物の傍系親族といえた。

ラムファード館は、名門の資産家《ピープル・オブ・サブスタンス》という概念の楽しくも印象的な表現だった。それはクフ王のピラミッドこのかた、物量の表現において最大のものの一つだった。ある意味で、それは大ピラミッドよりも、永続性の表現においてまさっているかもしれない。というのは、大ピラミッドは天に近づくにしたがって尻すぼみになっているからだ。ラムファード館では、天にむかってすぼまっているものなどなに一つない。上下をひっくりかえしたとしても、それはまったくおなじように見えるだろう。

いうまでもなく、この館の物量と永続性は、この館の旧主人が、五十九日ごとの一時間を除いては一すじの月光よりも実体《サブスタンス》に乏しい存在であるという事実と、皮肉な対照をなしている。

コンスタントは、つぎつぎに大きさを増す水盤の縁から縁へと、噴水を伝い降りていった。下へ降り立ったとき、彼はこの噴水がちゃんと動くところを見たいという強烈な願望におそわれた。塀の外の群集を思いだし、あの連中もこの噴水が動くのを見たらどんなに喜ぶだろう、と思った。みんながうっとり見惚れるにちがいない――たーかいたーかいてっぺんのちっちゃなちっちゃな水盤になみなみと溢れた水が、その下の小さな水盤にこぼれおち……その小さな水盤になみなみと溢れた水も、またその下の小さな水盤に……そしてどこまでもどこまでも……溢れる水のラプソディ、めいめいの水盤がてんでにうたう陽気な水の歌。そして、それらぜんぶの水盤の真下にぱっくり開いているのは、いちばん大きな水盤の仰向きの口……のどをからからに渇かせた、飽くことを知らない水盤の大魔王……その口が最初の甘露《かんろ》の一滴を待って、待って、待ちこがれている……。

コンスタントは噴水のあがるところを空想して、陶然となった。噴水は幻覚によく似ている――そして、いつもは麻薬でひきおこされるその幻覚が、最近のコンスタントを驚かせ、楽しませる、唯一のものなのだ。

時はまたたくまに過ぎた。コンスタントは立ちつくした。

邸内のどこかでマスチフ犬の遠吠えが聞こえた。巨大なブロンズの銅鑼《どら》をたてつづけに槌《つち》で打ち鳴らしたような声である。

コンスタントは噴水の空想からわれにかえった。あの遠吠えはきっと宇宙犬カザックの声だ。カザックが実体化したのだ。カザックが成りあがり者の血を嗅いだのだ。

コンスタントは館までの道を疾走した。

古風な半ズボンをはいた老執事が、ハリウッドのマラカイ・コンスタントを招じ入れた。執事はうれし泣きしていた。コンスタントには見えない部屋の中を指さしていた。執事は、自分を喜びと涙でいっぱいにしたもののことを、コンスタントに伝えようとしているのである。執事は口もきけなかった。あごが麻痺しているので、コンスタントにむかって、「あっあっ――あっあっあっ」としかいえなかった。

玄関の広間の床はモザイクで、金色の太陽をとりまく黄道十二宮が記号で表わされていた。

一分まえに実体化したばかりのウィンストン・ナイルズ・ラムファードが、広間にはいってきて、モザイクの太陽の上に立った。彼は、身長体重ともにマラカイ・コンスタントをはるかに上回っていた――コンスタントは生まれてはじめて、世の中にはほんとうにおれ以上の人間がいるのかもしれない、という気持ちを味わった。ウィンストン・ナイルズ・ラムファードは、コンスタントに柔らかな掌をさしのべながら、声門音的な、グロトン風の（マサチューセッツ州グロトンにあるグロトン・スクールは、英国のパブリック・スクールに最も近い校風の男子寄宿学校として有名。F・ローズヴェルトもこの学校の出身者）テノールで、歌うようにねんごろなあいさつを送った。

「これはこれはようこそ、コンスタント君。ご遠路よくここまできてくださった」

「いや、どうも」とコンスタント。

「きみは、史上もっとも幸運な人間だという、もっぱらの噂ですな」とラムファード。

「それほどでもないですよ」

「しかし、経済的にとほうもなく幸運だったことは、否定しないでしょう」

コンスタントはうなずいた。「そう。それは否定できないね」

「で、そのすばらしい幸運は、なんのおかげだと思いますか」

コンスタントは肩をすくめた。「さあね。たぶん、天にいるだれかさんはおれが気に入ってるんじゃないかな」

ラムファードは天井を見あげた。「なんという魅力的な発想だろう――天のだれかの気に入られているとは」

ここまでの会話のあいだ、ずっとラムファードと握手をつづけてきたコンスタントは、急に自分の手が小さな鉤爪《かぎづめ》そっくりに思えてきた。

ラムファードの掌にはタコがあったが、それは一生涯ひとつの職業を背負う運命にある人間の掌のように、ごつごつしてはいなかった。活動的な有閑階級のさまざまな楽しい労働で作りあげられたタコは、完全な平滑さを誇っていた。

一瞬コンスタントは、握手の相手が、太陽からベテルギウス星まで伸びひろがった波動現象の単一の相、単一の交点でしかないことを忘れた。その握手は、いま触れているものがなんであるかを、あらためてコンスタントに思い知らせた——なぜなら彼の手は、弱くはあるがまごうかたない電流をピリピリ感じていたからである。

コンスタントは、ラムファード夫人がしたためた実体化への招待状の文面に、それほど気押《けお》されてもいず、劣等感にとらわれてもいなかった。しょせんコンスタントは男性、ラムファード夫人は女性であり、もし機会さえ与えられれば、疑う余地のない自分の優越性を実証できると、コンスタントは自負していた。

相手がウィンストン・ナイルズ・ラムファードとなると、話は別である——道徳的にも、空間的にも、社会的にも、性的にも、電気的にも。ウィンストン・ナイルズ・ラムファードの微笑と握手は、巡業サーカスの団員が観覧車を分解するようなスピードで、コンスタントのうぬぼれを分解してしまったのだ。

神に使者としてのサービスを申し出たこともあるコンスタントは、いまやラムファードのごく尋常な偉大さの前であわてふためいていた。コンスタントは彼自身の偉大さの証明書を見つけようと、記憶の中をひっかきまわした。泥棒が、人様の財布の中身をあらためるように、記憶の中をひっかきまわした。コンスタントは彼の記憶が、これまでものにした女たちのヨレヨレで露出過度のスナップ写真と、いろいろのばかばかしい企業に対する彼の所有権を証明したばかばかしい信任状と、彼が多くの美徳と能力の持ちぬしであるという、三十億ドルの威力ではじめて可能になった証言とで、ぎっしりいっぱいなのを見出した。そこには、赤いリボンのついた銀メダルまでがあった——ヴァージニア大学の学内陸上競技会の三段跳び種目で、コンスタントが二位になったときの賞品なのだ。

ラムファードの微笑は、依然としてつづいている。

人様の財布の中身をあらためているさっきの泥棒のたとえをもう一度持ち出すと——コンスタントはなにかの値打ち物のはいった隠し仕切りがそこにあるのを期待して、記憶の縫い目をひきさいた。隠し仕切りはなく、値打ち物もなかった。コンスタントに残されたのは記憶のぬけがら——縫い目のほどけた、ぐにゃぐにゃの外皮だけだった。

老執事はラムファードを愛《いと》しげに見やり、聖母の絵のためにポーズをとった醜い老婆のように、顔をくしゃくしゃと歪めた。「若——」と彼はいなないた。「若様——」

「わたしはきみの心が読めるんだよ」ラムファードがいった。

「へえ?」コンスタントは謙虚にいった。

「わけはないさ」ラムファードは目をくりくりさせた。「きみはわるい人間じゃない、とくに——自分がだれかということを忘れているときにはね」彼はコンスタントの腕を軽くさわった。それは政治家のやるしぐさだった——内輪の、自分と同類の集まりでは、だれの体にも触らないようにひたすら気をくばる人間の、大衆受けを狙った下品なしぐさだった。

「もし、われわれの関係の現段階で、きみがどうしてもわたしへの優越感を味わいたいのなら」と、彼はにこやかにコンスタントにいった。「こう考えるんだね——きみは生殖できるが、わたしはできない、と」

そういうと、ラムファードは大きな背中をコンスタントに向け、彼を導いて、いくつもの豪華な広間を通りぬけた。

ある広間で彼は足をとめ、コンスタントに一枚の大きな油絵を鑑賞するよう力説した。それは純白の仔馬の手綱《たづな》を握っているひとりの少女の絵だった。少女は白いボンネットと、糊《のり》のきいた白いドレスと、白い手袋と、白い靴下と、白い靴を身につけていた。それは、マラカイ・コンスタントがこれまでに見た中で、もっとも清潔な、もっともとりすました少女だった。その顔には奇妙な表情がうかんでおり、コンスタントはその少女が服にほんのすこしでも汚れがつくのを気にしているのではないかと解釈した。

「いい絵だ」コンスタントはいった。

「その女の子が泥んこの中に落っこちたとしたら、あんまりだと思わないかね？」とラムファード。

コンスタントはあいまいに微笑した。

「それが子どものころの家内さ」だしぬけにラムファードはいうと、先に立ってその広間を出た。

彼は裏廊下を通り、掃除用具戸棚に毛の生えた程度の小部屋へコンスタントを案内した。間口六フィート、奥行十フィートの小部屋なのに、天井だけはこの邸のほかの部屋とおなじく、二十フィートの高さがあった。まるで煙突そっくりの部屋だった。袖つき安楽椅子が二つ、そこに置かれていた。

「建築学的偶然——」ドアを閉めたラムファードは、天井を見あげながらいった。

「はあ？」とコンスタント。

「この部屋のことさ」ラムファードはしなやかな右手で、らせん階段を表わす魔法のしるしを切った。「子供のころのわたしが、ほんとうに心から欲しいと思った、この世で数すくないものの一つなんだよ——この小部屋はね」

彼は窓の壁に六フィートの高さまで設けられた棚へ、あごをしゃくった。みごとな細工の棚だった。棚の真上には流木の厚板が飾られ、そこに青ペンキで〈スキップの博物館〉と書かれている。

〈スキップの博物館〉は死骸の博物館だった。内骨格と外骨格、貝殻とサンゴと骨と軟骨とキチン質——とっくに失われた魂の吸いがら、食べかす、残り屑《くず》の博物館だった。標本の大半は、ひとりの子供——おそらくはスキップ——が、ニューポートの海岸や森でわけなく見つけることのできるようなものばかりだった。そして、あとの残りは、生物学に異常な興味を持った子供への高価な贈物らしく見えた。

これらの贈物の中で断然異彩を放っているのは、完全な成人男性の骸骨だった。

ほかには、アルマジロの甲羅、ドードー鳥の剝製などがあり、一角イルカの長いらせん形の牙には、スキップが茶目っ気たっぷりに書いた〈ユニコーンの角〉というラベルが貼られていた。

「スキップ（スキッパーの略称。主将、船長の意味）ってだれです？」コンスタントは聞いた。

「わたしがスキップだよ」ラムファードはいった。「だった、というべきかな」

「ちっとも知らなかった」とコンスタント。

「家族の中だけでだがね、むろん」

「フム」

ラムファードは安楽椅子の片方にすわり、コンスタントにもう片方をすすめた。

「天使もやっぱりできないんだよ」とラムファードはいった。

「なにができないって？」とコンスタント。

「生殖さ」ラムファードはコンスタントにタバコをすすめ、自分も一本とって、それを骨製の長いホルダーにさしこんだ。「残念だが、家内は気分がわるくて、きみに会いに階下《した》へ降りてこられないそうだ。といっても、家内が避けているのはきみじゃない——わたしだよ」

「あんたを？」とコンスタント。

「そのとおり。家内は最初の実体化以来、ずっとわたしに会っていない」ラムファードはわびしげに含み笑いした。「一度でこりたんだ」

「どうも——」とコンスタントはいった。「よくわからないな」

「家内はわたしのやった運勢占いが気に入らなかったのさ。わたしが彼女の未来のことをほんのちょっぴり洩らしただけで、すっかりうろたえてしまった。それ以上はもう聞こうとしない」ラムファードは安楽椅子にもたれて、タバコの煙を深く吸いこんだ。

「なあ、コンスタント君」と彼はにこやかにいった。「実際これは報《むく》われない仕事だよ。世間の人びとに、きみたちの住んでいるのは、きびしいきびしい宇宙だと説いてまわるのはね」

「奥さんの手紙だと、あんたがおれを招待するようにといったとか」

「家内は執事から伝言を受けとったのさ。わたしは家内に、きみを招待する勇気があるかといってやった。でなければ、家内はけっしてきみを招待しなかったろう。これはおぼえておきたまえ——家内になにかさせようと思ったら、それをする勇気はあるまい、とけしかけることなんだ。むろん、この方法も絶対確実じゃない。たとえば、もしいま家内に伝言を送って、おまえには未来に直面する勇気はあるまいとけしかけても、家内はそのとおりだと伝言を返してくるだけだろうから」

「あんたは——その、ほんとに未来をのぞけるんですか?」とコンスタントはいった。顔の皮膚がひきつって、ピンと張った感じだった。掌に脂汗がにじみ出ていた。

「単時点的《パンクテュアル》ないいかたをすれば——そうだ。宇宙船を時間等曲率漏斗の中へつっこませたあのときに、わたしはこれまでにあったすべてのことがこれからもありつづけるだろうこと、これからあるだろうすべてのことがこれまでにもつねにあったことを、閃光のようにさとったんだ」ラムファードはふたたび含み笑いした。「それを知ったとたん、運勢占いもずいぶん味気ないものになってしまったね——まるでこれ以上はないという、単純でわかりきったものになってしまった」

「奥さんには、これから起こることをぜんぶ話したんですか」コンスタントはいった。これは一つの誘い水だった。ラムファードの妻にこれからなにが起ころうと、コンスタントには興味はない。彼は自分の未来のニュースに飢えていた。ラムファードの妻のことをたずねたのは、外交辞令にすぎなかった。

「いや——ぜんぶじゃないね」とラムファード。「家内は終わりまで聞こうとはしなかったよ。わたしがちょっぴり洩らした事柄だけで、あとを聞く食欲をなくしてしまったんだ」

「なる——ほど」コンスタントはいったが、なにもわかってはいなかった。

「そうとも」ラムファードはにこやかにいった。「わたしは家内に、きみと彼女がいずれ火星で結婚することになるだろう、と話したのさ」彼は肩をすくめ、「正確にいえば、結婚ではなくて――」と言葉をついだ。「火星人に番《つが》わせられるんだがね――家畜のように」

ウィンストン・ナイルズ・ラムファードは、アメリカの唯一真正な社会階級のメンバーだった。この社会階級が真正な理由は、すくなくとも二世紀にわたってその範囲が明確に――境界を見る目のあるだれにとっても明確に――限定されていたからである。ラムファードの属する小さな階級は、歴代アメリカ大統領の十分の一、全探険家の四分の一、東海岸の知事の三分の一、専業の鳥類学者の二分の一、偉大なヨットマンの四分の三、オペラの赤字の引受け人のほとんど全部、をこれまでに生み出していた。それはふしぎなほどイカサマ師とは無縁な階級だった。ただし、政治的イカサマ師だけは顕著な例外である。その場合も、政治的イカサマ性は官職を獲得する手段にすぎず、けっして私生活には持ちこまれなかった。いったん官職につくと、この階級のメンバーは、ほとんど例外なく、すばらしい誠実さを発揮した。

もしラムファードが、人間を家畜なみに番わせたことで火星人を非難するように見えたとしたら、それはちがう。火星人は、ラムファードの属する階級がこれまでにやってきたことをまねたにすぎない。彼の属する階級の強みは、ある程度までその堅実な財産管理のおかげだった――しかし、それ以上に大きな力を占めているのは、あらかじめどんな種類の子供が生まれるかに土台を置いて、シニカルに運ばれる縁組だった。健康で、かわいらしくて、賢い子供たちが、彼らの願望物なのだ。

ラムファードの属する階級を分析した著作の中で、ユーモアには欠けるが、疑いもなく最高のものといえるのは、ウォルサム・キトレッジの『アメリカの哲人王たち』だろう。キトレッジはまた、この階級が実は一つの家族であり、いったんはみ出した紐の端も、いとこ同士の結婚の仲立ちをつうじて、固い血縁の核の中へまたきちんとしまいこまれてしまう、と喝破している。たとえば、ラムファードと彼の妻はまたはとこの間柄で、おたがいに相手を嫌いぬいていたのだ。

キトレッジによって図解されたラムファードの所属階級の相関図は、〈猿のげんこつ〉と呼ばれる堅いボールのような結び目にそっくりだった。

ウォルサム・キトレッジは自著『アメリカの哲人王たち』の中で、ラムファードの属する階級の雰囲気を言葉に翻訳しようとして、しばしば失敗を犯している。いかにも大学教授らしく、キトレッジはむずかしい単語ばかりを探し、そして適切な単語が見つからないままに、多くの解釈不可能な新語をでっちあげたのである。

キトレッジの学術的隠語の中で、たった一つ日常会話に定着した用語がある。その用語とは、〈非ノイローゼ的勇気〉である。

もちろん、ウィンストン・ナイルズ・ラムファードを宇宙空間へ飛び立たせたのは、このたぐいの勇気だった。それはけがれのない勇気だった——それは名誉欲や金銭欲にけがれていないだけでなく、すね者や変人の匂いのする衝動にもけがれていなかった。ついでながら、キトレッジの学術的隠語のかわりに、どちらを使ってもぴったりその役を果たすような、強力で、一般に知られた単語が二つある。それは、〝かっこよさ〟と〝男意気〟だ。

ラムファードが自分の懐から五千八百万ドルをポンと投げ出して、自家用宇宙船所有者第一号となったこと——これはかっこよさである。

地球政府が時間等曲率漏斗群のために宇宙探査をぜんぶ延期したときに、ラムファードはあえて火星へ行くと宣言した——これもかっこよさである。

まるで宇宙船がこみいったスポーツ・カーでしかないように、まるで火星への旅がコネチカット高速道路のドライブに毛の生えたものでしかないように、ラムファードが巨大な愛犬を連れていくと宣言したこと——これもかっこよさである。

もし宇宙船が時間等曲率漏斗にとびこんだらどうなるかがまだ全然わからなかった時代に、ラムファードがその一つの真ん中を狙ってまっすぐにコースをとったこと——これこそまさしく男意気である。

ハリウッドのマラカイ・コンスタントと、ニューポートおよび永遠のウィンストン・ナイルズ・ラムファードを比較対照すると——

ラムファードのやったすべての行動はかっこよさで一貫しており、全人類の株をあげた。

コンスタントのやったすべての行動はやぼったさ——攻撃性、仰々《ぎょうぎょう》しさ、幼稚さ、浪費性——で一貫しており、本人と全人類の株を下げた。

コンスタントは勇気りんりんとしていた——だが、その勇気は非ノイローゼ的なものとはほど遠かった。彼がこれまでにやった勇気ある行為は、どれ一つをとっても、幼年時代からの恨みと憤懣《ふんまん》とに動機づけられていた。それと比べれば、恐怖さえまさに弱々しく見えるほどの。

いましがたラムファードから、自分が火星でラムファードの妻と番《つが》わせられる運命にある、と聞かされたコンスタントは、ラムファードから目をそらして、片方の壁に並んだ死骸の博物館を眺めた。コンスタントの両手は固く組み合わさり、ぴくぴくと震えながらおたがいを握りしめていた。

コンスタントは何度か咳ばらいした。それから、舌と口蓋のあいだで小さくひゅーひゅーと音を鳴らした。ひっくるめたところ、恐ろしい苦痛が過ぎ去るのを待っている人間のような態度だった。彼は目をつむり、歯のあいだから息を吸いこんだ。「おどろき、もものきだな、ラムファードさん」と彼は小さくいった。そして目を開いた。「火星？」

「火星だ」とラムファード。「もちろん、そこがきみの最終目的地じゃない——水星もね」

「水星？」コンスタントは、その美しい星の名にふさわしからぬしわがれ声でいった。

「きみの目的地はタイタンだ」とラムファード。「だが、きみはそこへ着くまでに、火星と水星、そしてもう一度地球を訪ねることになる」

さて、単時点的《パンクテュアル》な宇宙探険史のどの時点で、マラカイ・コンスタントが彼の未来の火星、水星、地球、タイタン訪問のニュースを知らされたか、それを理解することが肝心である。宇宙探険に対する当時の地球人の考えかたは、クリストファー・コロンブスが出帆する以前の、大西洋探険に対するヨーロッパ人の考えかたと酷似していたのだ。

しかし、そこにはつぎに述べるような重大な相違もあった。つまり、宇宙探険者たちとその目標のあいだに介在する怪物は、けっして架空のものではなくて、数多く、邪悪で、千変万化で、しかも大変動を起こしうることでは一致していたのだ。小探険の経費ですら、ほとんどの国家を破産させるのに十分だった。そして、どんな探険もそのスポンサーの富を拡大できないことも、これまたほとんど確実だった。

つまり、俗な分別と最新科学情報とのどちらから見ても、宇宙探険にはなにひとつ利点がなかったのである。

ある国家がある重い物体を虚無の中に投げあげることによって、ほかの国家よりも威信を持ちえた時代は、とっくに終わっていた。マラカイ・コンスタントの経営する有限会社〈ギャラクティック宇宙機〉は、事実上そのたぐいの展示物として最後のもの、高さ三百フィート、直径三十六フィートのロケットの注文を受けていた。ロケットの建造はすでに完成していたが、発射命令はいまもってくだされていなかった。

この宇宙船は〈くじら号〉というあっさりした名称で、定員五名の居住設備をそなえていた。

万事をそうした急激な停止状態に追いこんだのは、時間等曲率漏斗群の発見であった。それらは、人間に先立って打ちあげられた無人宇宙船の奇怪な飛行航跡にもとづいて、数学的に発見されたのである。

　時間等曲率漏斗群の発見は、要するにこういうことを人類に告げたのだ――「おまえたちがどこかへ行けるなんて考えがどうして出てくるんだね？」

　それはアメリカ根本主義教会《ファンダメンタリスト》（聖書の記事を文字どおり信ずる教派）の説教師たちにとって、願ってもない状況だった。この出鼻をくじかれた〝宇宙時代〟について、彼らは哲学者や歴史家やほかのだれよりも早く、もっともらしい説をうちたてた。〈くじら号〉の発射が無期延期された二時間後には、もうボビー・デントン師が、ウエスト・ヴァージニア州ホイーリングにある彼の〈愛の十字軍〉で、こう獅子吼《ししく》していた――

「『時に主は下って、人の子たちの建てる町と塔とを見て、言われた、〝見よ、民は一つで、みな同じ言葉である。彼らはすでにこの事をしはじめた。彼らがしようとする事は、もはや何事もとどめ得ないであろう。さあ、われわれは下って行って、そこで彼らの言葉を乱し、互に言葉が通じないようにしよう〟こうして主が彼らをそこから全地のおもてに散らされたので、彼らは町を建てるのをやめた。これによってその町の名はバベルと呼ばれた。主がそこで全地の言葉を乱されたからである。主はそこから彼らを全地のおもてに散らされた』」（創世記第十一章）

　ボビー・デントンは、ぎらぎらと愛のこもったまなざしで聴衆を串刺しにし、それを彼ら自身の罪悪の炭火の上で丸焼きにしはじめた。

「いまこそは、その聖書の時代ではないでしょうか。われわれは、鋼鉄と増上慢とで、いにしえのバベルの塔よりも高く、忌むべきものを作らなかったでしょうか。われわれは、いにしえの建造者とおなじように、それを天に届かせようとはしなかったでしょうか。そして、科学者の言語が国際的であることを、われわれはたびたび聞かされなかったでしょうか。そうです、彼らみんなが物事を呼ぶのにおなじラテン語やギリシア語の言葉を使い、そしてみんなが数学用語を話すのです」

デントンには、これが特にのっぴきならぬ証拠に思えるらしかった。〈愛の十字軍〉の兵士たちは、そのわけがよく理解できないままに、わびしく首をうなずかせた。

「とすれば、神がかつてバベルの塔の建造者に仰せられたとおりの言葉を、いまわれわれに仰せられたとしても、なぜ驚きや苦しみの叫びをあげることがありましょう。神はこう仰せられたのです。『いかん！　そこへ近よるな！　そんなもので、おまえたちは天にもどこへも行けはせぬ。散らばれ、聞こえたか？　科学の言語で話しあうのをやめよ！　もし、おまえたちが科学の言語で話しあうことをつづければ、おまえたちがしようとすることは、もはや何事もとどめ得ないであろう。わたしはそれを望まぬ！　おまえたちの主なる神であるわたしには、おまえたちから遠ざけておきたい事柄があるのだ。

だから、おまえたちは天に届こうと、血迷った塔やロケットを考え出すのをやめて、どうすればもっとよい隣人に、夫に、妻に、娘に、息子に、なれるかを考えよ！　救いをロケットに求めるな！　家庭と教会に求めよ！』」

ボビー・デントンの声はかすれて、低くなった。

「みなさんは宇宙を飛びたいのですか。よろしい。神はすでになによりもすばらしい宇宙船を、あなたがたに与えられている！　そうです！　スピード？　スピードがほしい？　神があなたがたに与えられた宇宙船は時速六万六千マイルで飛んでいます――そして、もし神がそう命じたもうなら、そのスピードで永遠に飛びつづけるでしょう。安楽に乗っていける宇宙船がほしい？　よろしい！　それはひとりの大金持ちとその飼犬だけしか運べなかったり、五人や十人の人間しか乗れないというようなものではありません。ちがいます！　神はそんなけちくさい真似はなさらぬのです！　神は、何十億人もの老若男女を運べる宇宙船を、あなたがたに下しおかれたのです！　そうです！　しかも、乗客は椅子にしばりつけられたり、金魚鉢をさかさにかぶったりしなくてもよろしい。そうです！　神の宇宙船では、そんな必要はありません。神の宇宙船に乗り合わせた人びとは、泳いだり、日なたを散歩したり、野球やアイス・スケートをしたり、日曜日の礼拝とチキン料理のあとで家族そろってドライブにでかけたり、できるのです！」

ボビー・デントンはこっくりとうなずいた。

「そうです！　そして、もしかりに、神はわれわれが宇宙へ飛び立つことを防ぐため、意地悪にもそこへかずかずの邪魔物を置かれた、と考える人がいたとすれば、その人は神がすでにわれわれに下しおかれている宇宙船のことを思いだすべきです。しかも、われわれはその燃料を買う必要もなく、どんな燃料を使おうかと頭をひねる必要もない。そうです！　そんな心配は、すべて神がしてくださるのです！

神は、われわれがこのすばらしい宇宙船の上でなにをすべきかを、すでに教えられています。神はその規則をだれにもわかるように書き記されました。そして、大物理学者や大化学者でなくても、またアルバート・アインシュタインでなくても、それを理解することはできます。そうです！　しかも、神はそれほどたくさんの規則を作られたわけではありません。聞くところによると、もしもれいの〈くじら号〉を打ちあげるとすれば、発射準備完了までに、一万一千項目の点検をしなければならぬそうです。このバルブは開いているか、あのバルブは閉まっているか、あの線はゆるんでないか、あのタンクはいっぱいか――こんな調子で、一万一千もの事柄を点検せねばならないのです。ところが、神の宇宙船では、神はたった十の点検事項しか要求されていません――それでいて、宇宙空間にある、死に絶えた、だれも住めない石ころの親玉へのちっぽけな旅ではなく、天国への旅ができるのです！　それを考えましょう！　みなさんは、明日、どちらへ行きたいのか――火星か、それとも天国か？

まんまるでみどり色をした神の宇宙船での点検事項がなんであるかは、もうご存じでしょう。それとも、いまからそれを話しましょうか？　みなさんは神の秒読みを聞きたいですか？」

〈愛の十字軍〉の兵士たちは、聞きたい、と叫びかえした。

「十！」とボビー・デントンはいった。「あなたは隣人の家や、隣人の妻、しもべ、はしため、牛、ろば、またすべて隣人のものをむさぼるか？」

「いいえ！」〈愛の十字軍〉の兵士たちは叫んだ。

「九！」とボビー・デントンはいった。「あなたは隣人について偽証するか？」

「いいえ！」〈愛の十字軍〉の兵士たちは叫んだ。

「八！　あなたは盗むか？」

「いいえ！」

「七！　あなたは姦淫するか？」

「いいえ！」

「六！　あなたは殺すか？」

「いいえ！」

「五！　あなたは父と母を敬《うやま》うか？」

「はい！」

「四！　あなたは安息日をおぼえてこれを聖とするか？」

「はい！」

「三！　あなたは主なる神の御名《みな》をみだりに唱えるか？」

「いいえ！」

「二！　あなたは偶像を作るか？」

「いいえ！」

「一！　あなたは唯一の主なる神のほかに、なにものかを神とするか？」

「いいえ！」

「噴射開始！」ボビー・デントンは歓喜の叫びをあげた。「いざゆかん、天国へ！　わが子らよ、発進せよ、アーメン！」

「とすると——」ニューポートでは、マラカイ・コンスタントが、階段下の煙突そっくりの部屋でそうつぶやいた。「いよいよ使者にお声がかかったかな」

「どういうことだね」とラムファード。

「おれの名前が――『忠実な使者』という意味だから」とコンスタント。「それでメッセージは？」

「あいにくだが、そんなメッセージは知らんね」ラムファードはいぶかしげに首をかたむけた。「だれかが、そんなメッセージがあるとでもきみにいったのか？」

コンスタントは両手の掌を上に向けた。「でないとしたら――なんのためにわざわざトリトンくんだりまで行かなきゃならないんです？」

「タイタン」とラムファードは訂正した。

「タイタンだかトリトンだか知らんが、そんないまいましい星へなにしに行かなきゃいけないんです？」コンスタントにとって、〝いまいましい〟は、弱々しく、めめしいボーイスカウト用語だった――そして一瞬後、彼はなぜ自分がその言葉を使ったかに気づいた。〝いまいましい〟は、テレビドラマの宇宙士官候補生が、隕石に制御翼をもぎとられたり、航行士の正体が惑星ジルコンからきた宇宙海賊だとわかったりしたときに、叫ぶ言葉なのだ。彼は立ちあがった。「なんでこのおれが、そんなけったくその悪い星へ行かなきゃならないんだ？」

「とにかくきみは行くのさ——わたしが保証する」とラムファード。

コンスタントは、いつもの横柄な自信をやや回復させながら、窓ぎわへ近づいた。

「いまはっきりいっとく。おれは行かない」

「それは残念」

「おれはむこうで、あんたのためになにかをすることになっているのかね？」

「いや」

「じゃあ、なぜ残念がったりするんだ？」とコンスタント。「あんたになんの関係がある？」

「なにもない」とラムファード。「きみのために残念なだけさ。たいへんなものをとり逃すことになるんだよ」

「たとえば」

「そうだな——たとえば、まずこの世でもっとも快適な気候」

「気候！」コンスタントは鼻で笑った。「ハリウッド、カシミール渓谷、アカプルコ、マニトバ、タヒチ、パリ、バーミューダ、ローマ、ニューヨーク、ケープタウン、これだけほうぼうに家があるのに、地球の外へもっとましな気候を探しにいくのかい？」

「タイタンにあるのは、よい気候だけじゃない」とラムファード。「たとえば、あそこにいる女たちは、太陽からベテルギウス星までのあいだで、いちばん美しい生きものだ」

コンスタントはぷっと吹きだした。「女！　あんたはおれが美人に不自由してると思うのか。おれが女ひでりで、ロケットに乗ってはるばる土星の月まで行かなきゃ、美人にめぐりあえないと思ってるのか？　冗談じゃない。おれがものにした女どもときたらとびきりの上玉ぞろいで、太陽からベテルギウス星までのあいだのどんな野郎も、ハローと声をかけてもらっただけでうれし泣きするってぐらいのもんだ」

コンスタントは財布をとりだし、そこから彼のごく最近の獲物の写真を抜きだした。疑問の余地はない——写真の女性は圧倒的に美しかった。ミス・ユニバースのコンテストで準優勝者に選ばれた、キャナル・ゾーン（パナマ運河地帯）代表なのだ——しかも、事実、彼女はコンテストの優勝者よりはるかに美しかった。彼女の美しさは、審査員たちをおびえさせたのである。

コンスタントはその写真をラムファードに手渡した。「タイタンにこんな女がいるかい？」

ラムファードはうやうやしく写真を眺めてから、それを返した。「いや——タイタンにはこんな女はいない」

「よし、わかった」コンスタントは、おのれの運命をふたたび掌握できた気分になっていた。「気候、美しい女――そのほかには？」

「ほかにはなにもないね」ラムファードは穏やかにいった。肩をすくめて、「そうだ――美術品もある。もしきみが美術ファンなら」

「おれは世界一の美術コレクションを持ってるんだぜ」とコンスタント。

この有名な美術コレクションを、コンスタントは父親からうけついだのだった。コレクションは彼の父親によって――というよりも、父親の代理人たちによって築きあげられたのである。世界各地の美術館に散らばった蒐集品は、どれにもコンスタント・コレクションの一部であることが明記されていた。コレクションはいったん蒐集されたあと、コンスタント家の財産管理を唯一の目的としているマグナム・オパス社の広報部長の進言によって、そんなふうに展示されることになったのである。

このコレクションの目的は、億万長者がいかに気前よく、有用で、審美的になれるかを証明することだった。同時に、コレクションはまったくすばらしい投資にもなっていた。

「では、美術は用ずみだな」とラムファードはいった。

コンスタントはミス・キャナル・ゾーンの写真を財布にしまおうとして、その写真が一枚でなく二枚なのに気づいた。ミス・キャナル・ゾーンのうしろにもう一枚の写真が重なっている。おおかたミス・キャナル・ゾーンの前任者の写真だろう、とたかをくくった彼は、ラムファードにその女を見せびらかしてやろうと考えた――ラムファードに、おれがどんな絶世のカワイコちゃんを袖にしたかを見せつけてやろう。

「ほら――これはべつの女だ」コンスタントはいいながら、二枚目の写真をラムファードにさしだした。

ラムファードはその写真を受けとろうとしなかった。見ようともしなかった。そうするかわりに、コンスタントの目をのぞきこんでにやにやと笑った。

コンスタントは無視された写真に目をやった。彼はそれがミス・キャナル・ゾーンの前任者の写真でないことを知った。どうやらラムファードがさっきこっそりとその写真を彼の手に握らせたらしいのだ。表面はつるつるしており、まわりには白い余白があったが、それはふつうの写真ではなかった。

余白にとりかこまれて、きらきら光る水底が横たわっている。澄みきった浅いサンゴ礁の入江の水面から、長方形のガラス窓をのぞいている感じだった。サンゴ礁の入江らしいものの底には、三人の女がいる――ひとりは白く、ひとりは金色、ひとりは褐色。彼女たちはコンスタントを見あげ、はやくここへきて自分たちを愛で満たしてほしいと訴えかけていた。

彼女たちの美しさと、ミス・キャナル・ゾーンの美しさとでは、太陽の光とホタルの光ほどの違いがあった。

コンスタントはふたたび安楽椅子に腰をおろした。どっと溢れてくる涙をこらえるために、その美しさから目をそむけねばならなかった。

「よかったら、その写真をとっておきたまえ」ラムファードがいった。「財布のサイズだしね」

コンスタントはいうべき言葉を思いつけなかった。

「家内は、きみがタイタンへ着くときもまだきみのそばにいるはずだよ」とラムファード。「しかし、もしきみがこの三人の若い女性といちゃつきたがっても、家内はなにも干渉しないだろう。きみの息子もやはりきみのそばにいるわけだが、彼もビアトリスとおなじように寛大にふるまってくれる」

「息子?」とコンスタントは聞いた。彼には息子はない。

「そう――クロノという名のりっぱな少年だ」

「クロノ?」

「火星人の名前だよ」とラムファード。「彼は火星で生まれるんだ――きみの種で、ビアトリスの腹から」

「ビアトリス？」

「わたしの家内さ」とラムファードがいった。彼はもうかなり透明になっていた。声も、安物のラジオのようにキンキンしてきた。「メッセージのあるなしにかかわらず、物事はあっちこっちへと飛びかうんだよ、きみ。それはたしかに混沌だ、なぜなら宇宙はいま生まれつつあるからだ。その大いなる生成が光と熱と運動を作りだし、きみをこなたからかなたへと吹っとばすのだ」

ラムファードは冥想的な口調でいった。「予言、予言、予言。もうほかにきみに話しておくことはなかったかな？　そうそうそう——あるあるある。いまいったきみの息子、クロノという少年のことだが——」

ラムファードはつづけた。「クロノは火星で小さな金属片を拾うだろう——そして、それを彼の〈幸運のお守り〉と名づけるだろう。その幸運のお守りから目をはなしたもうな、コンスタント君。それは信じられぬほど大切なものだから」

ウィンストン・ナイルズ・ラムファードはゆっくりと消失をはじめた。消失は指先からはじまって、にやにや笑いで終わった。にやにや笑いは、全身が消えたあとも、しばらくあとに残っていた。

った。

「では、タイタンで会おう」と、そのにやにや笑いがいった。やがて、それも消えていった。

「もうすみましたか、モンクリーフ？」ウィンストン・ナイルズ・ラムファード夫人は、らせん階段の上から執事に声をかけた。

「はい、奥様――だんな様はお発《た》ちになりました」と執事は答えた。「犬とごいっしょに」

「それで、あのコンスタント氏とやらは？」ラムファード夫人――ビアトリス――はいった。彼女はまるで病人のようにふるまっていた――体をふらふらさせ、目をせわしなくしばたたき、梢を吹きぬける風のような声を出していた。彼女は長い白の化粧着をまとっていたが、その柔らかなひだは、白い階段とのハーモニーを作って、左まわりのらせんを描いていた。化粧着の裾はいちばん上のけこみ板へ滝となって落下し、ビアトリスをこの館の建築とひと続きのものにかえていた。

この景観でのいちばんのキー・ポイントは、彼女のまっすぐな長身だった。顔の造作はどうでもいい。かりに、頭のかわりに砲丸をそこへのっけたとしても、この華麗な一《いっ》幅《ぷく》の構図にぴったりはまったろう。

だが、ビアトリスには顔があった――しかも、興味深い顔が。人によっては、彼女が反《そ》っ歯のインディアン戦士に似ているというかもしれない。だが、そういった人間でも、すぐその口の下から、にもかかわらず彼女はすばらしい美人だ、とつけたさずにはいられないだろう。彼女の顔はマラカイ・コンスタントの顔とおなじように唯一独特のものであり、なじみ深い主題の驚くべきヴァリエーションであった――つまり、その観察者たちに、「そうか――こういう美しさもあるわけだな」と思わせるようなヴァリエーションである。事実、ビアトリスが自分の顔にしたことは、どんな不美人にもできることだった。彼女はそれを威厳と、苦悩と、知性とで上塗りしてから、一刷毛《ひとはけ》のわがままさでわさびをきかせたのだ。

「やあ」とコンスタントが階段の下からいった。「あのコンスタント氏とやらは、まだここにいますよ」彼はいやでも目につく場所に――玄関広間につうじるアーチの円柱にもたれていた。しかし、この一幅の構図のあまりにも下端に近く、あまりにも建築の細部に埋もれて、すっかりかすんでしまっていたのである。

「あら！」とビアトリス。「こんにちは」ひどく空虚なあいさつだった。

「こんにちは」とコンスタント。

「あなたを紳士と見こんでお願いしたいのですが」とビアトリスはいった。「あなたが主人に会われたという話は、あまりほうぼうへ吹聴しないでいただけませんこと。そうしたいという誘惑がどれほど強いものかは、わたくしにもよくわかりますけれど」

「そのとおり――」とコンスタント。「ぼくはこの実話を高く売って、抵当にはいった家屋敷を買いもどし、国際的有名人になれる。名士や準名士と親しくなって、ヨーロッパの王族にお目通りのかなう身分になれる」

「コンスタントさん」とビアトリス。「あなたのさだめし有名にちがいないウイットの中に含まれた皮肉や、その他いろいろのすばらしいニュアンスを、わたくしが十分に賞味できなくてもお許しくださいな。わたくしは主人の訪問のたびに、いつも気分がわるくなりますの」

「あれからご主人には一度も会ってないんですって?」とコンスタント。

「最初の実体化のときに会いました。それだけで一生気分がわるくなるような思い出ですわ」

「ぼくは彼にすごく好感を持ちましたがね」

「狂人にも、ときには、一種の魅力があるものですわ」とビアトリス。

「狂人?」

「コンスタントさん、あなたは良識をもったおとなとして」とビアトリスはいった。

「こみいった、およそありえない予言をするような人間を、頭がおかしいとは思いませんか？」

「ふむ」とコンスタント。「史上最大の宇宙船に出入りする資格を持った男に、いずれ宇宙へでかけることになるよと教えるのが、そんなに頭がおかしいことかな？」

コンスタントが宇宙船に出入りする資格を持っているというこのニュースは、ビアトリスをいたく驚かせた。驚きのあまり、彼女は思わずらせん階段から一歩さがり、上昇するらせんから体を分離させた。その後ろへの小さな一歩が、彼女を本来の姿に変貌させた——巨大な家の中にいる、おびえた、孤独な女に。

「あなたは宇宙船をお持ちなのね？」彼女はいった。

「ぼくの持ち会社の一つが、一隻保管していましてね」とコンスタント。「〈くじら号〉という名を聞いたことがある？」

「ええ」

「ぼくの会社があれを政府へ売ったんです。いま、もしだれかがあれを一ドルにつき五セントの割りで買いもどすといったら、政府は大喜びするだろうな」

「では、あなたの探険のご幸運を」とビアトリス。

コンスタントは一礼した。「あなたの探険にもご幸運を」

彼はそれだけいうと、その場を離れた。玄関広間の床の輝かしい黄道十二宮を横切りながら、いまやらせん階段が上へ向かうというより、下へ流れくだっているのを感じとった。コンスタントは運命の渦の最低点となったのだ。ドアを歩み出た彼は、ラムファード館の重心をもいっしょに外へひきずりだしたことを、喜びとともに確認した。

彼とビアトリスがいずれ再会して、クロノという息子をつくることが、すでに予定された運命である以上、コンスタントは彼女に言い寄ることはおろか、病気見舞状を出す気持ちさえなかった。こっちは自分の仕事をやってればいい、そうすればあの高慢なビアトリスのほうからおれにすりよってこなきゃならなくなる——そこらの淫売とおなじように。

コンスタントは笑いながら黒いサングラスとひげをつけ、塀の小門をくぐり出た。

さっきのリムジンがそこにもどっていた。そして群集も。

警察がリムジンのドアまでの狭い通路を確保していた。コンスタントはそこを駆けぬけ、リムジンにたどりついた。通路は、イスラエルの民の背後の紅海のように閉じた。一つになった群集の叫びは、憤激と苦痛の集団表現だった。なにも約束されなかった群集は、なにも受けとらなかったことで、だまされた気持ちになっていた。

男の連中は、おとなも子供も、コンスタントのリムジンを揺さぶりはじめた。

運転手はリムジンのギアを入れ、怒り狂う肉体の海の中をそろそろと這い進ませた。

ひとりの禿《は》げ頭が、ホット・ドッグでコンスタントの殺害を企て、窓ガラスをそれで突き刺した。パンが割れ、ソーセージがぐしゃりと潰れた——芥子《からし》と薬味のおぞましい日輪花火を窓に残して。

「ヤア、ヤア、ヤア！」と若く美しい娘がどなり、おそらくこれまでほかの男には見せなかっただろうものを、コンスタントに見せつけた。上の二本の前歯が入れ歯なのである。二本の前歯はポロンと下に落ちた。娘は魔女のような金切り声をあげた。

ひとりの少年がフードによじのぼり、運転手の視野をふさいだ。それから窓のワイパーをひきちぎって、みんなのほうへほうり投げた。リムジンは四十五分かかって、やっと群集の外縁へたどりついた。外縁にいるのは頭のおかしい連中ではなく、正気に近い連中だった。

外縁まできて、やっと叫び声が意味のとれるものになった。

「教えろ！」ひとりの男が叫んだ。怒っているのではなく、うんざりしているだけらしかった。

「あたしらだって権利があるわ！」ひとりの女が叫んだ。彼女はふたりのかわいい子供をコンスタントに見せた。

別の女がコンスタントに、群集がなんの権利を要求しているかを教えた。「あたしらだって、なにが起きているかを知る権利はあるよ！」

つまりこの暴動は、科学と神学の実習の一つだった――生者による、生命の意味とはなにかについての、手がかりの探求なのだ。

運転手はやっと行く手に道が開けたのを見て、アクセルを床まで踏みこんだ。リムジンはブルルンと走りだした。

巨大な立看板がそばをかすめ去った。**日曜日にはわたしたちの選んだ教会へ新しい友だちを連れていきましょう！**　と書かれていた。

2　電信室の喝采

「わたしは、考えたり感じたりできる物質を頭の中に持っていることが大きなまちがいだ、と思うことがときおりある。その物質のほうでも、そうこぼしている。しかし、それとおなじ意味で、岩石や山々や月はすこし無感動すぎるという非難も成り立つかもしれない」

——ウィンストン・ナイルズ・ラムファード

リムジンはブルルンとニューポートから北に向かい、とある未舗装道路にはいり、牧草地で待ちうけていたヘリコプターと落ちあった。

マラカイ・コンスタントがリムジンからヘリコプターに乗りかえる目的は、だれかに尾行されるのを防ぎ、だれかにラムファード邸を訪れたひげと黒メガネの男の正体を発見されるのを防ぐためだった。

いま、コンスタントの所在を知るものは、だれもなかった。

運転手も、ヘリコプターのパイロットも、この乗客の正体を知らなかった。彼らはコンスタントをジョーナ・K・ローリー氏と思いこんでいた。

「ねえ、ローリーさん」――運転手は、リムジンから降りかけるコンスタントにいった。

「なんだ？」とコンスタント。

「さっきはこわくなかったスか？」

「こわい？」コンスタントはこの質問にあっけにとられながらいった。「なにが？」

「なにが？」運転手は信じられぬようにいった。「なにがって、あたしらをリンチしたがってたあの連中スよ」

コンスタントは微笑し、かぶりを振った。あの暴力のさなかにあっても、一度として身の危険を感じなかったのだ。「うろたえたってどうにもならんよ、きみ」とコンスタントはいった。自分自身の言葉の中にラムファード的いいまわしが混じっているのを、彼は認めた――そういえば、ラムファードの貴族的な裏声にもすこし感染したようだ。

「だんな――あんたにはきっとなにか守護天使がついてるんだねえ――だから、なにがきても平気の平左《へいざ》でいられるんだ」運転手は感に堪《た》えぬようにいった。

この評言はコンスタントをおもしろがらせた。それが暴徒のまっただなかでの彼の態度を、うまく表現していたからである。最初、彼はその言葉を比喩として――彼の気分の詩的な表現として――受けとった。たしかに守護天使の存在する男なら、コンスタントとおなじような気持ちで――

「そうだとも」運転手はいった。「なにかがきっとあんたを見まもってるにちがいねえ！」

その瞬間、コンスタントはさとった。いや、まさにそのとおりだぞ。

その劇的な一瞬まで、コンスタントはニューポートでの冒険を、麻薬でひきおこされた幻覚なみに――ペヨーテ（アメリカやメキシコ原産の毒サボテン。メスカリンを含んでおり幻覚剤として使用される）吸飲パーティーの一つぐらいに――しか受けとっていなかった。それはなまなましく、目新しく、おもしろくはあるが、なんの意味もないものだ、とばかり思っていた。

あの小門には夢に似た雰囲気があった……あの涸れた噴水にも……そして、さわるべからず的な白ずくめの少女と白ずくめの仔馬を描いた大きな絵にも……らせん階段の下の煙突のような小部屋にも……タイタンの三人の魅惑の妖女《サイレン》の写真にも……ラムファードの予言にも……そして、ビアトリス・ラムファードが階段の上で見せた狼狽ぶりにも……。

マラカイ・コンスタントは、じっとり冷汗をかいていた。膝がいまにもくずおれそうで、まぶたの蝶番《ちょうつがい》もはずれかけていた。ようやく彼は理解に達した——それらの断片はどれも現実だったのだ！　自分が暴徒のまっただなかで平然としていたのは、この地球では死ぬ気づかいがないことを知っていたからだ。

たしかに、なにかが自分を見まもってくれているのだ。

そのなにかが何者であるにしろ、そいつが自分の首をつないでいるのは、これから先に——

コンスタントは身ぶるいしながら、ラムファードが彼に約束した巡歴の旅の経由地を、指を折って数えはじめた。

火星。

そのつぎは水星。

それからまた地球。

それからタイタン。

巡歴の旅がタイタンで終わる以上、おそらくそこでマラカイ・コンスタントは死ぬと見ていい。自分はそこで死ぬのだ！

いったいラムファードは、なにをあんなにおもしろがっていたのだろう？

コンスタントはとぼとぼとヘリコプターへ向かい、そのがたぴしした巨鳥の体を揺らせながら乗りこんだ。

「ローリーさん？」とパイロット。

「そうだ」とコンスタント。

「めずらしいファースト・ネームだね、ローリーさん」

「え、なんだって？」コンスタントは悪寒《おかん》をこらえながらいった。彼は座席を覆ったプラスチック・ドームから外を眺めていた――夕空を見あげていた。ひょっとしたらあそこにだれかの目が、こちらのあらゆる行動を見まもっている目が、あるのではなかろうか。もし、ほんとうにだれかの目があそこにあって、そのだれかがこちらにあることをさせたり、ある場所へ行かせたりしたがっているのなら――どうやってそれをやらせるつもりだろう？

おお神さま――だが、なんてあそこは空気が薄くて寒そうなんだ！

「めずらしいファースト・ネームだといったんですよ」とパイロット。

「なにが？」コンスタントはいった。このお忍びのために選んだ愚かしいファースト・ネームのことを、度忘れしていたのである。

「ジョーナ」とパイロットはいった。（ジョーナは旧約聖書「ヨナ書」の主人公。神からの使命を受けて旅に出て、その途中難船に会い、災厄の原因だと海へ投じられたが鯨

の腹中に呑まれて無事だった）

それから五十九日後に、ウィンストン・ナイルズ・ラムファードと忠犬カザックはふたたび実体化した。彼らの前回の訪問以来、いろいろの事件がすでに起こっていた。

まず、マラカイ・コンスタントは、大宇宙船〈くじら号〉を保管している〈ギャラクティック宇宙機〉の持株を、ぜんぶ売り払った。これは、火星旅行の既知の唯一の手段と彼自身との間にある、あらゆるつながりを断ち切るためだった。彼はその株の売上金をぜんぶ〈ムーンミスト・シガレット〉へつぎこんだ。

一方、ビアトリス・ラムファードは、手持ちのさまざまな有価証券をぜんぶ現金化し、ありったけの金で〈ギャラクティック宇宙機〉の株を買いこんだ。〈くじら号〉の前途がどうなるにせよ、それに対する強力な発言権を持っておこうと考えたのである。

一方、マラカイ・コンスタントは、ビアトリス・ラムファードを遠ざけるために――彼自身を彼女にとって絶対的永久的に耐えがたい存在にするために――彼女に対して一連の侮辱的な手紙を書きはじめた。その手紙の一通を読むことは、ぜんぶを読むことにひとしかった。最新のそれは、マラカイ・コンスタントの財務管理を唯一の目的としているマグナム・オパス社の社用便箋を使って、こんなふうにしたためられていた――

宇宙夫人へ、うららかなカリフォルニアからこんにちは！　きみみたいな上流の奥方を火星の二つの月の下でナデナデできるなんて、ほんと、たのしみだなあ。ぼくがまだいっぺんもモノにしてないのは、きみみたいなタイプなんだ。きっと最高だと思うよ。手付金として愛とキスを送る。マラカイ。

一方、ビアトリスは青酸カリのカプセルを買い入れていた――クレオパトラの毒蛇よりも、はるかに致命的なそれを。もしかりに、マラカイ・コンスタントと時間帯をおなじくする羽目になったら、さっそくそれを飲みくだそうというのが、ビアトリスの考えだった。

一方、株式相場は大暴落し、多くの人を、とりわけビアトリス・ラムファードを、破産させた。彼女は〈ギャラクティック宇宙機〉の株を一五一ポイントから一六九までのあいだで買ったのだ。その株が十回の立会いで六ポイントにまで暴落し、いまやコンマ以下を痙攣させながら瀕死の床についていた。現金取引だけでなく、信用取引もしていたビアトリスは、ニューポートの邸宅を含めたすべてを失った。彼女に残されたものは、衣装と名声と高等教育だけだった。

一方、マラカイ・コンスタントは、ハリウッドへ帰って二日目にパーティーを開いた
——そして、五十六日後のいま、パーティーはようやく終わろうとしていた。

一方、本物のひげを生やしたマーティン・コラデュビアンという青年が、ラムファード邸へ実体化見物に招待された謎のひげ男は自分である、と名乗り出た。この青年はボストンに住む太陽電池時計の修理屋で、魅力的なほら吹きだった。

ある雑誌社が三千ドルで彼の手記を買いとった。

らせん階段下の〈スキップの博物館〉にすわって、ウィンストン・ナイルズ・ラムファードは、その雑誌にのったコラデュビアンの手記を、大いなる興味と感嘆をもって読んでいた。コラデュビアンはその手記の中で、ラムファードが彼に西暦紀元一千万年のことを物語ったと述べているのだ。

コラデュビアンによると、紀元一千万年には、とほうもない大掃除が行なわれるらしい。キリストの死から紀元百万年にいたる時期に関したあらゆる記録が、塵芥処理場へ集められて焼却される。これは、コラデュビアンによると、博物館や古文書館がふえすぎて、地球に人間の住む場所がなくなるからである。

コラデュビアンによると、これらの焼却されたゴミに記載されていた百万年の期間は、

将来の歴史書ではこんなふうに、ただの一センテンスで片づけられることになる——イエス・キリストの死後、約百万年の再調整期間が訪れた、と。

ウィンストン・ナイルズ・ラムファードは腹をかかえ、コラデュビアンの手記を閉じた。ラムファードは、臆面もないペテンがなによりも大好きだった。「紀元一千万年か——」と彼は声に出していった。「花火やパレードや万国博にはうってつけの年だな。礎石を開けたり、タイム・カプセルを掘りおこしたり、さぞ楽しいことだろう」

ラムファードは独り言をしゃべっているのではない。〈スキップの博物館〉には、もうひとりの人物がいた。

もうひとりの人物とは、彼の妻ビアトリスである。

ビアトリスは彼の真向かいの安楽椅子にすわっていた。彼女はこの非常事態に際して夫の助力を得ようと、階下へ降りてきたのだった。

だが、ラムファードはのんきに話題を変えてしまったのである。

そうでなくても白い部屋着の中で蒼ざめていた彼女の顔は、いまや鉛色になった。

「人間とはなんと楽天的な動物だろう！」ラムファードは陽気にいった。「この種族があと一千万年も生存できると期待するとはな！——人間がカメのようにうまく設計されているならいざ知らず」彼は肩をすくめた。「いや、なんともいえんさ——ひょっとすると人類はしぶとさ一本を武器に、それだけの年数をもちこたえるかもしれん。きみの見当はどうだ？」

「見当？」とビアトリス。

「人類があとどれぐらい存続するか、見当をいってごらん」とラムファード。

ビアトリスの固く食いしばった歯のあいだから、かぼそく鋭い、ほとんど人間の耳の可聴範囲を超えた、かん高い叫びが洩れた。その声には、落下してくる爆弾の尾翼の唸りのように、恐ろしい約束がこもっていた。

そして爆発が訪れた。ビアトリスは椅子をひっくりかえし、骸骨におそいかかり、それを部屋の隅へ投げつけた。彼女は〈スキップの博物館〉の陳列棚を一掃し、標本を壁にはずませ、床の上で踏みにじった。

ラムファードは唖然となった。「なんてことを——なぜそんなことをする？」

「あなたはなんでもご存じじゃないの？」ビアトリスはヒステリックにいった。「そんなことを聞く必要があるの？　わたくしの心をお読みになれば！」

ラムファードは両手でこめかみを押さえ、目を見はった。「雑音だ——雑音しか聞こえてこない！」

「雑音以外になにがあると思うのよ！」とビアトリス。「わたくしはこの邸からほうり出されようとしているのよ、一食ぶんのお金もなしに！　それなのに、夫たるものがげらげら笑いながら、なぞなぞ遊びをやろうというんだから！」

「ただのなぞなぞ遊びじゃない。人類がいつまで存続するかという問題だ。それを考えることで、きみ自身の問題にも、もっと大局的な見方ができるだろうと思ったんだが」

「人類なんてくそくらえだわ！」

「きみもその一員なんだよ」

「じゃ、チンパンジーへの転向を志願いたしますわ！」とビアトリス。「チンパンジーの夫は、妻がココナッツをぜんぶなくしたとき、ぼんやり横で見ていたりしないわ。チンパンジーの夫は、自分の妻をカリフォルニア州ハリウッドのマラカイ・コンスタントに、宇宙淫売としてあてがったりはしないわ！」

この恐ろしい言葉を口に出したことで、ビアトリスの興奮はいくらか静まった。彼女は疲れたようにかぶりを振った。「人類はいつまで存続するのでしょうか、ご主人様？」

「知らない」とラムファード。

「あなたはなんでもご存じじゃございませんこと」とビアトリス。「ちょっと未来をのぞいてごらんあそばせ」

「未来をのぞいてはいるよ」とラムファード。「だが、人類が絶滅するときには、もうわたしはこの太陽系にいないんだ。だから、終末は、きみにとってと同様、わたしにとっても謎というわけさ」

カリフォルニア州ハリウッドでは、マラカイ・コンスタント家のプールわきに設けられたラインストーンの電話ボックスの中で、青い電話機のチャイムが鳴りひびいていた。

人間が動物と大差のない卑《いや》しい状態におちいるのは、いつ見ても哀れなものである。あらゆる条件に恵まれた人間がそうなったときには、哀れこのうえもない！

マラカイ・コンスタントは、腎臓形の水泳プールの縁の幅広い排水溝に横たわり、泥酔者の眠りをむさぼっていた。溝にはなまぬるい水が、四分の一インチの深さにたまっていた。コンスタントは青緑色のイヴニング・ショーツと、金襴のディナー・ジャケットという正装だった。もちろん、服はずぶ濡れである。

彼はひとりぼっちだった。

このプールは、さきほどまで、一面にさざ波立つくちなしの花の毛布で覆われていた。だが、執拗な朝のそよ風が、まるでベッドの裾へ毛布をたたむように、くちなしの花をプールの一方へと押しやってしまった。そよ風は毛布をたたみながら、ガラスの破片や、サクランボや、ツイストしたレモンピールや、ペヨーテや、オレンジの輪切りや、スタッフド・オリーブや、オニオン・ピクルスや、テレビや、注射器や、白いグランドピアノが敷きつめられたプールの底をのぞかせた。水面には、葉巻やシガレット——その中にはマリファナタバコもある——の吸いがらが散乱していた。

そのプールは、スポーツ施設というより、地獄のパンチ酒の深鉢のように見えた。コンスタントの片腕は、プールの本体の中へ垂れさがっていた。水にもぐった手首に、太陽電池時計のきらめきが見えた。時計はとまっていた。

電話のチャイムが執拗に鳴る。

コンスタントはもぐもぐ呟いたが、身動きもしない。

チャイムがやんだ。二十秒ほどして、また鳴りだした。

コンスタントはうめきをあげ、上体を起こし、うめきをあげた。

家の中から、ハイヒールがタイルの床を打つ、活発で能率的な音が聞こえた。魅力的な真鍮ブロンドの女性が、コンスタントを傲慢な侮蔑の目で見やりながら、電話ボックスへと急いだ。

女はガムを嚙んでいた。

「もしもし?」と彼女は電話口に出た。「なんだ——またあんた。うん——彼なら起きたわよ。ちょいと！」彼女はコンスタントにどなった。九官鳥のような声だった。「ちょいと、宇宙士官候補生さん！」

「フム？」とコンスタント。

「あんたの持ち会社の社長だって男が、あんたと話したいっていってるわ」

「どの会社だ」とコンスタント。

「あんた、どの会社の社長なの？」彼女は電話口に向かっていった。そして答えをとりついだ。

「マグナム・オパス。マグナム・オパス社のランサム・K・ファーンだって」

「あとで——あとでこっちから掛けるといってくれ」とコンスタント。

彼女はファーンにそれを伝え、別の伝言を受けとって、それをコンスタントに伝えた。

「辞職したいっていってるわよ」

コンスタントはふらふらと立ちあがり、両手で顔をこすった。「辞職？」元気のない声でいった。「ランサム・K・ファーンの爺さんが辞職したいだと？」

「そう」女は憎々しげにほほえんだ。「あんたからもう給料がもらえそうもないから、といってるわ。早くこないと、家へ帰ってしまうって」彼女は笑い声をあげた。「あんたは破産だそうよ」

こちらはニューポート。ビアトリス・ラムファードの激昂《げきこう》は、執事のモンクリーフを〈スキップの博物館〉へひきよせた。

「お呼びでございましたか、奥様？」

「叫んだというほうが近いわね、モンクリーフ」とビアトリス。

「ご苦労だったが、奥様は別にご用はない」とラムファード。「わたしたちは活発な議論を交わしていただけだよ」

「よけいなお世話よ、わたくしの用のあるなしを勝手にきめるなんて」ビアトリスはラムファードに激しく食ってかかった。「これで、あなたがご自分で思っているほど全知の存在じゃないことが、わかってきたわ。あいにく、わたくしはモンクリーフに用があるのよ。それも大事な用が」

「なんでございましょう？」と執事。

「おねがい、あの犬をここへ連れてきてちょうだい」とビアトリス。「わたくしは、カザックが消えてしまうまえに、あの犬を撫《な》でてやりたいの。時間等曲率漏斗が人間の愛情を殺したように犬の愛情も殺すものかどうか、それを見きわめてみたいのよ」

執事は一礼してひきさがった。

「使用人の前でなんというはしたない振舞いだ」とラムファード。「おしなべたところ」とビアトリスはいいかえした。「わが一族の品位に対するわたくしの貢献は、あなたのそれをだいぶ上回っていてよ」

ラムファードはうなだれた。「わたしがなにかの点できみの期待を裏切ったと、そういいたいのかね？」

「なにかの点で？　あらゆる点でだわ！」

「わたしになにをしてほしかったというんだ？」

「たとえば、株式の大暴落がくることも教えられたはずでしょ！」とビアトリス、「そうすれば、わたくしはこんな惨めな目に遭わないですんだんだわ」

ラムファードの両手は、さまざまな反論の寸法合わせをしているかのように、悲しげに宙をさまよった。

「ちがう？」とビアトリス。

「きみを連れて時間等曲率漏斗へ行ければ、と思うよ」ラムファードはいった。「そうすれば、わたしがなにを話しているかをわかってもらえるだろう。わたしにいえるのはこれだけだ。わたしがきみに株式大暴落を警告できなかったことは、ハレー彗星とおなじように自然の秩序の一部――そして、どちらを罵《ののし》ることも、おなじように無意味なんだ」

「つまり、あなたにはなんの人格もなく、わたくしに対してなんの責任もない、というわけね。こんないいかたはしたくないけれど、でもそれが真実よ」

ラムファードは首を前後にゆすった。「真実か――だが、ああ神よ、なんという単時《パンクテ》点的《ユアル》な真実だろう」

ラムファードはふたたび雑誌の中へと退却した。雑誌はひとりでに真ん中の綴じ目で開き、ムーンミスト・シガレットの見開き広告を出した。ムーンミスト・シガレット社は、最近マラカイ・コンスタントによって買い取られたのだ。

〝底知れぬ快楽！〟と、広告の第一行はうたっていた。そこに添えられた写真は、あのタイタンの三人の妖女《サイレン》の画像だった。彼女たちはそこにいた――白い娘、金色の娘、そして褐色の娘。

金色の娘の指は、画家がその二本の指にはさまれたムーンミスト・シガレットを描けるように、都合よく左の乳房の上で広げられていた。彼女のタバコから立ちのぼる煙は、褐色の娘と白い娘の鼻孔の下にたゆたい、彼女たちの宇宙破壊的な情欲は、ひたすら薄《はっ》荷《か》入りの紫煙に集中されているようだった。

ラムファードは、コンスタントがあの写真をけがすために広告に使うだろうことを、最初から知っていた。コンストタントの父親も、いくら金を積んでもレオナルドの〈モナ・リザ〉が買えないと知ったとき、これと似たようなことをやったのだ。老人は〈モナ・リザ〉を罰するために、その絵を座薬の広告キャンペーンに使ったのである。それは自由企業が自己よりも優位に立つおそれのある美を扱うときのやりくちだった。

ラムファードは唇で蜂の唸りのような音を出した。同情をもよおしかけると、彼はそんな音を出すくせがある。彼が同情をもよおしかけたのは、ビアトリスよりもはるかに苦しんでいるらしいマラカイ・コンスタントに対してだった。

「あなたの反対弁論はそれで全部なのね？」ビアトリスはラムファードの椅子の後ろに回ってきていった。彼女は腕を組んでいた。ラムファードはビアトリスの心を読み、彼女が鋭くとがった両肘を、闘牛士の長剣に見立てているのを知った。

「なんていったね？」とラムファード。

「この沈黙が――雑誌の中へ顔を隠すことが――あなたの反駁《はんばく》の総合計なのね？」

「反駁か――なんという単時点的《パンクテュアル》な言葉だろう。わたしがなにかいうと、そこできみがいいかえし、それにわたしがいいかえすと、こんどはほかのだれかがやってきてわたしたちふたりにいいかえす」ラムファードはぶるっと身を震わせた。「みんながずらっと整列しておたがいに反駁しあうとは、なんという悪夢だろう」

「いまからだって、あなたにはできるはずよ」とビアトリス。「わたくしが失ったものを、いいえ、それ以上のものをとり返せるような、株式相場の予報を教えることぐらいは。もしあなたにすこしでもわたくしへの関心が残っているなら、ハリウッドのマラカイ・コンスタントがどんなふうにわたくしをだまして火星へ連れていくつもりかを教えて、わたくしがその裏をかけるようにしてくれるはずじゃないこと?」

「いいかね、単時点的《パンクテュアル》な人間にとって、人生はローラー・コースターのようなものだ」ラムファードはふりかえって、彼女の目の前で両手を震わせた。「ありとあらゆる種類のことが、これからきみの身にふりかかってくる。もちろん、わたしはきみの乗ったローラー・コースターぜんたいを見晴らせる。そしてもちろん――あらゆる急降下やカーブのことを書いたメモを、きみに渡すこともできる。どのトンネルの中でどんなお化けがきみの前にとび出してくるかも警告できる。だが、そんなことをしてもきみの役には立たない」

「役に立つはずよ」とビアトリス。

「なぜなら、それでもきみはやはりローラー・コースターに乗りつづけねばならないからだ。わたしはそのローラー・コースターの設計者でもないし、持ちぬしでもない。だれがそれに乗っているとも、だれが乗っていないともいわない。ただ、そのローラー・

コースターがどんな形をしているかを知っているだけだ」

「で、マラカイ・コンスタントも、そのローラー・コースターの一部なのね？」

「そうだ」

「そして、彼を避ける方法はないのね？」

「ない」

「そう——それじゃ、いったいどんな段階を経てわたくしが彼といっしょになるのか、それを話してくださらない？　わたくしがたとえすこしでも手を打てるように」

ラムファードは肩をすくめた。「いいとも——もしお望みなら。もしそれできみの気持ちが安まるなら——」

ラムファードはつづけた。「いま、この瞬間、合衆国大統領は、失業救済のために〈新宇宙時代〉を宣言しつつある。仕事を作るだけの目的で、何十億ドルもの金が無人宇宙船につぎこまれることになる。新宇宙時代の開幕を告げる行事は、来週火曜日に予定されている〈くじら号〉の打ちあげだ。〈くじら号〉はわたしを記念して〈ラムファード号〉と改称され、辻音楽師の猿を積んで火星にむけて打ちあげられる。きみとコンスタントは、ふたりともこの儀式に一役買うことになっている。きみたちは儀礼的な査閲のために船内へはいり、そこで故障したスイッチがきみたちを猿といっしょに目的地へ送り出すのだ」

ここで念のために物語を中断していいそえると、ビアトリスに語られたこのでためな創作は、ウィンストン・ナイルズ・ラムファードが嘘をついた数すくない一例である。ラムファードの話したことの中で、これだけは本当だった――〈くじら号〉は改称されて火曜日に打ちあげられる予定であり、合衆国大統領は〈新宇宙時代〉を宣言しつつあった。

このときの大統領の演説の一部は、ここに再録するに値する――そして、記憶されるべきことは大統領が〝進歩《プログレス》〟という言葉を〝食べ物《プログ》・けつ《アース》〟というように発音して、特殊なニュアンスを持たせたことである。大統領はまた、〝椅子《チェア》〟と〝倉庫《ウェアハウス》〟という言葉を、それぞれ〝喝采《チア》〟と〝電信室《ワイアハウス》〟というように発音して、一種の風味をつけた。

「さて、一部の人びとは、アメリカ経済が年老い、病んでいるといいふらしておりす」と大統領はいった。「なにを証拠に彼らがそんなことをいうのか、わたくしには理解に苦しむところでありまして、なぜならば、いまやわれわれは人類史上のいかなる時代よりも、あらゆるフロンティアにおいてプログ・アースの機会に恵まれているからでありそます。

そして、その中でも特にプログ・アースの余地の残されたフロンティア、それは宇宙空間のフロンティアであります。たしかにわれわれは一度宇宙空間から追い帰されました。しかし、ことプログ・アースに関してノーという答えを受けいれるのは、アメリカの伝統ではありません。

さて、ホワイトハウスのわたくしのところには、毎日のように弱気な人びとが訪れてまいります。そして、泣きわめきながら、わたくしに訴えるのです。『ああ大統領閣下、もうどの電信室《ワイアハウス》も自動車や飛行機や台所用品やいろいろな製品でいっぱいです』また、こう訴えます。『ああ大統領閣下、もう工場はなにを作ってよいやらわかりません。なぜなら、だれもがあらゆる品物をすでに二つも三つも四つも持っているからです』

わたくしが中でもよくおぼえているのは、ある喝采《チア》製造業者のことです。彼は甚《はなはだ》しい生産過剰になってしまったので、電信室《ワイアハウス》におさまったたくさんの喝采《チア》のことしか考えられないありさまでした。そこで、わたくしは彼にこういいました。『これからの二十年間で世界人口は倍になり、新しく生まれてくる何十億人かの人びとが、腰かけるものを欲しがるでしょう。だから、あなたはそれらの喝采《チア》にふんぞりかえっていればいい。それまでは、電信室《ワイアハウス》の喝采《チア》のことなど忘れて、なぜ宇宙のプログ・アースのことを考えないのですか』

わたくしは彼にいったことを、あなたがたに、全国民にくりかえしたい。『宇宙空間は、地球の何億兆個ぶんにあたる生産力を吸収できるのです。われわれが永久にロケットを建造しつづけ、打ちあげをつづけても、宇宙を埋めつくすことはできず、そこにあるすべてを知ることはできないのです』

ところで、れいの泣き言の好きな人たちはこういうでしょう。『ああ、しかし、大統領閣下、時間等曲率漏斗を、それともこれを、それともあれを、どうするのですか？』わたくしはこう答えます。『もし、みんながあなたがたのような人たちのいうことに耳をかしていたら、この世にプログ・アースというものはなかったのですぞ。電話もなにも生まれなかったのですぞ。それに』わたくしは彼らにいうべきことを、ここであなたがたに、全国民にくりかえします。『宇宙船には別に人間を乗せる必要はない。下等動物だけを使えばよいのです』」

演説はなおもつづいた。

カリフォルニア州ハリウッドのマラカイ・コンスタントは、ラインストーンの電話ボックスから、しらふに戻って出てきた。彼の目は消し炭だった。彼の口の中は、馬の毛の毛布を煮出したピューレの味がしていた。

彼はそのブロンドの美人に全然見おぼえがなかった。

彼は彼女にむかって、大異変のあとの標準的な質問を一つこころみた。「みんなはどこへ行った？」

「あんたがみんなをほうりだしたのよ」と彼女。

「おれが？」

「そうよ。なんだ、おぼえてないの？」

コンスタントは弱々しくうなずいた。連続五十六日間のパーティーで、彼はうなずくことしかできないほど消耗していた。そもそもの目的は、彼自身をどんな運命にも値しないように――どんな使命も果たせないように――つまり、旅行もできないほどへとへとにすることにあった。そして、驚くべき大成功をおさめたわけだ。

「そりゃあ大したショーだったわよ」と彼女。「あんたはみんなといっしょにすごくゴキゲンだったわ、プールへピアノを投げこむのを手つだったりしてね。それから、ピアノがやっとぶくぶく沈んだと思ったら、あんたはひどい泣き上戸に変わっちゃった」

「泣き上戸」コンスタントはおうむ返しにいった。これは初耳である。

「そう。あんたはすごく不幸な少年時代を送ったといって、それがどのぐらい不幸だったかをみんなに聞かせたわ。あんたのお父さんが一度もあんたにボール《ボール》を投げてくれなかったっていう話――どんな種類の楽しみもね。ろれつが怪しくて半分はだれにも聞きとれなかったけど、たまに聞きとれるときは、どんな楽しみもなかったという、そればかりだったわ。

それから、こんどはお母さんのことを話しはじめたのよ。あんたは、もし彼女が淫売なら、もしあれが淫売なら、おれは淫売の息子であることを誇りにするっていった。それから、おれの手を握って、みんなに聞こえるような大声で、〝あたしも淫売です、お母さんとおなじように〟といった女には、油井《ゆせい》を一つくれてやるぞ、というじゃない」

「それでどうなった?」とコンスタント。

「あんたはパーティーへやってきた女のひとり残らずに、油井を一つずつくれてやったわ。それから前よりもひどく泣きだして、あたしの手をとり、みんなの前でこういったわ。太陽系の中で信用できる人間は、あたしだけだって。ほかの連中は、あんたが眠るのを待って、ロケットに乗っけて火星へ打ちあげようとしてるんだって。それから、あんたはあたし以外のみんなを家から追い出したのよ、使用人までぜんぶ。

それから、あたしたちはメキシコへ飛んで結婚式をすませ、ここへ帰ってきたわけ。そしたら、いまさっき、あんたがおまるｰつも持ってないし、それをほうりだす窓も持ってないことがわかったんだわ。はやく会社へ行って、なにがあったか見てきたほうがよさそうね。だって、あたしのボーイフレンドの中にはこわいお兄さんもひとりいるから、もしあんたが扶養の義務を果たしてくれないなんてことをあたしから聞いたら、あんたを殺すかもよ。

ふん、なにさ。あたしなんて、あんたよりよっぽど不幸な少女時代だったわよ。母さんは淫売、父さんも家へ寄りつきゃしないところはおんなじ——だけど、あたしん家《ち》はおまけに貧乏だったわ。あんたは、とにかく何億というお金があったじゃない」

ニューポートでは、ビアトリス・ラムファードが夫にくるりと背を向けた。彼女は〈スキップの博物館〉の入口に立ち、廊下をうかがった。廊下のむこうでは、執事の声がひびいていた。執事は玄関のドアから宇宙の猟犬カザックを呼んでいるのだ。

「ローラー・コースターのことなら、わたくしも多少は知っていますわ」ビアトリスはいった。

「そりゃよかった」ラムファードはうつろに答えた。

「十歳のとき、父がわたくしをローラー・コースターに乗せてやろうと思いついたの。ちょうど家族でケープ・コッドへ避暑に行ったときだったから、フォール・リヴァーの郊外にある遊園地まで車で行くことになって。

父はローラー・コースターのキップを二枚買ったわ。わたくしといっしょに乗るつもりで。

だけど、わたくしはローラー・コースターを一目見たとたん、なんてばかばかしくて不潔で危険な乗物だろうと思って、ぜったいに乗らないとだだをこねたの。父がいくらなだめすかしても、だめだったわ。ニューヨーク中央鉄道の会長である父がいいきかせてもね。

わたくしたちは回れ右して家に帰ったわ」ビアトリスは誇らしげにいった。彼女はきらきらと目を輝かせ、こっくりとうなずいた。「それがローラー・コースターの正しい扱い方なのよ」

彼女はカザックを迎えるために、〈スキップの博物館〉からつかつかと玄関広間へ歩きだした。

まもなく、彼女は夫の電気的存在を背後に感じた。

「ビー――」と彼はいった。「もし、きみの不運に対してわたしが冷淡に見えるとしても、それは最後に万事がどんなにうまく落ちつくかを、わたしが知っているからなんだ。もし、きみとコンスタントが結ばれることに嫌悪を示さないわたしが下品に見えるとしても、それはこれまでやこれからのわたしよりも、彼のほうがはるかにきみにとってのよい夫になれるという、わたしの側での認識があるからなんだ。

はじめて真実の愛を知るときを、たのしみに待ちたまえ、ビー。貴族性の外面的な証拠をなにひとつ持たずに、貴族らしく振舞うときをたのしみに待ちたまえ。きみが神から授かった威厳と知性と優しさ以外になにも持たなくなるときを、たのしみに待ちたまえ——それらの材料だけで、ほかのいっさいを使わずに、すばらしく美しいなにかを作りあげるときを、たのしみに待ちたまえ」

ラムファードはキンキンしたうめきをあげた。彼は非実体的になりかかっていた。

「ああ、神よ——」と彼はいった。「きみはローラー・コースターの話をしたっけな——それなら、ときどきは、わたしの乗っているローラー・コースターのことも思いやってくれ。いつかタイタンで、きみにもわかる日がくるよ。わたしがだれによって、どんな腹立たしいぐらいくだらない目的のために、どれほど容赦なく利用されたかが」

カザックが、垂れた上くちびるを震わせながら、玄関から跳びこんできた。そして、磨きぬかれた床の上でつるりと滑った。

カザックはビアトリスの方向へ直角に曲がろうとして、その場で足踏みをつづけた。速く走ろうといくら足を動かしても、摩擦が得られないのだ。

カザックは半透明になりかかっていた。

カザックは縮みだし、フライパンの中のピンポン玉のように玄関広間の床でしゅうしゅうたぎりたちはじめた。

そして消えた。

もはや、そこに犬の姿はなかった。

背後をふりかえるまでもなく、ビアトリスは夫も消失したことをさとった。

「カザック?」彼女は優しく呼んだ。犬を呼びよせようとするかのように、指をぱちんと鳴らそうとした。だが、力ない指は、なんの音も立てなかった。

「かわいいワンワン」と彼女は囁いた。

3　ユナイテッド・ホットケーキ優先株

「せがれよ。みんなはこの国には王家がないというが、どうすればアメリカ合衆国の王様になれるかをわたしに教えてもらいたいかね？　くそだめへ落っこちてからバラの匂いをさせて出てくればいい」

——ノエル・コンスタント

マグナム・オパス社、つまり、マラカイ・コンスタントの財務を一手に管理しているロサンゼルスの有限会社は、マラカイの父によって創立された。その本社は三十一階のビルである。マグナム・オパス社はこのビル全体を所有しているけれども、その最上階三つだけを使って、下のほうは子会社に貸している。

これらの子会社のあるものは、最近マグナム・オパス社の手で売却されて、このビルを引きはらおうとしていた。またあるものは、最近マグナム・オパス社に買いとられて、このビルへ移ろうとしていた。

ビルの中には、つぎのような会社が名を連ねていた――ギャラクティック宇宙機、ムーンミスト・シガレット、ファンダンゴ石油、レノックス・モノレール、即席フライ、サニメイド製薬、ルイス・アンド・マーヴィン硫黄《いおう》、デュプリー電子工業、ユニヴァーサル圧電気、サイコキネシス・アンリミテッド、エド・ミュア共同商会、マックス・モー機工、ウィルキンソン塗料、アメリカン空中浮揚、フローファスト、レジャーキング・シャツ、そしてカリフォルニア・エンブレム・シュプリーム傷害生命保険。

マグナム・オパス・ビルはほっそりした十二面の角柱で、十二面ぜんぶに青緑色のガラスがはまり、それが基部に近づくにしたがってバラ色になっている。この十二面は、建築設計者にいわせると、世界の十二大宗教を表わしたものである。これまでその設計者に、その十二の名前を聞いたものはいない。

これは幸運だった。聞かれても、彼には答えられなかっただろうから。

ビルの屋上には、自家用のヘリポートが設けられている。

そのヘリポートに降下するコンスタントのヘリコプターの影と羽の動きは、下界の多くの人びとにとって死の使者の影と羽ばたきに思えた。そんなふうに思えたのは、株式の大暴落のせいであり、金詰まりと就職難のせいでもある――

そして、彼らにとってとくにそう思えたのは、最大の暴落を見せたのが、つまり彼らをどん底に突きおとしたのが、マラカイ・コンスタントの企業グループであるせいだった。

前夜のうちに使用人がみんなやめていってしまったので、コンスタントは自分でヘリコプターを操縦していた。コンスタントの操縦はへたくそだった。ビルぜんたいに戦慄を走らせるほどの衝撃で、ヘリコプターは着地した。

彼は、マグナム・オパス社のランサム・K・ファーン社長と会談するために、やってきたのだった。

ファーンは三十一階でコンスタントを待っていた――そのだだっぴろい部屋が、コンスタントのオフィスなのだ。

オフィスは気味わるい造作だった。どの家具にも脚がない。あらゆるものが、それぞれ適当な高さに磁力でぶらさがっていた。テーブルも、デスクも、カウンターも、ソファーも、宙にうかぶ一枚板だった。椅子は、宙にうかぶ傾いた深鉢だった。なによりも気味がわるいのは、鉛筆やメモが、それを書きつける価値のあるアイデアを持った人間がすぐ手にとれるように、空中のあちこちへ思い思いにうかんでいることだった。

カーペットは草のように青々としていたが、それは本物の草だという簡単な理由にもとづいている——それはゴルフ場のグリーンよりも美しく生えそろった芝生なのだ。

マラカイ・コンスタントは、ヘリポートのデッキから専用エレベーターでオフィスへと降りた。エレベーターのドアが囁きとともに開いたとたん、コンスタントは脚なし家具と宙吊りの鉛筆やメモを見て、びっくり仰天した。彼がこのオフィスへくるのは八週間ぶりだった。だれかがそのあいだに内部の造作を変えたのだ。

マグナム・オパス社のランサム・K・ファーン老社長は、床から天井までぶちぬきの窓に立ち、市街を見おろしていた。黒のホンブルグ帽とチェスターフィールドの黒のコート。それに竹のステッキを控え銃《つつ》の姿勢で持っている。彼はたいそう痩せこけていた——むかしからそうだった。

「たいへんなモーレッツ人間だよ」マラカイ・コンスタントの父親ノエルは、ファーンをそう評したことがある。「ランサム・K・ファーンは、こぶを二つとも燃えつきさせたラクダみたいなもんだ。しかもこんどは、髪の毛と目玉以外のぜんぶを燃やしにかかっている」

国税庁の公表した数字によっても、ファーンは全米一の高給取りだった。彼は年俸百万ドルをとっていた——自社株優先取得権や物価手当がこれにプラスされる。

彼は二十二歳でマグナム・オパス社にはいった。いまは六十歳である。「だれかがオフィスを改装しました」

「だれ——だれかが家具をそっくり入れ換えたな」

「そうです」ファーンはまだ市街を見おろしたままでいった。

「あんたか?」とコンスタント。

ファーンは軽く鼻を鳴らし、ちょっと間をおいてから答えた。「自社製品に対する信頼を示すべきだと思いましてね」

「こ——こんなものは、生まれてはじめて見た」とコンスタント。「脚がない——宙にうかんでるだけだ」

「磁力。ご存じでしょう」とファーン。

「とにかく——とにかく、慣れてしまえば、これもなかなかいいよ」とコンスタント。

「うちの子会社のどこで、これを作ってるんだい?」

「アメリカン空中浮揚。あなたが買えとおっしゃったから買収しました」

ランサム・K・ファーンは、窓から向きなおった。彼の顔は若さと老いの複雑な結合だった。その顔には、老化過程の中間段階を物語るもの、とり残された三十代、四十代、五十代の人間の気配が、どこにもなかった。そこにあるのは、青年と六十歳の年齢だけだった。それはまるで十七歳の若者が、一陣の熱風に枯れしなび、漂白されたかのようだった。

ファーンは毎日二冊の読書を欠かさない。アリストテレスは、自己の時代の文化の全体に精通した最後の人間だといわれている。ランサム・K・ファーンは、アリストテレスの偉業にならおうと刻苦精励した。こうした知識を体系化することにおいて、彼はアリストテレスほどの成功をおさめられなかった。

この知的大山が鳴動して送り出したものは、一ぴきの哲学的ネズミだった——そして、それが一ぴきのネズミであり、しかも貧相なネズミであることを、だれよりも先に当のファーンが認めていた。ファーンはその哲学を、やさしい言葉で座談的にこう表現している——

「きみがある男のところへ行って、『やあ、景気はどうだい?』と聞いたとしたまえ。むこうは、『ああ好調、好調——申し分なし』というだろう。ところが、そいつの目をのぞきこんでみると、申し分だらけ、というのが本音だ。ぶっちゃけた話、だれもかれもこの世にはうんざりしているのさ、人間ひとり残らず。しかも救われないのは、なにひとつたいして助けにならない、ということだ」

この哲学は彼を悲しませなかった。考えこませもしなかった。

それは彼を冷酷なほど用心深くさせた。

それはビジネスにも役立った――なぜなら、ファーンはこの哲学によって、彼の相手が見てくれよりもずっと無力で、ずっと退屈していることを、自動的に想定できたからだ。

また、ときには、神経の太い連中が、ファーンの呟く傍白をおもしろがることもあった。

ノエルとマラカイ・コンスタントの父子二代のために働いた彼の立場は、彼の口にするほとんどの言葉にほろ苦い滑稽《こっけい》さをしみこませる効果をあげた――なぜなら、彼は一つの点を除いたすべての面でコンスタント父子よりもすぐれているのに、ほんとうに重要なのはその例外の一点だけだったからだ。コンスタント父子は――無知で下品で厚顔であっても――おそるべき運のよさを持ち合わせていたのである。

すくなくとも、これまでは。

マラカイ・コンスタントは、彼のツキが――完全に――落ちたことを、まだ認識していなかった。電話でファーンから悲報を聞かされても、まだピンときていなかった。

「こりゃすげえ」コンスタントは無邪気にいった。「見れば見るほど、その家具が気に入ってきたよ。これならホットケーキみたいに売れるだろう」マラカイ・コンスタントがビジネスを語る姿には、なにか痛々しく、不快感をそそるものがあった。これは、彼の父親の場合もおなじだった。ノエル・コンスタント老人はビジネスのことにかいもく無知だったし、その息子も同様である——そして、コンスタント父子が持っているわずかばかりの魅力も、自分たちの成功の秘訣は商売上手にあるというふりをしはじめたとたんに、雲散霧消してしまうのだ。

楽天的で、攻撃的で、狡猾な億万長者には、なにか猥褻《わいせつ》感がある。

「そういえば」とコンスタント。「あれはなかなか健全な投資だったよ——こんな家具を作る会社だものな」

「ユナイテッド・ホットケーキ優先株」とファーンはいった。ユナイテッド・ホットケーキ優先株というのは、ファーンのお得意のジョークだった。だれかが彼のところへやってきて、六週間で元金が倍になるような投資のアドバイスを求めるたびに、彼は真顔でこの架空の株式への投資をすすめるのだ。中には、そのアドバイスを実行しようとした人たちもいた。

「アメリカン空中浮揚のソファーにすわるのは、樺《かば》の木の皮で作ったカヌーの中で立つよりもむずかしいですよ」ファーンは皮肉な口調でいった。「そのへんにある椅子とやらへ腰かけてごらんなさい、ゴムぱちんこで弾かれた石ころみたいに天井へはねとばされる。デスクの端に腰かけてごらんなさい、キティホークでのライト兄弟のように、部屋じゅうでワルツを踊らせてくれます」

コンスタントは、そっとデスクの端をさわってみた。デスクは神経質に身ぶるいした。

「ふむ——まだ改良の余地はあるね」

「まさしく至言ですな」とファーン。

コンスタントは、これまで一度も必要のなかった弁解をした。「人間だもの、だれだってときにはまちがいをやらかすさ」

「ときには?」ファーンは眉をつりあげた。「この三ヵ月間、あなたはまちがった判断しかなさらず、わたしが不可能と思っていたことをなしとげられた。あなたは、約四十年間の霊感にみちた当てずっぽうの結果を、水泡に帰《き》すことに成功なさったのです」

ランサム・K・ファーンは、空中から鉛筆を一本つまみあげ、それを真二つにへし折った。

「マグナム・オパス社はもはや存在しません。あなたとわたしが、このビルに残った最後の二人です。ほかの連中には、みんな給料をやって帰らせました」

ファーンは一礼して、ドアのほうへ歩きだした。「交換台は、外線からの電話がぜんぶあなたのこのデスクにつながるように、切り換えてあります。それではコンスタントさん、お帰りになるときは忘れずに電気を消して、玄関の戸締りをしていってください」

ここでマグナム・オパス社の歴史をふりかえっておくのが、順序かもしれない。

マグナム・オパス社そもそもの発足は、銅底の鍋釜の巡回セールスマンをしていた北部《ヤンキー》人の頭にうかんだアイデアだった。この北部人は、マサチューセッツ州ニューベッドフォード出身のノエル・コンスタントという男。すなわち、マラカイの父親である。

ノエルの父はシルヴァナス・コンスタントといって、グランド・リパブリック毛織ナタウィーナ支社ニューベッドフォード工場の織機修理工だった。彼は無政府主義者だったが、そのためにトラブルに巻きこまれたことは、妻とのそれを除いて一度もなかった。

この一家の系譜は、ひとりの庶子をつうじてその祖先をベンジャミン・コンスタントにまで遡《さかのぼ》ることができる。この人物は一七九九年から一八〇一年までナポレオンの下で護民官をつとめたことがあり、当時の駐仏スウェーデン大使の妻、ステール・ホルスティン男爵夫人アンヌ・ルイーズ・ジェルメーヌ・ネケルの愛人でもあった。

それはともかくとして、ロサンゼルスでの一夜、ノエル・コンスタントは相場師になろうというアイデアを思いついた。このとき、彼は三十九歳、独身、肉体的にも道徳的にも魅力に欠け、セールスマンとしても失敗者だった。相場師になろうというアイデアは、ウィルバハンプトン・ホテル二二三号室の狭いベッドに、彼がただひとり腰かけているときに生まれたのである。

一個人の所有になる史上最多資本の法人組織がこれ以上にみすぼらしい創立事務所を持つことは、とうていありえないだろう。ウィルバハンプトン・ホテルの二二三号室は、奥行十一フィート、間口八フィート、電話もデスクも備えつけられていなかった。

そこにあるものは、ベッドと、三つの引出しの底に古新聞の敷かれた鏡台と、いちばん下の引出しに入れられているギデオン協会寄贈の聖書だけだった。鏡台の真ん中の引出しに敷かれた古新聞は、十四年前の株式欄だった。

ベッドとカレンダーしかない部屋に閉じこめられた男についてのなぞなぞがある。問題――彼はどうやっていのちをつなぐか？

答え。彼はカレンダーの棗椰子《デート》を食べ、ベッドの泉《スプリング》の水を飲む。

マグナム・オパス社の草創期のありさまも、これときわめて似かよっている。ノエル・コンスタントが巨万の富を築きあげた材料は、それじたい、カレンダーの日付《デート》やベッドのばね《スプリング》よりも栄養のあるものとはいえないのだ。

マグナム・オパス社を築きあげたものは、一本のペンと、小切手帳と、小切手サイズの官製封筒数枚と、一冊のギデオン聖書と、残高八千二百十二ドルの銀行預金である。

この預金は、ノエル・コンスタントが無政府主義者の父親から相続した遺産の分け前だった。遺産はおもに国債から成っていた。

ここにおいて、ノエル・コンスタントは投資計画を立てた。計画は単純そのものだった。聖書を投資の相談役に仰ぐのである。

ノエル・コンスタントの投資パターンを研究した一部の人たちの結論では、彼は天才であるか、それとも卓越した産業スパイ組織を持っていたかのどちらかだ、ということになっている。

彼はつねに株式市場第一の花形株を、その華々しい急騰のはじまる数日ないしは数時間前に嗅ぎあてた。ウィルバハンプトン・ホテルの二二三号室からほとんど外へ出ずに、十二カ月で彼は財産を百二十五万ドルに殖やした。

ノエル・コンスタントは、天才の力も、スパイの力もかりずにそれをやってのけたのである。

彼の投資方式はばかばかしいほど簡単そのものだったので、何度説明されても一部の人たちにはそれが理解できなかった。理解できない人たちは、彼らの心の平安のためにも、巨大な富は巨大な商才によってのみ生み出される、と信じるほかない人たちだった。

ノエル・コンスタントの投資方式は、つぎのようなものである――
彼はホテルの部屋に備えつけられたギデオン聖書を開いて、創世記の最初の一行からとりかかった。

創世記の最初の一行は、ご存じの方もあるだろうが、"In the beginning God created the heaven and the earth."（はじめに神は天と地とを創造された）である。ノエル・コンスタントはこの文章を大文字で書き写し、文字のあいだにピリオドを打ち、二字ずつを一組にして、この文章をつぎのように変えた――"I. N., T. H., E. B., E. G., I. N., N. I., N. G., O., D. C., R. E., A. T., E. D., T. H., E. H., E. A., V. E., N. A., N. D., T. H., E. E., A. R., T. H."

つぎに、彼はこれらの頭文字を持つ企業を探し、その株を買った。初期のうちは、一度に一社と限定し、虎の子の元手をそっくりそれに投資して、株価が倍になった瞬間に手離す、というルールにしたがった。

彼の最初の投資はインターナショナル硝化《ナイトレート》工業だった。その後は、トローブリッジ・ヘリコプター、エレクトラ製パン《ベーカリー》、エターニティ花崗岩《グラニット》、インディアナ新案具《ノヴェルティ》、ノーウィック製鉄《アイアン》、ナショナル・ゼラチン、グラナダ石油《オイル》、デルマー広告制作《クリエーションズ》社、リッチモンド電気鍍金《エレクトロプレーティング》工業、アンダースン・トレーラー、そしてイーグル複写《デュプリケーティング》機、とつづいた。

そのあとの十二カ月間のプログラムは、つぎのようなものだった——トローブリッジ・ヘリコプターをもう一度、そしてエルコ起重機《ホイスト》、工学技術《エンジニアリング》アソーシエーツ、ヴィッカリー電子工業《エレクトロニクス》、ナショナル・アルミニウム、ナショナル浚渫《ドレッジング》、そして三たびトローブリッジ・ヘリコプター。

トローブリッジ・ヘリコプターの株を三度目に買ったときには、もはや彼が買ったのはその一部ではなかった。彼はその会社全体を——一切合財《いっさいがっさい》ひっくるめて——買いとってしまったのである。

それから二日後、この会社は政府と大陸間弾道ミサイル製作の長期契約を結んだ。この契約で、会社の価値は内輪に見積もっても五千九百万ドルに跳ねあがった。ノエル・コンスタントは、二千二百万ドルでこの会社を買いとっていたのだ。

この会社に関して彼が行なった唯一の経営者的判断は、ウィルバハンプトン・ホテルの絵ハガキに記された命令だった。そのハガキは社長宛になっていて、会社がすでにトローブリッジやヘリコプターを卒業してしまったことでもあり、ギャラクティック宇宙機株式会社と改称すべきだ、と告げていた。

この権力行使は小さいながらに意義深い。なぜなら、それはコンスタントがついに彼の所有物の一部に関心を抱きはじめたことを、意味するからである。しかも、この会社の彼の持株はすでに買値の倍以上になっていたのに、彼はその全部を売ってしまわなかった。四十九パーセントだけを売った。

その後も、彼はギデオン聖書に投資の指針を求めつづけたが、自分がほんとうに気に入った会社の株だけは、過半数を残しておくことにしていた。

ウィルバハンプトン・ホテル二二三号室で過ごした最初の二年間に、ノエル・コンスタントが迎えた訪問者は、たったひとりだった。その訪問者は、ノエルが金持ちであることを知らなかった。この唯一の訪問者はフロレンス・ホワイトヒルという客室係のメイドで、十日に一晩、はした金で彼とベッドをともにした。

フロレンスは、ウィルバハンプトン・ホテルにいるほかのみんなとおなじように、彼が切手の売買をやっているという話を真にうけていた。清潔な身だしなみは、ノエル・コンスタントの得手とはいえなかった。彼がゴム糊との定期的接触をもたらす仕事に従事しているという話は、かなりの説得力を持っていた。

彼がどれほどの金持ちであるかを知っているのは、国税庁と有名なクラウ・アンド・ヒギンズ会計事務所の職員だけだった。

二年後、ノエル・コンスタントは第二の訪問者を二二三号室に迎えた。

この第二の訪問者は、痩せた、油断のない青い目を持つ、二十二歳の青年だった。青年は合衆国政府国税庁からやってきたと告げて、ノエル・コンスタントの真剣な関心を呼びさました。

コンスタントは青年を部屋に招じ入れ、ベッドに腰かけるように手まねきした。彼自身は突っ立ったままだった。

「連中は子供をよこすのかい、ええ?」ノエル・コンスタントはいった。

訪問者は腹を立てなかった。逆にその嘲弄を盾にとって、戦慄すべき彼自身のイメージを描きだした。「石の心と、マングースのようにすばしこい頭をもった子供ですよ、コンスタントさん。これでもハーヴァード・ビジネス・スクールを出ているんです」

「そうかい」とコンスタント。「だが、おれにはなにも手を出せんはずだぜ。合衆国政府には一セントの借りもない」

青二才はうなずいた。「存じております。その点ではきれいなもんです」

青年は部屋の中を見まわした。そのむさくるしさに、すこしも驚かなかった。なにか病的なものを予想してくるほど、十分に世慣れていたのである。

「実は、ここ二年間のあなたの所得税申告書を調べてみたんです。ぼくの計算によると、あなたは史上空前の幸運に恵まれた人物ということになる」

「幸運?」とノエル・コンスタント。

「だと思いますね」若い訪問者はいった。「あなたはそう思いませんか？　たとえば——エルコ起重機《ホイスト》はなにを作っている会社です？」

「エルコ起重機？」ノエル・コンスタントはぼんやりと聞きかえした。

「あなたはあの会社の五十三パーセントを、二カ月間も所有しておられたんですよ」若い訪問者はいった。

「なにをって、起重機にきまってる——いろんなものを持ちあげる機械さ」ノエル・コンスタントはむっとしたようにいった。「それと、いろんな付属品」

若い訪問者の微笑は、鼻の下に猫の口ひげを作った。「ご参考のために申しあげますが、エルコ起重機というのは、政府が前大戦中に水中聴音機を開発する秘密研究所に与えた名称です。戦後、研究所は民間に払い下げられましたが、名称は変わりません——なぜなら、その社の仕事がいまでも最高軍事機密であり、いまでも政府だけが唯一の取引先だからです。

では、もう一つ聞かせてください。あなたはなにを理由に、インディアナ新案具《ノヴェルティ》が有利な投資だと判断されたのですか？　あの会社は、紙帽子にはいったパーティー用の小さなクラッカーでも作っていると、思っていたんですか？」

「国税庁に、そんなことまで答えにゃならんのか？」とノエル・コンスタント。「おれが株を買った会社をいちいち説明しなけりゃ、儲けた金を自分のものにできんのか？」

「個人的な好奇心でおたずねしてるだけですよ。あなたの反応から見ても、インディアナ新案具がなにをする会社かをまったくご存じないらしい。ご参考までに申しあげますと、インディアナ新案具は、なにも製造せずに、タイヤの更生機械の重要な特許をいくつか持っているだけの会社です」

「国税庁の話を片づけようじゃないか」ノエル・コンスタントは気短にいった。

「ぼくはもう国税庁にはつとめていません」若い訪問者はいった。「週給二千ドルの仕事につくため、けさ、週給百十四ドルの仕事をやめたんです」

「こんどはどこで働くんだ？」

「あなたのところですよ」青年はそういって立ちあがると、彼に手をさしだした。「ランサム・K・ファーンです、よろしく」

ファーン青年はノエル・コンスタントにいった。「ハーヴァード・ビジネス・スクールで、ぼくはある教授から、きみは利口だが、もし金を儲けたければシ﹅テ﹅役﹅を見﹅つ﹅け﹅なくちゃだめだよと、よくいわれました。その意味を聞いても、教えてくれません。いまにわかるよ、というだけでした。そこで、どうやったらそのシテ役が見つかるかと聞くと、教授は一年ほど国税庁で働いてみては、とすすめてくれました。

コンスタントさん、あなたの納税申告書を見たとき、とつぜんぼくはあの教授がなんのことをいっていたかをさとりました。教授は、ぼくが抜け目がなくて几帳面《きちょうめん》だが、あんまりツキはない、ということをいっていたんです。つまり、ぼくは驚嘆すべき程度にまでツキを持った人物を探さねばならなかった――それが見つかった、というわけです」

「なぜおれがきみに週二千ドルも払わなきゃならんのだ？」ノエル・コンスタントはいった。「おれの事務所がどんなものかも、その事務所でおれがどれだけのことをやったかも、見たはずだぜ」

「見ました――だから、あなたが二億ドル儲けられたはずのところを、五千九百万ドルしか儲けられなかったと、証明できるんですよ。あなたは会社法や税法を――いや、常識的な実業知識さえ――からきしご存じない」

ファーンは、マラカイの父、ノエル・コンスタントに、いま自分のいったことを証明してみせた。そして、ファーンは彼に、マグナム・オパス株式会社と称する機構の青写真を示した。それは都市条例の一カ条にすら抵触せずに、何千種もの法の精神を踏みにじることのできる、高性能のエンジンだった。

この偽善と狡知のモニュメントに、ノエル・コンスタントはほとほと感心したあまり、聖書にも相談せず、即座にその株を買う気になった。

「コンスタントさん」とファーン青年はいった。「おわかりになりませんか？　マグナム・オパス社はあなたなんですよ。あなたがその会長、ぼくがその社長というわけです。コンスタントさん、いまのあなたは国税庁にとって、街角でリンゴやナシを売っている男のように監視のしやすい相手です。だが、もしあなたが一つのビルのてっぺんから地下室までを企業官僚で埋めたとしたら、監視がどれほどやりにくくなるかを想像してみてください。企業官僚というのは、物をなくし、まちがった書式を使い、新しい書式を作り、あらゆるものに五枚複写を要求し、いわれたことのおそらく三分の一だけを理解する連中です。いつも、考えるひまを手に入れるため脇道にそれた答えをし、強制されたときだけ判断をくだし、それから責任逃れの工作をする連中です。足し算引き算で悪意のないまちがいをやらかし、孤独を感じるたびに会議を開き、自分が好かれていないと感じるたびにメモを書く連中です。そうしなければクビになると思ったとき以外、絶対に物を捨てない連中です。ひとりの十分に活動的で神経質な企業官僚がいれば、年間一トンの無意味な書類をこしらえて、国税庁の手を焼かせることができるでしょう。わがマグナム・オパス・ビルでは、数千人の彼らを使うのです！　そして、あなたとわたしはそのビルのいちばん上の二つの階を使い、あなたはいまおやりになっているそのままのやりかたで、実際の取引状態の記録をとっておく、というわけです」彼は部屋の中を見まわした。「ところで、いまのあなたはどんな方法で記録をとっています？——マッチの燃えかすで電話帳の余白にでも書き入れるんですか？」

「おつむの中さ」とノエル・コンスタント。

「とすると、もう一つぼくの利点を指摘できそうですね」とファーン。「いつかは、あなたのツキも落ちるときがきます。そのときには、だれよりも利口で几帳面な支配人が必要だ——でないと、あなたは無一文のすってんてんになってしまいますよ」

「きみを雇おう」マラカイの父、ノエル・コンスタントはいった。

「さて、そのビルをどこへ建てましょうか？」とファーン。

「おれはこのホテルの持ちぬしで、このホテルは筋むかいの空地の持ちぬしだ。だから、ビルは筋むかいの空地に建てりゃいい」ノエル・コンスタントは、クランク・シャフトのように曲がった人差し指を突きだした。「それともう一つ——」

「はい、会長？」

「おれはそのビルへは引っ越さんぜ。ここでがんばる」

マグナム・オパス社の歴史についてもっと詳しいことを知りたい方には、図書館でラヴィナ・ウォーターズのロマンティックな『ままならぬ夢か？』、あるいはクラウザー・ゴンバーグの辛辣な『原始の鱗《うろこ》』をお読みになることを、おすすめする。

ウォーターズ女史の著書は、ビジネスの細部については不明確だが、客室係フロレンス・ホワイトヒルがノエル・コンスタントの子を身ごもったことに気づいたいきさつと、ノエル・コンスタントが超々百万長者であることに気づいたいきさつの叙述では、後者よりすぐれている。

ノエル・コンスタントはこの客室係と結婚し、彼女に邸宅と百万ドルの当座預金を与えた。そして、もし生まれてくる子が男ならマラカイ、女ならプルーデンスと名づけるように命じた。そして、十日に一度ウィルバハンプトン・ホテルの二二三号室へ訪ねてくるように、だが赤んぼうは連れてこないように、と命じた。

ゴンバーグの著書のほうは、ビジネスの詳細な記述では一流だが、マグナム・オパス社は愛に関する無能力の複合体の産物であるという、ゴンバーグの中心命題が妨げになっている。ゴンバーグの著書を読んでいると、著者自身、愛し愛される能力のなかったことが、行間からしだいに浮かびあがってくるのである。

ついでながら、ウォーターズ女史もゴンバーグも、ノエル・コンスタントの投資方式を発見していない。ランサム・K・ファーンすら、非常な努力にもかかわらず、それを発見できなかった。

ノエル・コンスタントがその秘密を洩らした唯一の相手は息子のマラカイであり、それはマラカイの二十一回目の誕生日の出来事だった。このふたりきりのバースデー・パーティーは、ウィルバハンプトン・ホテルの二二三号室で開かれた。父と子が顔を合わせたのは、このときが最初だった。

マラカイは、ノエルから招待状をもらってやってきた。

人情のつねとして、マラカイ・コンスタント青年は、いかにして数千万ないし数十億ドルの財を築くかといったことより、その部屋の造作のほうに気をとられていた。

もっとも、金儲けの秘密はおそろしく簡単なことだったので、たいして身をいれて聞く必要もなかった。ノエル・コンスタントがついに下においたマグナム・オパス社の松《たい》明《まつ》を、マラカイ青年がいかにして持ちあげるべきかに関した部分が、いちばんこみいっているといえるかもしれない。つまり、マラカイ青年はランサム・K・ファーンに、マグナム・オパス社の年代順投資リストを見せろと、要求すればいいのだ。あとはその欄外見出しをたどるだけで、マラカイ青年はノエル老人が聖書のどの個所まで到達していたかを知り、どこからあとをつづければよいかを知ることができる。

二二三号室の室内調度の中でマラカイ青年がいたく興味をひかれたのは、彼自身の写真だった。彼自身の三歳のときの写真——浜辺でうつした、かわいい、あどけない、元気のいい坊やの写真だった。

それは壁に画鋲でとめてあった。

それが部屋の中でただ一枚の写真だった。

ノエル老人はマラカイ青年がその写真を見つめているのに気づいて、父親と息子というう慣れない関係にとまどい、混乱した。なにかうまい文句をいおうと心の中をさぐったが、なにも見つからなかった。

「わしのおやじは、わしに二つだけ忠告をしてくれた」と老人はいった。「その中で時の試練にもちこたえたのは、一つだけだった。その二つの忠告というのは、『元金に手をつけるな』と、『ベッドルームへ酒を持ちこむな』だ」老人のとまどいと混乱は、いまや耐えられぬほどに大きくなった。「さようなら」と、老人はだしぬけにいった。

「さようなら?」マラカイ青年はびっくりしていった。そして戸口のほうへ歩きだした。

「ベッドルームへ酒を持ちこむなよ」老人はいうと、息子に背中を向けた。

「はい、わかりました」マラカイ青年はいった。「さようなら、お父さん」そういうと、彼はそこを去った。

マラカイ・コンスタントが父親を見たのは、それが最初で、また最後だった。

父親はそれからさらに五年生き長らえたが、聖書は一度もこの老人を裏切らなかった。ノエル・コンスタントは、ちょうどつぎの文章の終わりまできたときに亡くなった――

――"And God made two great lights : the greater light to rule the day, and the lesser light to rule the night : he made the stars also."（神は二つの大きな光を造り、大きい光に昼をつかさどらせ、小さい光に夜をつかさどらせ、また星を造られた）

サニーボーイ石油《オイル》株の十七ポイント¼買いが、彼の最後の投資となった。

息子は父の遺志をひきついだ。もっとも、マラカイ・コンスタントは、ウィルバハンプトン・ホテルの二二三号室へは引っ越さなかった。

それからの五年間、息子の幸運は、父親の幸運がそうであったように、驚異的でありつづけた。

そしていま、突如として、マグナム・オパス社は瓦解したのである。

彼のオフィスの中で、宙にうかぶ家具と芝生のカーペットにとりまかれて、マラカイ・コンスタントはまだ彼のツキが落ちたことを信じられずにいた。

「なにも残ってない?」と彼は小声でいった。ランサム・K・ファーンにむかって、やっとのことで微笑をこしらえた。「おい、おどかすなよ――まだなにかは残ってるんだろう？」

「わたしもそう思っていました、けさの十時まではね」とファーン。「およそ考えうるすべての打撃からマグナム・オパス社を防壁で守りとおせたことで、自分を祝福していたぐらいです。社はこんどの不況を――そしてあなたの失策も――うまく切り抜けかかっていました。

ところが、十時十五分に、わたしは昨夜のあなたのパーティーに出席していたらしい弁護士から、訪問を受けました。あなたはどうやら昨夜、油井の大盤ぶるまいをなさったらしい。その弁護士は、抜け目なく、あなたの署名しだいで拘束力をもつような書類を作成しておきました。その書類には、あなたの署名がありました。昨夜、あなたは、五百三十一ヵ所の操業中の油井を、ただでくれてやっておしまいになったのです。その結果、ファンダンゴ石油は破産しました。

十一時には、合衆国大統領が、〈新宇宙時代〉のために、社が手離したばかりのギャラクティック宇宙機と三十億ドルぶんの契約を結んだことを発表しました。

十一時三十分に、わたしは全米医学協会月報を受けとりましたが、それには広報部長の手で『ＦＹＩ』と記号が付されていました。もしあなたがたとえすこしの時間でもオフィスで過ごされたことがあるならおわかりのように、この三文字は〝ご参考までに〟

という意味なのです。わたしはそこに記されたページを開き、そしてこんな参考事実を知りました。ムーンミスト・シガレットは、その全販売地域で、男女両性をつうじた不妊のたんなる一因ではなく主要原因になっている、ということです。この事実を発見したのは、人間ではなく、あるコンピューターでした。そのコンピューターは、喫煙に関するデータが投入されるたびに、いつも非常な興奮状態を示したが、だれもその理由を見抜けなかったのです。コンピューターは、明らかにその操作者になにかを語りたがっていました。そしてコンピューターはその能力の中であらゆる表現の努力を重ねて、ついにその操作者たちに正しい質問をさせることに成功しました。

その正しい質問とは、ムーンミスト・シガレットと人間の生殖との関連性に関するものでした。その関連性はこうです――

ムーンミスト・シガレットの喫煙者は、たとえ子供をほしがっても、子供を作ることができない」

ファーンはつづけた。「疑いもなく一部のヒモや、パーティー・ガールや、ニューヨーク人種は、この生物学的救済に感謝することでしょう。しかし、マグナム・オパス社の法律部がその消滅前に提出した意見によると、数百万の人びとが――ムーンミスト・シガレットが彼らから価値あるなにものかを奪ったという理由で――社を告発して、訴訟に十分勝つことができるのです。底知れぬ快楽も奈落《ならく》行きですな。

この国には約一千万のもとムーンミスト愛煙家がいます。それがみんな子供を生めないとわかる。もし、その十人について一人が、金銭にかえられない損害をもたらした廉《かど》であなたを訴え、五千ドルという穏当な賠償金を請求したとしても——裁判の経費を別にして、請求額の合計は五十億ドルになるでしょう。あなたは五十億ドルを持っていない。株式大暴落と、アメリカン空中浮揚のような不良資産を持ったおかげで、あなたには五億ドルの金もなくなったのです。

ムーンミスト・シガレット社——それはあなたです。マグナム・オパス社——それもあなたです。あなたのすべてが訴えられ、あなたは訴訟に勝ち目がない。そして、原告たちは蕪《かぶら》から血をしぼりとることはできなくても、それを試みるうちに蕪を枯らすことはできるのです」

ファーンはふたたび一礼した。「わたしはいまから職員としての最後の務めを果たすことにします。それは、もしあなたの運が悪化したときにだけあなたに渡すようにと、先代がわたしに手紙を託されたことを、お知らせすることとです。もしあなたのツキがほんとうに去った場合、その手紙をウィルバハンプトン・ホテル二二三号室の枕の下へ置くようにと、わたしは指図を受けています。一時間前に、わたしはその手紙を枕の下へ置いてきました。さて、ここでわたしは社の卑しい忠実な僕《しもべ》として、あなたに一つの小さなお願いを聞いてほしいのです」とファーンはいった。「もし、その手紙が、人生とはなにかについてほんのわずかな光でもあてているようでしたら、ご面倒でもわたしの家に電話していただけないでしょうか」

ランサム・K・ファーンは、ステッキの握りをホンブルグ帽に触れて会釈した。「さようなら、ミスター・マグナム・オパス二世、さようなら」

ウィルバハンプトン・ホテルはしょぼくれた三階建てのチューダー様式建築で、筋むかいのマグナム・オパス・ビルとは、大天使ガブリエルの足もとの万年床のような関係にあった。ホテルの外回りの漆喰《しっくい》壁には松の薄板が貼りつけられて、それを半木造建築に見せていた。屋根の背骨は、古びを出すためにわざとへし折られていた。庇《ひさし》は草葺《くさぶ》きの模造で、こんもりと下に垂れさがっていた。窓は小さく、菱形のガラスがはいっていた。

ホテルの小さなラウンジは〈謹聴の間〉と名づけられていた。

〈謹聴の間〉には三人の人物が――バーテンと二人の客が――いた。客は痩せぎすの女とでぶの男で、どちらも老けた感じだった。ウィルバハンプトン・ホテルのだれもこの客に見おぼえがなかったが、ふたりはすでに〈謹聴の間〉に何年も居ついたふうに見えた。その保護色は完璧だった――というのは、ふたりとも、半木造で、屋根は折れ、草葺きで、窓は小さい、といった感じだったからである。

このふたりは、中西部のおなじ高校から定年退職した教師という触れこみだった。でぶの男は、もと楽隊長のジョージ・M・ヘルムホーツと名乗った。痩せぎすの女は、もと代数教師のロバータ・ワイリーと名乗った。

ふたりは人生の秋になって、アルコールの慰めとシニシズムを発見したようすだった。おなじ飲み物は二度と注文せずに、このビンにはなにが、あのビンにはなにがはいっているか――ゴールデン・ドーン・パンチとは、ヘレン・トウェルヴトリーズとは、プリュイ・ドールとは、メリーウィドウ・フィズとは、それぞれどんなものであるか――を熱心に知りたがった。

バーテンはこの客たちがアル中でないのを知っていた。彼はこういうタイプにくわしく、こういうタイプを愛していた。彼らは人生行路の終わりにきたサタデー・イヴニング・ポスト的人物なのだ。

いろいろなカクテルについての質問をしないときのふたりは、この〈新宇宙時代〉の第一日にあたって酒場にたむろしている、全米数百万の常連と大差なかった。ふたりはでんと止まり木に腰を据え、まっすぐに酒ビンの列を見つめていた。唇はたえまなく動き、気のめいることに、周囲と無関係なひとり笑いやしかめつらや冷笑の実験をつづけていた。

地球を神の宇宙船になぞらえた説教師ボビー・デントンのイメージは、とくにバーの常連に関して適切なものといえる。ヘルムホーツとミス・ワイリーは、永遠の歳月のかかることが予想されるとほうもなく無意味な宇宙の旅の、パイロットと副パイロットのように振舞っていた。ふたりが青春と技術訓練に頬を輝かし、ぱりっとした服装で壮途についたことも、また前に並んだ酒ビンがふたりの何年も何年も何年も眺めつづけた計器盤であることも、想像にかたくない。

この宇宙少年と宇宙少女が、一日一日とその前日よりもほんのわずかずつだらしなくなっていき、そしていまや汎銀河系宇宙部隊の恥さらしとなったことも、想像にかたくない。ヘルムホーツのズボンの前あきは、ボタンが二つはずれていた。左の耳にはまだひげそりクリームがくっついていた。靴下は左右不ぞろいだった。

ミス・ワイリーは頬のこけた、一見風変わりで小柄なオールド・ミスだった。農家の納屋の入口へ何年も釘づけになっていたような、黒い縮れ毛のかつらをかぶっていた。

「大統領が宇宙時代の新規まき直しをやった気持ちはわかりますねえ。失業問題をなんとかしようってんでしょう」とバーテン。

「ふん、ふん」ヘルムホーツとミス・ワイリーは同時にいった。

もしこの場に注意深く懐疑的な人間がいたら、このふたりの行動にある夾雑音《きょうざつおん》が含まれていることに気づいたろう。ヘルムホーツとミス・ワイリーは、時間を気にしすぎていた。ほかにすることもなく、行き場所もない人間にしては、ひどく自分たちの時計に関心を持っていた――ミス・ワイリーは男物の腕時計に、ヘルムホーツは金側の懐中時計に。

実をいうと、ヘルムホーツもミス・ワイリーも退職教師ではない。ふたりとも男性で、かつ変装の名人なのだ。ふたりは火星軍の優秀なスパイであり、この瞬間二百マイル上空を空飛ぶ円盤で遊弋《ゆうよく》中の、火星軍強制徴募隊の目と耳になっているのだった。

マラカイ・コンスタントはなにも知らなかったが、ふたりの待ちうけているのは彼なのである。

ヘルムホーツとワイリーは、マラカイ・コンスタントがウィルバハンプトン・ホテルへ向かって通りを横切ってきたときも、彼に声をかけなかった。彼に用のあるそぶりも見せなかった。ロビーを横切ってエレベーターに乗りこむ彼に、ちらとも目を向けなかった。

しかし、ふたりは自分たちの時計にちらと目を向けた。もしこの場に注意深く懐疑的な人間がいたら、ミス・ワイリーが腕時計の竜頭《りゅうず》を押し、ストップ・ウォッチの針を始動させたことに、気がついたかもしれない。

ヘルムホーツとミス・ワイリーには、マラカイ・コンスタントに暴力をふるう意志はなかった。ふたりはだれにも一度も暴力をふるわずに、なおかつ火星軍へ一万四千人を徴募することに成功していた。

一見土木技師のような身なりをして、すこし頭のにぶそうな男女に、手取り一時間九ドル、無税で、しかも食、住、交通費つきで、政府の僻地《へきち》でやっている秘密計画に三年間働いてみないかと持ちかけるのが、このふたりの常套手段だった。ヘルムホーツとミス・ワイリーのあいだでいつも笑い話の種になるのは、その計画を進めているのがどこの政府であるかをふたりが一度も明言したことがなく、また被徴募者のほうもそれをたずねるところまで知恵が回らない、という点なのだ。

被徴募者の九十九パーセントは、火星へ到着するやいなや、記憶喪失症《アムネジア》にされてしまう。彼らの記憶は精神衛生技師の手によってこそげとられ、被徴募者を無線制御できるように、火星の外科医が彼らの頭蓋の中へ無線アンテナをとりつけるのだ。

それから、被徴募者はまったくでたとこまかせに選んだ新しい名前をもらい、それぞれ工場や、建設工事場や、行政部や、火星軍に割りあてられる。

こんな扱いをされない被徴募者も少数ながらいるが、彼らは医学的処置を受けなくても火星へ献身的に奉仕する意志があることを、熱烈に表明した連中である。これらの幸運な少数派は、指揮者たちの秘密サークルに迎えられる。

秘密情報部員のヘルムホーツとワイリーも、このサークルに属していた。ふたりはまだ記憶をそっくりかかえており、無線制御もされていなかった。ふたりは自分たちの仕事を心から愛していた。

「そのスリヴォヴィッツというのは、なに？」ヘルムホーツはいちばん下の棚にある埃だらけのビンに目をこらしながら、バーテンにたずねた。彼はいましがたスロージン・リッキーを飲みおわったところだった。

「こんなものがまだあったんだねえ」バーテンはその酒ビンをカウンターの上に置き、斜めに傾けてラベルを読んだ。「すもものブランデーですよ」

「つぎはそれにきめた」とヘルムホーツはいった。

ノエル・コンスタントが亡くなってから、ウィルバハンプトン・ホテルの二二三号室は空室になっていた――記念のために。

マラカイ・コンスタントは、いまその二二三号室に足を踏み入れた。父親の死以来、この部屋にはいるのははじめてだった。彼はドアを閉め、そして枕の下に手紙を見出した。

室内は、ベッドのシーツを除いてなにも変えられていなかった。子供のときのマラカイの浜辺での写真が、いまなお唯一の壁の写真だった。

手紙にはこう書かれていた――

せがれよ。なにかでっかい災難がおまえの身にふりかかったんだな。でなけりゃおまえはこの手紙を読んどるまい。わしがこの手紙を書いたのはひとまず災難から気を落ちつけてまわりを見まわせわしらがこれだけ大金持ちになってからまたすっからかんになったおかげでなにかいいことがでなけりゃ大事なことが起こらんかったかそいつを見つけてみろとおまえにいいたかったからだ。なにをおまえに見つけてほしいかというとだな、いったいこの世にはなにか特別なことがつづいているのかそれともわしにそう思えたようになにもかもガタガタなのかを見つけてほしい。

もしわしがあんまりいい父親でもあんまりいいなにかでもなかったとしたらそれはわしが死ぬよりもだいぶ前から死人とおんなじようなもんだったからだ。だれもわしを愛してくれなんだしなにをやってもへまだったしこれという道楽もなかったしナベカマを売ったりテレビを見るのはうんざりだったからまるきり死人とおんなじようなもんで生きかえるあてもなかったのさ。

わしが聖書で取引をはじめたのはちょうどそのころだったなおまえもそれからなにがあったかは知っとるだろう。まるでだれかかなにかが死人どうぜんみたいなこのわしに地球をひとりじめさせたがっとるみたいだった。これがどういうわけかを教えてくれるような信号がいまにあるだろうとわしはいつも目を光らしとったがそんな信号はなにもない。ただどんどんどんどん金持ちになっていくだけだ。

そのあとでおまえの母さんがあの浜辺でとったおまえの写真を送ってくれた。わしは写真の中からおまえがわしを見る目つきを見てひょっとしたらこれだけの金の山はこの子のために積まれたのかもしれんぞと思った。わしはなんのことかさっぱりわけがわからんで死んでいくがこの子はいつかとつぜんにそのわけをはっきりさとる人間になるかもしれんぞと思った。いくら半分死人でもそれがどういうわけか知らんで生きとるのはいやなもんだよ。

わしがランサム・K・ファーンにもしおまえのツキが落ちたらこの手紙をわたしてやってくれとたのんだわけはだれしもツキがあるうちはなにも考えんしなにも気がつかんからだ。そんなことをする必要がどこにある？

だからせがれよ、わしにかわってまわりを見まわしておくれ。もしおまえが無一文でだれかがとっぴょうしもない相談をもちかけてきたとしたらわしはその話に乗れと忠告するよ。なにかをまなぼうという気になったらおまえはなにかをまなべるかもしれん。たった一つわしがこれまでにまなんだことはこの世には運のいい人間と運のわるい人間とがいてそのわけはハーヴァード・ビジネス・スクールの卒業生にもわからんということだ。

敬具
おまえのパパ

二二三号室のドアにノックの音がした。

コンスタントがノックに答えるよりも先に、ドアが開いた。

ヘルムホーツとミス・ワイリーがはいってきた。ふたりは絶好のタイミングではいってきた。上官から、マラカイ・コンスタントがいつその手紙を読みおわるかを、秒単位で知らされていたのである。ふたりは、マラカイ・コンスタントに話す一語一句まで指示を受けていた。

ミス・ワイリーはかつらをとって、彼女が実は痩せぎすの男性であることをみずから暴露し、ヘルムホーツは厳しい表情になって、彼が恐れを知らぬ、人を命令することに慣れた男であることを明らかにした。

「コンスタントさん」とヘルムホーツはいった。「わたしがお訪ねしたのは、あの火星に人間が住んでいること、ただ住んでいるだけでなく、大きい、能率のいい、軍事的な、産業的な社会を作りあげていることを、あなたにお知らせするためです。それらの住民はこの地球から徴募され、空飛ぶ円盤で火星へ運ばれたのです。われわれはあなたのために、火星の陸軍中佐の地位を用意しています。

あなたの地球上での状況は絶望的です。あなたの奥さんはあばずれです。さらに、わが情報部の調査によると、あなたはこのまま地球にいれば裁判によって無一文になるだけでなく、過失犯で懲役刑になることはまちがいありません。

われわれは、地球上の軍隊の中佐職をはるかに上回る給与等級と特権、さらに地球上のあらゆる法律的刑罰からの免除をあなたに提供し、新しく興味ある惑星を見る機会と、あなたの故郷の惑星を新しく美しい客観的な角度から見る機会を、さしあげたいのです」

「もしあなたがこの提案を受けいれるなら」とミス・ワイリーがいった。「左手をあげ、わたしのあとについて復唱してください」

翌日、マラカイ・コンスタントのヘリコプターが、モハーベ砂漠の真ん中に、もぬけのからで発見された。一人の男の足跡が、四十フィート離れたところまでつづき、そこでなくなっていた。

まるでマラカイ・コンスタントが砂の上を四十フィート歩いてから、煙のごとくかき失せたように。

翌週火曜日、これまで〈くじら号〉として知られた宇宙船が、〈ラムファード号〉と改称されて打ちあげ準備にはいった。

ビアトリス・ラムファードは、現場から二千マイル隔《へだ》ったテレビで、この儀式をすました顔で見物していた。彼女はまだニューポートにいる。〈ラムファード号〉はきっかり一分後に発射される。もし運命の女神がビアトリス・ラムファードをその宇宙船に乗せるつもりなら、よほど急がなければ間に合わないだろう。

ビアトリスはすばらしい気分だった。彼女はたくさんのよいことをこれで証明したことになる。まず、彼女が自分の運命の女主人であり、いつでも好きなときにいやといえることを――そしてその意志をつらぬけることを――証明した。そして、全知を誇る夫の恫喝がぜんぶはったりであること――夫が予報に関しては合衆国気象庁とちょぼちょぼであること――を証明した。

そのうえビアトリスは、これからの彼女の生活につつましやかな安楽を保証し、そして夫に対して彼にふさわしい扱いを与えるような計画を思いついていた。つぎに実体化したとき、彼女の夫は邸内に見物人が満ちあふれているのを見出すだろう。ビアトリスは、その見物人たちがあの不思議の国のアリスふうの小門をくぐるたびに、一人につき五ドルの入場料を徴収するつもりなのである。

それは単なる空想ではない。彼女はこの邸の抵当権者の代表と称する二人の人間と、すでにその計画を話しあった――そして、相手もその計画に非常な乗り気を見せたのである。

そのふたりは、いま彼女といっしょに、〈ラムファード号〉の打ちあげ準備をテレビで見物していた。テレビは、白い仔馬を独占した白ずくめの少女ビアトリスを描いた大きな油絵と、おなじ部屋にあった。ビアトリスはその油絵を見あげ、それにほほえみかけた。この少女は、その後もすこしも汚されていないのだ。

テレビのアナウンサーが、あと一分に迫った〈ラムファード号〉打ちあげの秒読みをはじめた。

秒読みのあいだ、ビアトリスは小鳥のような気分だった。居ても立ってもおれず、黙ってもいられなかった。その落ちつきのなさは、不安のためではなく、幸福のためだった。〈ラムファード号〉の打ちあげが失敗するかどうかは、彼女にはどうでもいいことなのだ。

一方、ふたりの客は、打ちあげをことのほか真剣にとっているようだった——発射の成功を心から祈っているようすに見えた。客は男と女で、ジョージ・M・ヘルムホーツ氏と、その秘書のロバータ・ワイリー嬢である。ミス・ワイリーはおかしな恰好をした小柄のオールド・ミスだが、たいそう機敏でウイットに富んでいる。

ロケットは咆哮とともに上昇した。

発射は大成功だった。

ヘルムホーツは椅子の背にもたれ、率直な安堵のため息をついた。それからにっこり笑い、ごつい太股をぴしゃりと叩いた。「たいしたもんだ。わたしはアメリカ人であることを誇りに思いますよ——それから、この時代に生まれ合わせたこともね」

「なにか飲み物でもさしあげましょうか?」とビアトリス。

「これはどうも――」とヘルムホーツ。「だが、わたしは仕事と遊びを混同したくありませんので――」

「お仕事はもう終わったんじゃありませんの?」とビアトリス。「もう、打ち合わせはあれで終わったのでは?」

「いやそれが――ミス・ワイリーとわたしは、邸内のおもな建物の目録だけでも作っておきたいと考えているのです。しかし、ちょっと外が暗くなりすぎたようですな。投光器はありませんか?」

ビアトリスはかぶりを振った。「あいにく」

「なんなら強力な懐中電灯でもいいんですがね」とヘルムホーツ。

「懐中電灯でしたら、たぶんあると思います」とビアトリス。「でも、わざわざ外へお出になることはありませんわ。この邸の中にある建物でしたら、わたくしがぜんぶお教えできますもの」彼女はベルを鳴らして執事を呼び、懐中電灯を持ってくるように命じた。「まずテニス・ハウスに温室、庭師の小屋――これは昔は門番小屋でした。それから馬車の車庫、迎賓館、道具置場、浴場、犬舎、それに古い給水塔」

「新しい建物はその中のどれですか?」とヘルムホーツ。

「新しい建物?」とビアトリス。

執事が懐中電灯を届け、ビアトリスはそれをヘルムホーツに渡した。

「金属の建物です」とミス・ワイリー。

「金属?」ビアトリスはふしぎそうにいった。「金属の建物など、ここにはありません。もしかすると、雨風にさらされたこけら板が銀色に光って見えたのかもしれませんね」

彼女は眉をひそめた。「それとも、だれかに金属の建物があるとお聞きになったんですか?」

「ここへ伺う途中で見たんですよ」とヘルムホーツ。

「小道のすぐそば――噴水の近くの草むらの中でした」とミス・ワイリー。

「そんなはずはありませんわ」とビアトリス。

「外へ出て、拝見してもいいですか?」とヘルムホーツ。

「ええ――どうぞ」ビアトリスは立ちあがりながらいった。

三人の探険隊は玄関広間の床の黄道十二宮を横切り、かぐわしい闇の中に歩み出た。

懐中電灯の光が一行の前を踊りはねていく。

「でも――」とビアトリスはいった。「わたくしもあなたがたとおなじように、それを見きわめたい好奇心が湧いてきましたわ」

「アルミニウム製のプレハブ家屋のようでした」とミス・ワイリー。

「キノコ型をした、貯水タンクかなにかのような感じでしたよ」とヘルムホーツ。「ただ、地面の上へこう、しゃがんだような塩梅《あんばい》でしてね」

「ほんとうに？」とビアトリス。

「わたしがそのとき、それのことをなんていったか、おわかりになる？」とミス・ワイリー。

「いいえ——」とビアトリス。「なんと、おっしゃったの？」

「わたしは声をひそめていいましたわ」ミス・ワイリーは茶目っ気たっぷりにいった。「でないと、だれかが聞いたら、精神病院へ入れられてしまいますものね」彼女は口の上に手をあてると、ビアトリスにむけて大きく囁いた。

「空飛ぶ円盤」

4　テント貸します

借りちゃった《レンテッド・ア》　テント、あ《ア》　テント、あ《ア》　テント、
借りちゃった　テント、あ　テント、あ　テント、
借りちゃった　テント！
借りちゃった　テント！
借りちゃった《レンテッド・ア》、借りちゃった《レンテッド・ア》　テント！

——火星の小太鼓

兵士たちは小太鼓の音に合わせて、練兵場へと行進した。小太鼓は彼らにこう語っていた——

借りちゃった　テント、あ　テント、あ　テント、

借りちゃった　テント、あ　テント、あ　テント、
借りちゃった　テント！
借りちゃった　テント！
借りちゃった、借りちゃった　テント！

それは、天然の練兵場である厚さ一マイルの純鉄の平原の上で、中空の正方形に整列した一万人の歩兵師団だった。全員がオレンジ色の鉄錆の上で直立不動の姿勢をとった。彼らは——士官も兵士も——できるだけ自分の体を鉄に似せてしゃちこばっていた。軍服はごわごわした生地《きじ》で、白茶けた緑色——苔類そっくりの色——をしていた。

師団は完全な静寂の中で気をつけの姿勢にはいったのである。目や耳への合図はなにも与えられなかった。驚くべき偶然の一致のように、全員が一糸乱れず気をつけの姿勢をとったのだ。

火星陸軍突撃歩兵第一師団第二連隊第三大隊第二中隊第一小隊第二分隊の三番目の男は、三年前に中佐から降等された兵卒だった。彼が火星へきてから、もう八年になる。

近代陸軍では、佐官級が一兵卒に降等された場合、兵卒としては年を食いすぎている ことが多いし、また仲間のほうでも相手がもはや将校でないという事実に慣れてしまう

と、衰えた脚力や視力や息切れを思いやって、その男をおやじ《パップス》とか、爺ちゃ《グランプス》とか、おっさん《アンク》とかの名で呼ぶことが多い。

火星陸軍突撃歩兵第一師団第二連隊第三大隊第二中隊第一小隊第二分隊の三番目の男は、アンクと呼ばれていた。アンクは四十歳だった。アンクは好男子だった――ライト・ヘビー級の体格、浅黒い肌、詩人の唇、クロマニヨン的鼻梁のかげの洞窟に宿る柔らかな茶色の瞳。禿げあがってきたひたいが、一房の前髪をドラマティックに孤立させている。

アンクの人となりを物語る逸話がある――

かつてアンクの小隊全員がシャワーを浴びていたとき、アンクの小隊軍曹であるヘンリー・ブラックマンが、ほかの連隊からやってきた軍曹に、この小隊一の兵隊はだれかあててみろ、といったことがあった。よそものの軍曹は、ためらうことなくアンクを選んだ。なぜなら、アンクは群を抜いてよくひきしまった筋肉質の体格を持ち、利口そうに見えたからである。

ブラックマンはぎょろりと白目をむいた。「やれんなあ――おまえもそう思うかい、ええ？　やつはな、うちの分隊一のドジなんだぜ」

「からからのはよせよ」よそものの軍曹はいった。

「からかう？　とんでもねえ」とブラックマン。「まあ、見てみろよ――あそこで十分間も突っ立ったきり、まだ石けんにさわりもしやがらねえ。アンク！　おい、目をさませ、アンク！」

アンクはぶるっと身ぶるいし、生温かいさみだれの下で夢を中断した。彼はいぶかしげに、陰気な従順さでブラックマンをふりかえった。

「石けんを使え、アンク！」ブラックマンはいった。「なにしてるんだ、石けんを使え！」

いま、純鉄の練兵場に整列した中空の正方形に混じって、アンクはみんなとおなじように直立不動の姿勢をとっていた。

中空の正方形の中央には、鉄の輪のついた石柱が立っていた。その輪の中にはすでに鎖が通されており、そしてその鎖は、柱に接して立った赤毛の兵士の体をきつく縛りつけていた。その兵士は清潔な兵士だった――だが服装は乱れていた。なぜなら、彼の軍服からは記章や勲章がぜんぶむしりとられており、それにベルトも、ネクタイも、純白のゲートルも着けていなかったからである。

ほかの連中は、アンクも含めて、全員一分のすきもない服装をしていた。ほかの連中は、実にすばらしく見えた。

なにか恐ろしいことが、柱に縛られた兵士に起こるらしい——その兵士がなんとかして逃れようとしているなにかが、しかし鎖のために逃れようとしても逃れられないなにかが。

そして師団全員がそれを見まもることになっている。

よほど重大な事件にちがいない。

柱に縛られた兵士も、直立不動の姿勢をとっていた。優秀な兵士として、彼はこの状況の下でどう振舞うべきかを知っているのだ。

ふたたび——目や耳への命令がなにも下されたわけではないのに、一万人の兵士は一糸乱れぬ動作で『整列休め』の姿勢をとった。

柱に縛られた兵士もそれにならった。

つぎに、兵士たちは『楽に休め』の命令が出たかのように、隊伍の中で姿勢をくつろがせた。この命令のもとでは、姿勢はくつろがせてもよいが、その場を動いてはいけないし、口をきいてはならない。いまや兵士たちはほんのすこし考えることを許され、目くばせでまわりに意志を伝えることを許された——もっとも、伝えるような意志と、その受信者があるとしてのことだが。

柱に縛られた兵士は、ぐいと鎖に体重をかけ、それから自分の縛りつけられている柱の高さを測ろうと、首をのけぞらせた。まるで、柱の高さとその材料がわかれば、なにかの科学的方法を使って脱出できるとでも思ったかのように。

　その柱の高さは、鉄の中に埋まっている十二フィート二インチ八分の一を除外して、十九フィート六インチ三十二分の五。柱の直径は平均二フィート五インチ三十二分の十一で、この平均から七インチ三十二分の一の範囲までの変動があった。柱の主成分は石英、苛性《かせい》ソーダ、長石、雲母《うんも》で、これに微量の電気石と角閃石が含まれていた。柱に縛られた兵士の参考までにつけくわえると——彼は太陽から一億四千二百三十四万六千九百十一マイルの距離にあり、救助のやってくる見こみはなかった。

　柱に縛られた赤毛の兵士は、一言も声を出さなかった。『楽に休め』のあいだ、兵士が声を出すことは禁じられている。しかし、赤毛の兵士は、悲鳴をあげたい気持ちであることを目くばせで伝えようとしていた。彼はそのメッセージを、だれかれなく、視線の合った人間の目に送りこんだ。彼はそのメッセージを特にあるひとりの人間に伝えたがっていた。彼の無二の親友——つまり、アンクにである。彼はアンクを探した。

　アンクの顔は見つからなかった。

　よしんば彼がアンクの顔を見出したとしても、アンクの顔の中にいかなる認識や同情の痕跡も見出せなかったろう。アンクはちょうど基地病院から精神病の治療を受けて退院したばかりなので、その心は白紙に近かったのだ。アンクは、柱に縛られているのが無二の親友であることにも気がつかなかった。だれの顔にも見おぼえがなかった。もし退院の際にそう教えられていなかったら、アンクは自分の名がアンクであることも、自分が兵隊であることも、知らずにいたにちがいない。

アンクは病院から直行でこの隊列の中へやってきたのだ。

病院の連中は、彼が最高の陸軍の最高の師団の最高の連隊の最高の大隊の最高の中隊の最高の小隊の最高の分隊の最高の兵士であることを、何度も何度も何度もアンクに教えこんだ。

アンクは、これは自慢していいことらしいなと思った。

病院の連中は、彼がひどく重い病気に罹《かか》っていたがもう全快している、とアンクに教えた。

これもよい知らせに思えた。

病院の連中は、小隊軍曹の名前と、小隊軍曹とはなにかということと、階級章や兵科記章がどういうものかを、アンクに教えた。

アンクの記憶はすっかりがらんどうになっていたので、病院の連中は彼にもう一度行進のやり方や武器の扱い方を教えなければならなかった。

病院の連中は、戦闘呼吸糧食、略称CRR、別名ヒョウロク玉のことを、アンクに説明しなければならなかった——それを六時間ごとに一粒ずつ飲まないと窒息してしまうことを、彼に教えなければならなかった。それは、火星の大気にまったく酸素がないという事実に対処するため作られた、酸素補給薬なのだ。

病院の連中は、彼の頭蓋の中には無線アンテナがとりつけられており、善良な兵士のしてならないことを彼がしたときにはそれが彼に痛い思いをさせるようになっていることまでを、アンクに説明しなければならなかった。またアンテナは、彼に命令をくだし、行進の際にはドラムの伴奏も提供してくれる。アンクだけでなく、誰もが——医者や看護婦や四つ星の大将までが——それとおなじアンテナを持っているのだ。と彼らはいった。つまり、たいそう民主的な軍隊なのだ、ともいった。

それは軍隊にとっていいことらしいな、とアンクは思った。

病院の連中は、もしアンクがなにかまちがったことをしでかしたとき、そのアンテナが彼に与えるだろう苦痛の見本をアンクに示した。

苦痛はおそるべきものだった。

これで、いつも義務を果たさないような兵士がいたら、そいつは頭がおかしい、とアンクは認めざるを得なかった。

病院の連中がなによりもいちばん重要な規則だといったのは、つぎのようなことだった――上官命令には、つねに一瞬もためらわず服従せよ。

鉄の練兵場の隊伍の中に混じって、アンクは自分がたくさんのことを学びなおさなければならないのをさとった。病院の連中は、生きていく上で知らなければならないことを、ぜんぶは教えてくれなかったのだ。

頭の中のアンテナが彼にふたたび『気をつけ』をさせたので、彼の心は空白になった。つぎにアンテナはアンクにふたたび『整列休め』をさせ、それからふたたび『気をつけ』をさせ、それから『捧げ銃《つつ》』をさせ、それからふたたび『楽に休め』をさせた。

アンクの思考は再開された。彼はまわりの世界の新たな一齣《ひとこま》をとらえた。

人生とはこんなものだ、とアンクはそろそろと自分にいいきかせた――空白とのぞき見、そして、たぶんときどきは、なにかまちがったことをしたためにやってくる、あの恐ろしい苦痛の火花。

小さく、低く、動きの早い月が、頭上のむらさきの空を横切っている。なぜそう思えたのかわからないが、とにかくアンクはその月が早く動きすぎているような気がした。どうもおかしい。それに空も、むらさきでなく青いはずだ。

アンクは同時に寒さを感じ、そして暖かさにあこがれた。果てしないこの寒さは、動きの早い月やむらさきの空とおなじように、なにかまちがった、不公平なものに思われた。

アンクの師団長は、いまアンクの連隊長となにか話しているところだった。やがて、アンクの連隊長がアンクの大隊長になにかいった。アンクの大隊長はアンクの中隊長になにかいった。アンクの中隊長はアンクの小隊長に——つまりブラックマン軍曹に——なにかいった。

ブラックマンはアンクの前に歩みよると、彼に柱の兵士のところまで歩調をとって前進し、その兵士の首を絞めて殺せ、と命令した。

ブラックマンは、これは上官命令だとアンクに告げた。

そこでアンクは服従した。

彼は柱の兵士のところまで、歩調をとって前進した。ただ一個の小太鼓の単調で薄っぺらな音に合わせて行進した。小太鼓の音は、実は彼の頭の中のアンテナから出ているのだった——

借りちゃった　テント、あ　テント、あ　テント、
借りちゃった　テント、あ　テント、あ　テント、

借りちゃった　テント！
借りちゃった　テント！
借りちゃった、借りちゃった　テント！

柱の男の前まできたとき、アンクは一瞬ためらった——柱に縛られた赤毛の男がひどく悲しげに見えたからである。そのとたん、歯科医のドリルの最初の一突きのように、小さな警告の痛みがアンクの頭の中をつらぬいた。

アンクが赤毛の男ののど笛へ両手の親指をあてがうと、苦痛はただちにおさまった。アンクはまだ親指に力をこめなかった。相手が彼になにかいおうとしていたからである。アンクは相手がそれでも口を開かないのをいぶかしみ、それからはっと気がついた——アンテナがすべての兵士を沈黙させているように、この兵士のアンテナもこの兵士を沈黙させているのだ。

柱に縛られた兵士は、だがそのアンテナの意志に雄々しくも打ち勝ち、苦痛に身もだえしながら早口にいった。「アンク……アンク……アンク……」彼自身の意志とアンテナの意志との闘いがもたらす痙攣が、痴呆的に名前を反復させた。「青い石だ、アンク、アンク」と彼はいった。「十二号兵舎……手紙」

苦痛の警告が、ふたたびアンクの頭の中をつついた。従順に、アンクは柱の男の首を絞めた——相手の顔がむらさき色になり、舌がとび出るまで、首を絞めつづけた。

アンクは一歩後退し、両足をかちっと揃え、あざやかに回れ右して、隊伍の中にもどった——ふたたび頭の中の小太鼓に伴奏されながら。

借りちゃった　テント、あ　テント、あ　テント、
借りちゃった　テント、あ　テント、あ　テント、
借りちゃった　テント！
借りちゃった　テント！
借りちゃった、借りちゃった　テント！

ブラックマン軍曹はアンクにむかってうなずき、愛情のこもったウインクをよこした。

ふたたび一万人の将兵は直立不動の姿勢をとった。

無気味にも、柱の死人までが、鎖をひきずって直立不動の姿勢をとろうとした。彼がそうできなかったのは——完全な兵士になり得なかったのは——彼がそれを望まなかったからではなく、すでに死んでいるからだった。

いまや巨大な隊形は長方形の構成部分に分解した。各部分は機械的に行進しながら去っていった。それぞれの兵士が、頭の中に小太鼓の音を聞いているのだった。もしこの場に見物人がいたとしても、彼には靴音しか聞こえなかったろう。見物人には、だれが指揮官であるかも見当がつかなかったろう。なぜなら、将軍たちさえも、この愚かしい文句に合わせて、あやつり人形のように動いていたからだ——

借りちゃった　テント、あ　テント、あ　テント、
借りちゃった　テント、あ　テント、あ　テント、
借りちゃった　テント！
借りちゃった　テント！
借りちゃった、借りちゃった　テント！

5　見知らぬ英雄からの手紙

「人間の記憶の中核を、煮沸消毒器から出したばかりの外科用メスのように無菌状態にすることはできる。だが、その上には、すぐに新しい経験の塵が積もりはじめる。やがてこれらの塵は、軍隊的思考にとって必ずしも好ましくないパターンを形づくる。不幸にして、この再汚染の問題は解決不能のようである」

——火星、精神衛生局長　モリス・N・キャッスル博士

アンクの部隊は、花崗岩《かこうがん》作りの兵舎の前で足をとめた。この兵舎は何千棟もの兵舎の連なりであり、そのはるか遠景は鉄の平原の地平線に消えていた。兵舎の十棟ごとに旗竿があり、その上には強風に翩翻《へんぽん》と旗がひるがえっていた。

どの旗もみんな違っていた。

アンクの中隊区の上に守護天使のようにはためいているのは、たいそう派手な旗だった——赤と白の縞、そして青地の中にはたくさんの白い星。それは星条旗といわれる、地球のアメリカ合衆国の旗だった。

列のもっとむこうには、ソビエト社会主義共和国連邦の赤い国旗もあった。

そのむこうには、緑とオレンジと黄とむらさきの華麗な旗が、剣を持った獅子を描き出していた。セイロンの国旗である。

そのむこうには、白地に赤い丸の日本の国旗があった。

これらの国旗は、火星地球戦争が開始されたとき、火星陸軍の各部隊が攻撃制圧する予定の国々を示しているのだ。

アンクがその国旗に気づいたのは、彼のアンテナが彼に肩を落とし関節をゆるめることを許したあと——つまり、解散を命じられたあとだった。彼は兵舎と旗竿の作り出す果てしない透視図的な風景に目を見はった。彼の立っているすぐ前の兵舎にはペンキで大きな数字が書かれていた。五七六と。

アンクの一部はその数字に惹きつけられ、アンクはそれを見つめた。そして、アンクは処刑のことを思いだした——彼の殺した赤毛の男が、なにか青い石と十二号兵舎のことをいったのを思いだした。

五七六号兵舎の中で、アンクは小銃の手入れにとりかかり、それがすばらしく愉快な仕事であることを知った。その上、自分がまだその武器の分解法をおぼえていることも知った。とにかく、記憶のその部分だけは、病院で消し去られなかったらしい。ほかにも消されなかった記憶があるのではなかろうかと考えて、彼はひそかな喜びを味わった。なぜこの疑いが彼にひそかな喜びを味わわせるのかは、よくわからなかった。

アンクは小銃の銃身を掃除した。彼の武器はドイツ製モーゼル一一ミリ単発銃で、地球の米西戦争にスペイン人が使って評判になったものとおなじ型式だ。火星軍の全小銃は、どれもそれに劣らぬ時代物だった。火星の情報部員たちは、地球で隠密行動のあいまに、このモーゼル銃や、イギリス製エンフィールド銃や、アメリカ製スプリングフィールド銃を、ただ同然の値段で大量に買いこんでいったのである。

アンクの分隊の仲間も、やはり小銃の手入れをしていた。油の匂いは快く、油のしみたボロはねじられながら銃腔をくぐり、洗矢《あらいや》の推力に対してちょうど興味が失せない程度の抵抗を示した。私語する者はほとんどなかった。

あの処刑に興味を持った者は、ひとりもいないようだった。もし、アンクの分隊仲間にとって、あの処刑に教訓があったとすれば、彼らはそれを離乳食のように消化しやすいものと受けとっているようだった。

あの処刑におけるアンクの役割については、ただ一つの感想が述べられただけであり、それはブラックマン軍曹の口から吐かれたものだった。「おまえはよくやったぞ、アンク」とブラックマンはいったのだ。

「どうも」とアンク。

「こいつはよくやったぜ、なあ、みんな?」ブラックマンはアンクの分隊仲間にいった。何人かが首をうなずかせたが、アンクは彼らがどんな肯定的質問にも首をうなずかせるだろうし、否定的質問には首を横に振るだろう、という印象を受けた。

アンクは洗矢とボロをしまうと、開いた銃尾に親指をつっこんだ。油のついた親指の爪は日光を銃腔へ送りこんだ。銃口に目をくっつけたアンクは、その完璧な美しさに心をうたれた。汚れ一つない腔線には何時間もうっとりと見とれていることができそうだったし、銃身の遠い一端にある油に濡れた親指の爪のピンクは、その遠い一端を文字どおりバラ色の天国に見せていた。いつの日か、彼はその銃身をくぐりぬけて、あの天国にたどりつくのだ。

あそこはきっと暖かだろう、とアンクは思った——そして、月もたった一つしかないだろう。その月はきっと大きく、高くかかり、ゆうゆうとしているだろう。アンクは、銃身のむこうにあるバラ色の天国についてもっとほかのことを思いだし、その幻想の鮮明さに首をかしげた。その天国には三人の美しい女がいる。そして、アンクは彼女たちがどんな姿をしているかまで、ちゃんと知っているのだ！　ひとりは白い女、ひとりは金色の女、ひとりは褐色の女。金色の女は、アンクの幻想の中でタバコをくゆらせていた。アンクはその金色の女の吸っているのがどんなタバコであるかを知っている自分に気づいて、ますます驚いた。

ムーンミスト・シガレットだ。

「ムーンミストを売れ」アンクは声に出してそういった。それをいうのはいい気分だった――自分が急にえらくなり、利口になったような気がした。

「なに？」アンクの横で銃の手入れをしていた若い黒人兵がいった。「いまなんていった、アンク？」この兵士は二十三歳だった。彼の名は、左の胸ポケットの上の黒い四角な布切れに黄色で縫いとられていた。

その名はボアズといった。

もし、疑うことが火星陸軍の中で許されていれば、ボアズはまっさきに疑われてしかるべき人間だろう。階級はただの上等兵なのに、彼の軍服は、色だけは規定どおり苔そっくりの緑であっても、まわりのだれの軍服よりも――ブラックマン軍曹のそれよりも

――はるかに上等の生地で、はるかによい仕立てだからだ。ほかの連中の軍服は目が粗《あら》くごわごわしており、ちぐはぐな縫目の太い糸で縫い合わされていた。ほかの連中の軍服は、その着用者が直立不動の姿勢をとるときだけ、りっぱに見えた。ほかの姿勢でいるときには、どの兵士も、自分の軍服がまるで紙でできているように、ボコボコガサガサするのに気がつくのだ。

ボアズの軍服は、絹のようなたおやかさでどんな動作にもよくなじんだ。縫目は細かく、よく揃っていた。もっとふしぎなことがあった。ボアズの靴は、奥深い、ゆたかな、ルビーのような艶《つや》がある――その艶は、ほかの兵士たちがいくらていねいに自分の靴を磨いても出せない艶だった。この中隊区のほかのだれの靴ともちがって、ボアズの靴は地球から輸入された本革製なのだ。

「なにかを売れっていったな、アンク？」とボアズはいった。

「ムーンミストは投げだ。処分しろ」アンクはつぶやいた。その言葉は彼にとってなんの意味もなかった。ただ、言葉のほうがひどく出たがっていて、自然に口から出てしまったのだ。「売れ」と彼はいった。

ボアズは微笑した――悲しげな興味を見せて。「売るのかい、ええ？」といった。

「いいとも、アンク――売るよ」ぐいと眉をあげた。「なにを売るんだっけな、アンク?」ボアズの目の瞳孔には、特別にきらきらした、突き刺すようななにものかがあった。

アンクは、この黄色い輝き、このボアズの目の鋭さに不安を感じた——その不安は、ボアズが彼をじっと見つめつづけるあいだに、ますます強まっていった。アンクは目をそらし、そばにいるほかの分隊仲間とばったり目が合い——そして、彼らの目が申し合わせたようにどんよりしているのに気づいた。ブラックマン軍曹の目でさえ、どんよりしている。

ボアズの視線はアンクに食い入りつづけた。アンクはやむをえず、その凝視ともう一度向かいあった。ダイヤモンドのような瞳孔だった。

「おまえはおれをおぼえてないよな、アンク?」ボアズはいった。

その質問はアンクをぎくりとさせた。どういう理由か知らないが、ボアズをおぼえていないことが大切らしい。アンクは自分がほんとうにボアズをおぼえていないことに感謝した。

「ボアズだよ、アンク」黒人はいった。「おれはボアズだ」

アンクはうなずいた。「はじめまして」

「いや——はじめてってわけでもないさ」ボアズは小さく首を振った。「おれのことをなにもおぼえてないのかい、アンク?」

「なにも」アンクの記憶はいまやちくちく彼をつつきはじめていた——本気でそう努力すれば、ボアズのことをなにか思いだせるかもしれないぞ、と告げていた。彼は記憶を黙らせた。「すまん——」とアンクはいった。「おれの心はがらんどうなんだ」

「おまえとおれとは——おれたちは相棒だったんだぜ。ボアズとアンクは」

「フム」とアンク。

「相棒方式ってのをおぼえてるか、アンク?」とボアズ。

「いや」

「どの分隊のどいつも、みんな相棒を持ってるんだ。相棒どうしはおんなじタコツボにはいり、突撃のときもいっしょにくっついて、おたがいを掩護するのさ。相棒のひとりが白兵戦でやられそうになったら、もうひとりが加勢して敵をぐさりとやるのさ」

「フム」

「おかしなもんだよな」とボアズ。「病院でなにをされたか知らんが、とんでもないことを忘れて、とんでもないことをいつまでもおぼえてやがる。おまえとおれとは、まる一年も相棒を組んでた仲なんだぜ。それをケロリと忘れて、タバコのことなんかいいだすんだからな。なんてタバコだい、アンク?」

「わ――わすれた」とアンク。

「そういわずに、思いだしてみろよ。むかし、持ってたんだろ」ボアズはアンクが思いだすのを手伝おうとでもいうように、眉をひそめ、目をほそめた。「病院へはいってた人間がなにを思いだせるかなんて、こいつはすごくおもしろいと思うがね。できるだけ、なんでも思いだしてみろよ」

ボアズにはどこか女性的なところがあった――悪知恵にたけたガキ大将が、弱虫のあごの下をくすぐって、たあいのないおしゃべりをしているような意味で。

だが、ボアズはアンクが好きだった――そのへんが、また彼らしいところだった。

アンクはこの石の建物の中で彼とボアズだけが本物の人間であるような、無気味な感じにおそわれた――ほかの連中はガラスの目をしたロボットで、しかもあまり出来のいいロボットでないような気がした。ブラックマン軍曹さえ、いちおう指揮者ということにはなっているが、一袋の濡れた羽根とおなじようにぐうたらで、おなじようにたよりなく、指揮のできる柄ではないように見えた。

「おまえの思いだせることをぜんぶ聞かせてくれよ、アンク」とボアズはうながした。

「なあ、相棒――片っぱしから思いだしてみな」

アンクがなにかを思いだすひまもなく、彼に処刑を強制したあの頭痛がふたたびおそってきた。だが、こんどの苦痛は警告のチクリだけで終わらなかった。ボアズが無表情で見まもるあいだに、アンクの頭の中の苦痛はガンガンピカピカと激しさを増してきた。アンクは立ちあがり、小銃を手からとりおとし、髪の毛をかきむしり、きりきり舞いし、悲鳴をあげ、ばったり気を失った。

アンクが兵舎の床の上で正気づくと、相棒のボアズが彼のこめかみを冷たい雑巾《ぞうきん》で冷やしてくれているところだった。

アンクの分隊仲間は、アンクとボアズのまわりで輪になっていた。分隊仲間の顔には驚きもなく、同情もなかった。まるで、アンクがなにかバカな、兵隊らしくないまねをして、当然の報いを受けた、といいたげな態度だった。

彼らの顔つきからすると、まるでアンクがなにか兵隊として恥ずべきことをしたかのようだった――たとえば、敵の前で空を背景に姿をさらしたり、装塡した銃を掃除したり、また、パトロール中にくしゃみしたり、性病をしょいこんで報告しなかったり、また、上官命令にそむいたり、起床ラッパで起きなかったり、また、酔っぱらって歩哨に立ったり、ポーカーで無理にストレートの手を作ろうとしたり、また、私物ロッカーの中へ本や手榴弾をしまっておいたり、だれがなんのためにこの陸軍をはじめたのかとたずねたりするようなことを……。

アンクの身に起きたことを気の毒がっているのは、ボアズだけのように見えた。「みんなおれの責任だよ、アンク」と彼はいった。

ブラックマン軍曹が人の輪をかきわけて、アンクとボアズの前に立った。「やつはなにをやらかしたんだ、ボアズ？」

「おれがやつをからかったんですよ、軍曹どの」ボアズは真剣にいった。「やつにできるだけ昔のことを思いだしてみろ、といったんです。まさか、やつが本気にするとは思わなかったんで」

「病院から帰ってきたばかりの人間を、からかうやつがあるか」ブラックマンは不機嫌にいった。

「ああ——それはわかってます、よくわかってます」ボアズは心から後悔したようにいった。

「おれの相棒を——ちきしょう、おれはなんてバカ野郎なんだ！」

「アンク」とブラックマンがいった。「病院では、思いだすことについてなにも教えてくれなかったのか？」

アンクはぼんやりとかぶりを振った。「さあ。いろいろ教えてくれたんですが」

「アンク、それはほかのなにをするよりも悪いことなんだぞ——昔を思いだすことはな。そもそも、おまえが病院へ入れられたのはそのためなんだ。おまえがあんまりいろいろのことを思いだしたからだ」ブラックマンはずんぐりした両手で碗のかたちを作り、アンクがいかに持てあましものの問題児だったかを表わした。「とてもじゃなかったぞアンク。おまえはあんまりたくさんのことを思いだしすぎて、兵隊としては三文の値打ちもなくなっちまったんだ」

アンクは上体を起こし、胸に手をやり、シャツの前が涙でびっしょり濡れているのに気づいた。彼は、べつに昔を思いだそうとしたのではないこと、本能的にそれは悪いことだと知っていたこと、だがそれでもやっぱり苦痛はやってきたことを、ブラックマンに説明しようかとも思った。それをブラックマンに話さなかったのは、もしそうすればまた苦痛がおそうのではないかと、心配だったからだ。

アンクはうめきをあげ、最後の涙をまばたきで目からふりはらった。命令されたこと以外はなにもしないぞという気持ちだった。

「つぎはおまえだ、ボアズ——」ブラックマンがいった。「罰として一週間の便所掃除当番でもやれば、退院したばかりの連中に悪ふざけしてはならんことが、おまえにもよくわかるだろう」

アンクの記憶の中のなにか漠然としたものが、ブラックマンとボアズのやりとりをしっかり見ていろ、とアンクに告げた。とにかくそれは重要なことなのだ。

「一週間ですか、軍曹どの?」とボアズ。

「そうだ、なんべんいわせる――」ブラックマンはそういいかけてぞくっと身ぶるいし、目をつむった。どうやら、たったいま自分のアンテナから小さな苦痛の一撃をもらったらしかった。

「まる一週間ですか、軍曹どの?」ボアズは罪のない顔で聞いた。

「一日」ブラックマンの口調は、脅迫よりも質問に近かった。ふたたび、ブラックマンは頭の中の苦痛に反応した。

「いつからです、軍曹どの?」ボアズは聞いた。

ブラックマンは、ずんぐりした手をひらひら動かした。「もういい」と彼はいった。すっかり狼狽した、裏切られたような――なにかとりつかれたような顔つきだった。もし苦痛がまたおそってきたときのために防備を固めるといったようすで、頭を低く下げた。「もう悪ふざけはよせ、いいな」ブラックマンはのどの奥で唸った。それから急ぎ足にその場を去り、急ぎ足に兵舎の端の自分の部屋へはいって、ドアをばたんと閉めた。

中隊長のアーノルド・バーチ大尉が、抜き打ち査閲のために兵舎へはいってきた。最初に彼の姿をとらえたのはボアズだった。ボアズはそんな状況のもとで兵士がなすべきことをやった。「きょおつけえ!」とボアズはどなったのである。ボアズは下士官ではなかったが、そうした。これは軍隊の気まぐれな慣習の一つで、非戦闘地域の屋内で最初に将校の姿を認めた者は、たとえしがない一兵卒でも、仲間や自分よりも階級の高い下士官兵に気をつけの命令をくだすことができるのだ。

下士官兵たちのアンテナはとっさに反応して、彼らの背すじをのばし、関節をかため、腹をひっこませ、けつをしめさせ――そして彼らの心を空白にした。アンクは床の上からぱっと立ちあがり、ビリビリ震えるほどしゃちこばった。

気をつけの姿勢をとり遅れた者はひとりだけだった。ボアズである。しかも、遅まきに彼がとった気をつけの姿勢には、なにか無礼で、いいかげんで、冷笑的な態度がうかがわれた。

バーチ大尉はこのボアズの態度がひどくしゃくにさわり、注意を与えようとした。だが、口を開こうとしたとたん、大尉の眉間《みけん》に苦痛がおそった。

大尉は一言も声を出すことなく、口を閉じた。

ボアズの不吉な目に見据えられて、大尉はさっと気をつけの姿勢をとり、回れ右し、頭の中に小太鼓の音を聞きながら歩調をとって兵舎を出ていった。

大尉が去ったあとも、ボアズはそうできるのに、分隊仲間を直立不動の姿勢から解かなかった。彼はズボンの右の前ポケットに、分隊仲間をどんなふうにでも動かせる制御盤を持っていた。制御盤はウイスキーのポケットびんの大きさだった。制御盤は、体の線になじむように、ポケットびんそっくりに彎曲《わんきょく》していた。ボアズはそれを、彼のひきしまった太股の曲面にくっつけて持ち運んでいた。

制御盤には六個のボタンと四個のつまみがついていた。これらの操作によって、ボアズは頭蓋の中にアンテナを備えた人間をだれでも制御できるのだ。ボアズはそれらの人間のだれにでも、好きなだけの量の苦痛を与えることができる――そして、気をつけの姿勢をとらせたり、小太鼓を聞かせたり、歩調をとらせたり、停止させたり、整列させたり、解散させたり、敬礼させたり、突撃させたり、退却させたり、三段跳びをさせたりすることも……。

ボアズの頭蓋の中にはアンテナがない。

好きほうだいの自由――ボアズの自由意志はそれぐらいに自由なのだ。

ボアズは、火星陸軍の本当の司令官のひとりだった。地球への攻撃が開始されたあかつきにはアメリカ合衆国の攻撃にあてられる兵力の十分の一を、彼は指揮していた。ほかにも、別の攻撃目標を持つ部隊がぞくぞくと待機している――ソ連、スイス、日本、オーストラリア、メキシコ、中国、ネパール、ウルグアイ……。

ボアズの知るかぎり、火星陸軍には八百人の本当の司令官がいる――そのうち、外見上の階級で軍曹以上のものはひとりもいない。全陸軍の外見上の総司令官、ボーダーズ・M・パルシファー元帥は、実際には従卒のバート・ライト伍長によって、つねに制御されている。完全なる従卒、ライト伍長は、元帥の慢性的ともいえる頭痛に備えて、いつもアスピリンを絶やしたことがない。

隠密司令官方式の利点は明らかである。火星陸軍内部にもし反乱が起こったとしても、それはまちがった人間のほうへ向けられるだろう。また戦時にあっては、たとえ敵が火星陸軍の将校をみな殺しにしたとしても、火星陸軍はなんらの痛痒《つうよう》も感じない。

「七百九十九人だ」とボアズは声に出していった。本当の司令官の人数について、彼自身の認識を修正したのだった。本当の司令官のひとりは、きょう柱の前でアンクに絞殺された。絞殺された男は、イギリス攻撃部隊の本当の司令官だったストーニイ・スティヴンスン一等兵である。ストーニイは、なにが起こりつつあるかを理解しようとするアンクの闘争に魅惑されたあまり、アンクの思考を無意識に助けようとしたのだ。

ステイヴンスンはそのために究極的屈辱を浴びることになった。彼の頭蓋の中にはアンテナがとりつけられ、彼はそれによって善良な兵士のように処刑柱の前まで行進することを強制され——そこで彼の被保護者に殺されるのを待つ羽目になったのだ。

ボアズは分隊仲間に直立不動の姿勢をとらせつづけた——彼らに身ぶるいと、なにも考えず、なにも見ない状態をつづけさせた。ボアズはアンクのベッドへ行き、大きなピカピカした靴をはいたままで茶色の毛布の上へ寝ころんだ。そして、両手を首のうしろで組み、体を弓なりにそらせた。

「あーあ、あ、あ、あ、あ、あ」ボアズはあくびとうめきの中間に属する声を出した。「あーあ、あ、あ、あ、あ——よう、よう、ようったら、よう」彼はくつろいだ気分でいった。「ちきしょう、なあおい、ようったら」それは、のんびりした、意味のないおしゃべりだった。ボアズはこのおもちゃの兵隊たちにちょっぴり退屈していた。彼らをおたがいに喧嘩させてみれば、おもしろいかもしれない——しかし、もしそんなことをしたのが見つかったひには、ストーニイ・ステイヴンスンの二の舞いになる。

「あーあ、あ、あ、あ、あ——よう、ようったら、ほんとによう」ボアズはものうげにいった。

「ばっきゃろうめ、ちきしょう」といった。「おれは左うちわよ。おまえさんらもそいつは認めなくちゃならねえよな。ボアズ兄貴がけっこうこの上もねえご身分だってことはよ」

ボアズはベッドからくるりと横転して四つんばいに着地し、優雅な豹の動きで立ちあがった。まばゆいばかりの微笑がその顔にうかんだ。彼の人生の中でつかんだこの幸運な地位を最高に楽しもうと、あらゆることをしてみているのだった。「おまえさんらなんざ、まだいいほうだぜ」と、ボアズはしゃちこばった仲間に告げた。「これでいじめられてると思うんなら、おれたちが将軍どもをどう扱ってるか見てみろや」彼はのどの奥でくっくっと笑った。「あれはおとといの晩だっけ。おれたち本当の司令官の集まりで、かけっこさせたらどの将軍がいちばん早いだろう、という議論になった。つぎの瞬間には、おれたちは二十三人の将軍をベッドから叩きおこし、おけつまるだしのまま競馬みたいに一列にならべ、自分の好きなのに金を賭けて、ヨーイのドンで走らせたんだ。一着はストーヴァー将軍、二着が鼻の差でハリスン将軍、三着がモッシャー将軍だった。つぎの朝は、全陸軍のどの将軍も膝があがらなかったぜ。しかも、ゆうべのことを思いだせるやつは、ひとりもなかった」

ボアズはふたたびのどの奥でくっくっと笑い、それから、人生におけるこの幸運な地位は、もし彼がそれをもっと真剣に扱ったら——その地位がどれほどの重荷であるかを、そしてその重荷をになうことを彼がどれほど光栄に思っているかを示したら——もっともっと立派に見えるのではないか、と考えた。ボアズは賢《さか》しげに後ずさりし、ズボンのベルトに両手の親指をひっかけて、顔をしかめた。「だからといって、ぜんぶが遊びだと思ったら、大まちがいだぜ」彼はアンクの前へゆっくり歩みより、数インチの距離に立って、頭の上から足の爪先まで相手を検分した。

「おい、アンク坊や——おれがどれだけおまえのことを考えてやったか、おまえのことを心配してやったか、おまえは知らねえだろうなあ、アンク」

ボアズは体をゆすった。「おまえはまだ謎ときをつづけるつもりだな、そうだろうが！　連中がおまえのその記憶をすっかりこそげとろうとして、何回おまえを病院へ入れたか知ってるか？　七回だぜ、アンク！　ふつう、連中がだれかの記憶をこそげおとすのに、何回病院へ入れりゃすむかを知ってるか？　一回だぜ、アンク。たった一回よ！」ボアズはアンクの鼻の下で、指をぱちんと鳴らした。「それでたくさんなんだぜ、アンク。一回だけで、そいつはもうそれっきり自分のことを気にしなくなる」ボアズはふしぎそうに首を振った。「ところが、おまえはそうじゃねえな、アンク」

アンクはぶるっと震えた。

「あんまり気をつけが長すぎたかよ、アンク？」ボアズはいって、歯を食いしばった。

ときどき、アンクをいじめたい気持ちが抑えられなくなるのだ。

一つには、アンクが地球でなに不足ない身の上だったのに、ボアズはすっからかんだった、ということがある。

また一つには、ボアズがみじめなほどアンクに依存している――というより、彼らが地球に着いてから、アンクに依存することになるだろう、というひけめがある。ボアズは十四歳のときに火星へ徴募されてきた孤児だった――だから、どうすれば地球でおもしろい目を見ることができるかを、からきし知らなかった。

彼は、アンクがそれを教えてくれるだろうと期待していた。

「おまえは、おまえがだれだったか――どこからきたか――なにをやっていたかってことを、知りたいんだろう?」ボアズはアンクにいった。アンクはまだ直立不動の姿勢で、なにも考えてはおらず、たとえボアズが彼になにを教えたにしろ、それで得をするような状態ではなかった。どのみち、ボアズもアンクに得をさせようと話しているのではない。まもなく地球に到着した際、そばにいてくれることになるだろう相棒について、自分を安心させるためにしゃべっているだけだった。

「まあ聞けよ――」ボアズはアンクをにらみつけながらいった。「おまえは、この世の中でいちばん運のいい野郎のひとりだぜ。おまえはな、地球にいたときは、王様だったんだ！」

火星におけるたいていの情報とおなじように、アンクに関するボアズの情報も現像不足だった。彼はその情報がどこから出たのかも、はっきりとは知らなかった。軍隊生活の一般的な背景音の中から、それを拾いあげたにすぎない。

しかも、ボアズは優秀な兵士だったから、その知識を肉付けするためにあちこち質問してまわるようなことはしなかった。

兵士の知識は、もともと不完全なものなのだ。

そんなわけで、ボアズはアンクについて、むかしの彼はものすごく運のいい男だったということしか知らなかった。彼のその話に尾ひれをつけくわえた。

「つまりだな、おまえはなんだって手にはいったし、どんなことだってやれたし、どこへだって行けたのさ！」

こうしてアンクの地球におけるかつての幸運を強調することで、ボアズはもう一つの驚異についての深い関心を表現しているわけだった——つまり、地球における彼自身の運が、きっと最低のものだったにちがいない、という信念である。

ボアズはそこで、およそ人間が地球上でなしとげられる最大の幸福を表わしているように思える、魔法の一言を使った——ハリウッドのナイトクラブ。彼は一度もハリウッドを見たことがなく、一度もナイトクラブを見たことがない。「なあおい」と彼はいった。「おまえは毎日、朝から晩まで、ハリウッドのナイトクラブをめぐり歩いてたんだぞ」

ボアズはなにも理解できないでいるアンクにいった。「なあおい、おまえは、地球でぱりっとした暮らしをするのに必要なものをぜんぶ持ってるだけじゃなしに、どうやったらそんな暮らしができるかも知ってたんだぞ」

ボアズは、彼の憧れが痛ましいほど漠然としているのを隠そうとしていった。「なあおい、おれたちは地球へ着いたら、どこかすてきなとこへ行って、なにかすてきなものを注文し、すてきな連中とつきあって、とにかく思いきりどんちゃん騒ぎをやらかそうぜ」彼はアンクの腕をつかんで揺さぶった。「ふたりの相棒――それがおれたちさ、相棒。おれたちは有名なコンビになるんだ――世界中を歩いて、いろんなことをやるんだ。『ほら、あそこへやってくるのが、運のいいアンクと相棒のボアズだ!』」ボアズは、彼が征服のあとで地球人にそういわれてみたいと望んでいるとおりをいった。『『ほら、あそこを幸せな二羽の小鳥みたいに歩いていくのがそうだ!』』ボアズは、幸せな小鳥のようなコンビのことを思い、のどの奥でククッと笑った。

その微笑は、すぐにしぼんだ。

彼の微笑は長持ちしたことがない。心のどこか奥底で、ボアズは死ぬほどこわがっているのだ。彼はいまの仕事を失うことを、死ぬほどこわがっていた。どうして彼がその仕事に——大きな特権に——ありつけたのか、よくわからないのだった。だれがそんなすてきな仕事をくれたかということさえ、彼は知らなかった。

ボアズは、だれが本当の司令官たちを指揮しているのかも知らなかった。

彼は一度も命令と名のついたものを——本当の司令官たちの上にいるだれかから——受けとったことがない。ボアズは、本当の司令官たちのだれともおなじように、よもやま話といったほうが似つかわしいものにもとづいて行動している。つまり、本当の司令官たちの会合で口の端にのぼる、よもやま話だ。

夜中に本当の司令官たちが会合するときには、いつもビールやクラッカーやチーズといっしょに、いろいろな話題が持ちだされる。

たとえば、補給倉庫の余り物に関する話題とか、兵隊がジュウジュツ訓練で実際に負傷したり発狂したりすることの好ましさに関する話題とか、兵隊がゲートルを巻くのに巻き回数を省略するずぼらな傾向に関する話題とかである。ボアズ自身は、情報源をまったく知らずにそれらを交換し——そして、それらにもとづいて行動するのだった。

アンクによって執行されたストーニイ・スティヴンスンの死刑も、やはりこうして宣告された。だしぬけに、そのことが話題にのぼったのだ。

そして、だしぬけに、本当の司令官たちはストーニィを逮捕させたのだった。いま、ボアズは、ポケットの中の制御盤を、つまみは動かさずに、指でいじっていた。ボアズは彼が制御している兵士たちの中に入り、自由意志で気をつけの姿勢をとり、それからボタンを押すと同時に、分隊仲間にならって体をくつろがせた。

彼は無性に強い酒を飲みたかった。そして、いつでも酒を飲める立場にあった。本当の司令官たちのために、あらゆる種類の酒がいくらでも定期的に地球から運ばれてくるのだ。そして、将校たちも、飲みたければ好きなだけ酒を飲むことができた。ただ、上等の酒が飲めないだけである。将校たちが飲むのは、苔を発酵《はっこう》させて作った緑色の命取りの地酒だった。

しかし、ボアズは一滴も酒をやらなかった。酒を飲まない一つの理由は、アルコールが兵士としての自分の能力にひびくかもしれない、という恐れだった。酒を飲まないもう一つの理由は、自分が酔っぱらって、下士官兵にもそれを飲ませるかもしれない、という恐れだった。

本当の司令官が下士官兵にアルコール飲料を与えた場合、それは死刑に該当する罪なのだ。

「そうともよ《イエス・ロード》」ボアズは休息している兵士たちのざわめきに、彼の声を仲間入りさせた。

それから十分後、ブラックマン軍曹が娯楽時間の開始を告げた。この時間には、全員が外に出て、火星軍の主要スポーツであるドイツ式三角ベースをやることになっている。

アンクはひとりこっそりとぬけだした。

アンクはこっそりとぬけだして、青い石の下にある手紙——赤毛の犠牲者が彼にいったあの手紙——を探すため、十二号兵舎へと向かった。

そのあたりの兵舎は、どれもからっぽだった。

兵舎の前にある旗竿のてっぺんには、稀薄な空気だけしかなかった。

これらのからっぽの兵舎は、火星帝国特別奇襲部隊《コマンド》の一大隊のもと宿舎だった。特別奇襲部隊は、一カ月前のある夜半、忽然と姿を消した、彼らは顔を黒く塗りつぶし、認識票がじゃらつかないよう接着テープでとめ、宇宙船に乗りこんで出発したのだ——目的地は極秘。

火星帝国特別奇襲部隊は、輪にしたピアノ線で歩哨の首を絞める達人ぞろいである。

極秘の目的地というのは、地球の月だった。彼らはそこで戦争を起こす手筈だった。

アンクは十二号兵舎のボイラー室の外で、大きな青い石を見つけた。それはトルコ石だった。トルコ石は、火星ではごくありふれた石なのだ。アンクの見つけたトルコ石は、さしわたし一フィートほどの厚い板だった。

アンクは石の下をさがしてみた。ネジ蓋のついたアルミ筒が見つかった。筒の中には、エンピツで書いたひどく長文の手紙がはいっていた。

だれがその手紙を書いたのか、アンクは知らなかった。見当をつけるにも、つけようがない。なにしろ、ブラックマン軍曹と、ボアズと、アンク——この三つの名前しか知らないのだから。

アンクはボイラー室にはいり、ドアを閉めた。

理由はわからないなりに、彼は興奮していた。彼は埃まみれの窓からさしこむ日ざしをたよりに、その手紙を読みはじめた。

親愛なるアンク——と手紙ははじまっていた。

親愛なるアンク——と手紙ははじまっていた。

——おれがたしかに知っていることを、そんなにたくさんじゃないが、ここに書いておく。この手紙のおしまいには、おまえがなんとしてでもその答えを見つけなきゃならない質問を、ずらっと並べてある。この質問はたいせつだ。おれは、もうおれがこれまでに知っているいくつかの答えよりも、その質問のほうをいっしょうけんめいに考えた。

そうして、最初にわかったたしかなことは、これだ――（一）もし質問がいいかげんだと、答えもやはりそうなる。

手紙の筆者が確実に知っていることについては、物事を確実に究明していくことの苦しさと一歩また一歩の前進を強調するかのように、番号が打たれていた。筆者が確実に知っていることは百五十八あった。元来は百八十五の項目があったらしいが、そのうち二十七は抹消してあった。

二番目の項目はこうなっていた――（二）**おれは生き物というものの一つだ。**

第三の項目は――**（三）おれは火星というところにいる。**

第四の項目は――**（四）おれは軍隊というものの一部分だ。**

第五の項目は――**（五）この軍隊は、地球というところにいるほかの生き物を殺そうとしている。**

最初の八十一項目は、どれひとつとして抹消されていなかった。そして、最初の八十一項目の中で、筆者はしだいしだいに複雑な事柄へと記述を進め、しだいに多くの誤りを犯していた。

ボアズのことは、筆者によって、かなり最初のほうで説明され、わきへ片づけられていた。

（四六）ボアズに用心しろ、アンク。やつは見かけどおりの男じゃない。
（四七）ボアズは右のポケットになにかを持っている。だれかがボアズの気に入らないことをしたときには、そのなにかが、そのだれかの頭に痛みをおこさせるのだ。
（四八）ほかにも、おまえの頭を痛くさせるものを持ったやつが、何人かいる。だれがそれを持っているかは、外から見ただけじゃわからない。だから、だれにもあいそよくしておけ。

（七一）親愛なるアンクよ——おれがたしかに知っていることは、たいてい、おれがアンテナからの痛みと戦って見つけたものだ、とアンクへの手紙には書かれていた。おれが首をまわしてなにかを見ようとするたびに痛みがやってきたが、いつもおれはがんばって、とにかく首をまわしつづけた。そうすれば、おれの見てはならないはずのものが見えることを知っていたからだ。おれが質問をしたときに痛みがやってきたら、それはおれがほんとうによい質問をしたからだ、ということもわかった。そこで、おれはその質問を小さないくつかのかけらに分け、そのかけらをひとつずつ質問した。そうやって、おれは小さなかけらの答えを手に入れ、その答えをぜんぶひとまとめにして、大きな質問への答えを手に入れた。

（七二）痛みをがまんできるように、自分をきたえていくにつれて、おれはたくさんのことを知った。アンク、おまえはいま痛みをこわがっているが、痛みを自分で求めなければ、なにも知ることはできない。そして、おまえがたくさんのことを知るほど、痛みをがまんするのがたのしくなっていくのだ。

からっぽの兵舎のボイラー室の中で、アンクは手紙をしばらく下に置いた。彼は泣きたかった。この英雄的な筆者が、アンクにまちがった信頼を寄せていたからだ。アンクは、自分がこの筆者の耐えた十分の一の苦痛にも耐えられないことを知っていた——それほどまでに知識を愛することは、とてもできない。

病院の連中から与えられた、ほんのチクリとした苦痛の見本にさえ、しんぼうできなかったぐらいなのである。彼は、兵舎の中でボアズから与えられた大きな苦痛を思いだして、川の土手で死にかけている魚のように激しくあえいだ。あんな苦痛をもう一度受けるぐらいなら、死んだほうがましだ。

彼の目はうるんできた。

もし、いま声を出そうとしたら、彼は泣きだしたかもしれない。

かわいそうなアンクは、もう二度とだれからも苦痛を与えられたくないのだ。この手紙からどんな情報が——ほかの人間の英雄的行為で得られた情報が——手にはいるか知らないが、とにかくこれ以上の苦痛を避けるために、その情報を利用したかったのだ。なみはずれて苦痛に強い人間がいるのだろうかと、アンクはいぶかしんだ。たぶん、いるのだろう、と思った。自分はその点において極度に敏感らしいと、涙ながらに考えた。この筆者にべつに恨みはないけれども、一度でいいから、自分の感じた苦痛をこの筆者にも感じてもらいたい、とアンクは思った。

そうすれば、おそらくこの筆者も、手紙の宛名をだれかほかの人間に変えるだろう。

アンクには、手紙の中に含まれた情報の質を判断するすべがなかった。彼はそのすべてを、飢えたように、無批判に受けいれた。そして、受けいれながら、アンクは筆者の人生観とまったく同一の人生観を手に入れた。アンクは一つの哲学体系をがつがつとのみくだした。

その哲学体系には、ゴシップ、歴史、天文学、生物学、神学、地理学、心理学、医学——そして短篇小説までが含まれていた。

そのいくつかのサンプル——

ゴシップ——（二二）**ボーダーズ将軍はいつも酔っぱらっている。酔っぱらっているから、靴のひももちゃんと結べない。だから、いつも結んだままだ。将校たちも、ほかのみんなとおなじように、頭の中がこんぐらがっていて、不幸せだ。アンク、おまえも**

むかしは将校で、自分の大隊を持っていたことがあるんだよ。
歴史――（二六）火星にいる人間は、ぜんぶ地球からやってきた。だれもが、火星のほうがよい暮らしができると思ったんだ。地球のどこがそんなに悪かったのか、だれも思いだせない。
天文学――（一一）空にあるすべてのものは、一日一回、火星のまわりを回転している。
生物学――（五八）男と女がいっしょに寝ると、新しい人間が女の体から出てくる。火星では、新しい人間が女の体から出てくることはめったにない。それは、男と女がべつべつの場所で寝るからだ。
神学――（一五）だれかが、なにかの理由で、すべてのものを作った。
地理学――（一六）火星はマリみたいにまんまるだ。その上にあるたった一つの町は、ポイベと呼ばれている。なぜそんな名がついたかは、だれも知らない。
心理学――（一〇三）アンク、ばかやろうたちのいちばん困ったところは、利口に立ちまわるなんてことができると信じこむほど、やつらがばかなことだ。
医学――（七三）火星という名のここで、やつらが人間の記憶をこそげとるとき、やつらはぜんぶをすっかりこそげとりはしない。いわば、その真ん中だけをさらいとるんだ。隅には、まだたくさんのものが残っている。おれは、やつらが何人かの人間の記憶をそっくりこそげとろうとしたときの話を聞いた。それをやられたかわいそうな連中は、歩くことも、しゃべることも、なにをすることもできなくなったそうだ。連中をどうするかについて、みんなが思いついたことといえば、下《しも》のしつけをして、基本単語を一千語教えこんで、軍隊か工場の広報の仕事をさせることだけだった。

短篇小説――（八九）アンク、おまえのいちばんの親友は、ストーニイ・スティヴンスンだ。ストーニイは力持ちの幸せな大男で、一日に一クォートのウイスキーを飲む。ストーニイは頭の中にアンテナを持ってないから、いままで自分の身におこったことをぜんぶ思いだせる。やつは情報斥候のふりをしているが、本当の司令官のひとりだ。やつは突撃歩兵の一中隊を無線制御していて、その中隊は地球のイギリスというところを攻撃することになっている。ストーニイはイギリスの生まれだ。ストーニイが火星陸軍を好きなのは、おかしくてたまらないことがそこにいっぱいあるからだ。ストーニイはいつも笑っている。やつはな、アンク、おまえがどんなにドジな兵隊かという噂を聞いて、おまえの兵舎へおまえのつらを見にやってきた。やつはおまえの話を聞くために、おまえの友だちみたいなふりをした。そのうちに、アンク、おまえはやつを信用するようになり、火星での人生がどういうものかという、おまえの秘密な考えの一部分をやつに話した。ストーニイは笑おうとしたが、そこで、おまえがやつにも答えられないいくつかの問題を持ちだしたのに気がついた。やつは、それを忘れることができなかった。というのは、やつはどんなことでも知っているはずで、おまえはなんにも知らないはずだったからだ。それから、おまえはストーニイに答えてもらおうと思って、たくさんの質問をした。ストーニイは、その中の半分ほどしか知らなかった。ストーニイは自分の兵舎へ帰ったが、答えられない質問が頭の中でぐるぐる回っていた。やつは酒をがぶがぶ飲んだが、その晩はとうとう眠れなかった。やつは、だれかがやつを利用していることには気がついていたものの、その相手がだれかということは知らなかった。だいいち、なぜ火星陸軍が作られたかということさえ知らなかった。なぜ火星が地球を攻撃するのかということさえ知らなかった。そして、だんだん地球のことを思いだすにつれて、やつは火星陸軍が地獄に落ちた雪玉みたいにイチコロだということに気がついた。地球への総攻撃なんて、自殺とおなじだ、ストーニイはこのことをだれに話そうかと考えたが、結局その相手は、アンク、おまえしかなかった。そこでストーニイは、夜明けの一時間前にふらふらベッドから起きて、アンク、おまえの兵舎にしのびこみ、おまえをゆりおこした。やつはおまえに、火星のことで自分の知っているぜんぶを話した。そして、これからはおまえに自分の探りだしたことをぜんぶ話すから、おまえも見つけたことをぜんぶ話してくれとおまえにいった。ふたりだけでときどきどこかで会って、いっしょに物事のすじみちを考えようと、おまえにいった。そして、やつはおまえにウイスキーを一本くれた。おまえたちはふたりでそれを飲み、ストーニイは、おまえがおれのいちばんの親友だといった。いままでしょっちゅう笑ったけれど、おまえはおれが火星で知りあったいちばんの親友だよといった。それからストーニイは泣きだして、もうちょっとで、おまえのベッドのそばで眠っている連中の目をさましそうになった。ストーニイは、ボアズに用心しろとおまえに教え、それから自分の兵舎へ帰って赤んぼうみたいに眠った。

短篇小説の項目からあと、その手紙は、ストーニイ・スティヴンスンとアンクが組んだ秘密観察チームの能力のよい証明になっていた。その項目からあとで、たしかにわかった事柄には、手紙ではすべてこんな前置きがついていた。ストーニイのいうところでは——そしておまえの見つけたところでは——そしておまえとストーニイの話では——そしておまえがストーニイに話したところでは——そしておまえとストーニイがある晩射撃場でぐでんぐでんに酔っぱらって、おつむのいかれたおまえたちふたりののんだくれが結論したところでは——

おつむのいかれたふたりののんだくれが結論した中でもっとも重要なことは、火星でのあらゆることを本当に指揮しているのが、いつも大きな犬を連れている、物柔らかでにこにこした、裏声でしゃべる大男だ、ということだった。アンクへの手紙によると、この男と犬とは、火星陸軍の本当の司令官たちの秘密の会合へ、およそ百日に一回の割りで姿を見せるのだった。

この男と犬が、ウィンストン・ナイルズ・ラムファードと宇宙の猟犬カザックであることは、手紙には書かれていなかった。筆者はそれについてなにも知らなかったからである。また、彼らの火星への出現も、けっして不規則ではなかった。時間等曲率漏斗化しているために、ラムファードとカザックは、ハレー彗星のようにきっかりと予定どおりに現われた。彼らは百十一日ごとに火星へ出現するのだった。

アンクへの手紙はつづいた——（一五五）**ストーニイによると、この大男と犬は会合に現われて、とにかくみんなをまるめこんでしまうらしい。やつは大柄な、調子のいい野郎で、会合が終わるころには、みんながやつとそっくりな考え方になってしまう。だれの考えるどんな考えも、みんなやつから出たものだ。やつはにやにや笑いつづけ、甘ったるい裏声でしゃべりつづけ、そしてみんなに新しい考えをいっぱいつめこむ。する**

と、集まったみんなは、まるでその考えを自分で思いついたように話しあうんだ。やつはドイツ式三角ベースが大好きだ。だれもやつの名を知らない。もし、だれかがやつに名を聞いても、やつはにやにや笑うだけだ。やつは落下傘スキー海兵隊の制服を着てくるが、落下傘スキー海兵隊の本当の司令官は、秘密の会合のとき以外にやつの姿を見たことはないと断言している。

（一五六）アンク、親愛なる仲間よ、とアンクへの手紙には書かれていた。おまえとストーニイがこれから新しいことを見つけるたびに、それをこの手紙に書きたしていけ。この手紙はうまく隠しておくんだ。そして、隠し場所を変えたときには、おまえがどこへそれを隠したかをストーニイに教えろ。そうしておけば、いくらおまえが病院へ入れられて記憶をこそげとられても、どこへ行けばその記憶をまたいっぱいにできるかを、ストーニイから教えてもらえるわけだ。

（一五七）アンク——おまえはなぜおまえがこんなことをつづけているか知ってるか？おまえがそれをつづけているのは、おまえに女房と子供がいるからだ。この火星には、女房と子供のどっちかでもいるやつなんて、めったにいないんだぞ。おまえの女房の名はビーという。ポイベにあるシュリーマン呼吸法教習所の婦人教官だ。おまえの息子の名はクロノという。ポイベの小学校にかよっている。ストーニイ・スティヴンスンの話だと、クロノは学校一のドイツ式三角ベースの名選手だ。火星にいるほかのみんなとおなじように、ビーもクロノもひとりで生きていくことをおぼえた。ふたりはおまえがいないのを淋しがってはいない。おまえのことを考えてもいない。しかし、おまえはふたりにむかって、ふたりにはなによりも大きなことでおまえが必要なんだと、証明してみせなくてはならない。

（一五八）アンク、このおつむのイカれたばかやろう、おれはおまえが大好きだ。おまえはほんとにたいしたやつさ。もし、おまえの小さな家族といっしょになれたら、宇宙船を一隻かっぱらって、どこか平和で美しい土地へ飛んでいくんだぜ。生きていくためにヒョウロク玉を飲まなくてもすむようなところへな。ストーニイもいっしょに連れていけ。そしてむこうで落ちついたら、だれがどういうわけですべての物事を動かしているのか、すべてを作ったのかを、おまえたちみんなでたっぷりとひまを使って考えるんだ。

あと、その手紙でアンクがまだ読んでいないのは、筆者の署名だけだった。

署名は別のページになっていた。

そのページをめくるまえに、アンクは筆者の性格や外見を想像してみた。筆者は大胆不敵な男だ。筆者は、真実の知識をふやすためならどんな苦痛にも耐えようという、たいへんな真実愛好家だ。アンクやストーニィよりえらい男だ。ふたりの反逆的行動を、愛情と興味のこもった冷静な目で見まもり、そして記録した男だ。

アンクはその筆者を、白いあごひげを生やした、鍛冶屋のような体格の、すばらしい老人ではなかろうかと想像した。

アンクはページをめくり、署名を読んだ。

永久になんじの忠実なる――それが署名の上に書き表わされた感情だった。

署名そのものは、ほとんどページぜんたいを占領していた。縦六インチ、横二インチもある三文字の大文字の活字体。文字はへたくそで、幼稚園児の書いたようにくろぐろとして元気いっぱいだった。

これがその署名である――

その署名はアンクのものなのだ。

この手紙を書いた英雄はアンクなのだ。

アンクが、記憶をこそげとられる前に、自分に宛てて書いた手紙なのだ。それは最高の意味での文学だった。なぜなら、それはアンクを勇気づけ、注意深くさせ、ひそかに彼を自由にしたからだ。それは苦難の時期に、アンクを自己の意志による英雄にしたのである。

アンクは、自分が柱の前で殺したのが、いちばんの親友のストーニィ・スティヴンスンであることを知らなかった。もしそれを知ったら、アンクは自殺をはかったかもしれない。しかし、運命はそれから長年のあいだ、彼をその恐ろしい知識から免れさせてくれた。


アンクが兵舎にもどってくると、密林用ナイフや銃剣が、砥石の上でキーキーと耳ざわりな音を立てていた。みんながそれぞれの武器を砥《と》いでいるのだった。

そして、どちらを見ても、羊のようにおどおどした奇妙な微笑があった。その微笑は、この羊たちが、しかるべき条件のもとではよろこんで殺人を犯すだろうことを物語っていた。

いましがたこの連隊に、できるだけ早く宇宙船団の出発地点へ向かうよう、命令がくだったのだ。

地球との戦争がはじまったのである。

火星帝国特別奇襲部隊の先遣隊は、すでに地球の月にある地球側の施設を抹殺しおわっていた。月から発射される遊撃部隊のロケット弾は、いまや地球上のあらゆる都市に地獄の味を嘗《な》めさせていた。

そして、地獄の味の食間音楽として、火星の無線放送は、つぎのようなメッセージを狂おしいばかりの歌いっぷりで、地球へ送りこんでいた——

黒、白、黄色の人間どもよ——降伏しなけりゃ皆殺し。

黒、白、黄色の人間どもよ——降伏しなけりゃ皆殺し。

6　戦時脱走兵

「なぜドイツ式三角ベースが、オリンピックの競技種目に、しかも主要競技種目にならないのか、わたしにはどうしても納得がいかない」

——ウィンストン・ナイルズ・ラムファード

基地から侵攻船団の待つ平原までは、六マイルの行軍だった。行軍のコースは、火星唯一の都市であるポイベの北西の隅を横ぎっていた。

ポイベの最盛時の人口は、ウィンストン・ナイルズ・ラムファード著『火星小史』によると、八万七千となっている。ポイベのあらゆる人間、あらゆる建造物は、戦争目的と直結していた。ポイベの労働者の大部分は、兵士とおなじように、頭蓋の中のアンテナで制御されていた。

アンクの中隊は、船団へ向かう連隊の真ん中にはいり、いまポイベの北西の隅を行軍しているところだった。もう、兵士たちを隊伍整然と歩かせるために、アンテナからの苦痛を使う必要はなかった。戦争熱がすでに彼らにとりついていたからだ。
彼らは軍歌を歌いながら行進し、鉄の踵《かかと》のついたブーツで、鉄の街路を荒々しく踏みしめていった。血なまぐさい軍歌だった——

恐れと悲しみ、荒廃を——
オイチニィ、三、四！——
地球のすべての国々に！
オイチニィ、三、四！
地球を燃やせ！　地球を縛れ！
オイチニィ、三、四！
地球をくだけ！　地球をつぶせ！
オイチニィ、三、四！
泣け、泣け！　三、四！
血を、出せ！　三、四！
死ね、死ね！　三、四！

ドッカアアアアアアンンンン。

ポイベの各工場は、いまなお全力操業をつづけていた。軍歌を歌いながら出征する英雄たちを、おもての通りで見送ろうという閑人《ひまじん》は、ひとりもいなかった。工場の中でまばゆいトーチが火花を散らすたびに、窓はウインクをつづけた。溶けた金属が注がれるのといっしょに、戸口からは黄色い光と煙がぱっと吐き出された。研磨盤の悲鳴が兵士たちの軍歌を切り裂いた。

三つの空飛ぶ円盤——青い偵察船——が、市街の上を低空飛行しながら、うなり独楽《ごま》のようにクウクウと甘い音を立てていた。「あばよーう」と円盤は歌っているように思えた。円盤は直線コースで上空をかすめ、火星の表面はその下でカーブしながら遠ざかった。あっというまに、円盤は果てしない空の彼方へ瞬きして消えた。

「恐れと悲しみ、荒廃を——」と、部隊は歌いつづけた。

だが、くちびるを動かすだけで声を出していない兵士が、ひとりいた。アンクである。アンクは最後尾から二番目の横列のいちばん端にいた。

ボアズは彼の真うしろにおり、その視線でアンクのうなじをむずむずさせていた。ボアズとアンクは、その上に、ふたりのあいだにかついでいる六インチ攻囲迫撃砲の長い砲身によって、結合双生児にされているのだった。

「血を、出せ！　三、四！」と部隊は歌った。「死ね、死ね！　三、四！　ドッカアアアアアンンンン」

「アンク、おい相棒――」とボアズがいった。

「なんだい、相棒？」アンクはうわの空でいった。彼は複雑怪奇な装具の中で、手榴弾を握りしめていた。ピンはすでに抜いてあった。それを三秒以内に爆発させるためには、アンクは手を離せばよいだけだった。

「おい、おれのおかげでわりのいい任務にありついたろうが、相棒？」ボアズはいった。

「ボアズ兄貴はよ、なんと相棒思いじゃねえか、ええ相棒？」

「ほんとだな、相棒」とアンクはいった。

ボアズは裏からひそかに手を回して、彼とアンクが侵攻船団の中隊母船に乗りこめるように取りはからったのだった。中隊母船は、兵站《へいたん》学的偶然によって、攻囲用迫撃砲の砲身を一本運ぶことにはなるものの、基本的には非戦闘船なのだ。中隊母船は二人の兵員を運ぶだけで、残りの空間は、キャンディー、スポーツ用品、音楽テープ、ハンバーガーの缶詰、ボード・ゲーム、ヒョウロク玉、ソフト・ドリンク、聖書、ノート、理髪用品、アイロン台、その他の士気高揚品に割り当てられている。

「しょっぱなからツイてるじゃないか、ええ、相棒――中隊母船へ乗りこめるなんてよ？」

「ツイてるよ、相棒」とアンクはいった。いましがた、かたわらの下水溝の中へ、歩きながら手榴弾をひょいとほうりこんだばかりなのだ。

下水溝はのどから水しぶきと咆哮を吐き出した。

兵士たちはいっせいに地面へ伏せた。

ボアズは、中隊の本当の司令官として、最初に顔をあげた。彼は下水溝から煙が出ているのを見て、下水にたまったガスが爆発したのだろうと考えた。

ボアズは手をポケットにつっこみ、ボタンを押して、中隊全員に起立の信号を送った。彼らが立ちあがると、ボアズも立ちあがった。「ちきしょうめ」と彼はいった。「おい相棒、これが最初の試練というやつらしいぜ」

ボアズは攻囲用迫撃砲の砲身の片はしを持ちあげた。

もう片はしを持ちあげる相棒は、どこにも見あたらなかった。

アンクは、彼の妻と息子といちばんの親友を探すため、すでにそこを去っていた。

アンクは、平々坦々とした火星の丘をすでに越えおわっていた。

アンクが探している息子の名前は、クロノという。

クロノは、地球流の数え方でいくと、八歳だった。

彼は生まれ月にちなんで名づけられた。火星の一年は二十一ヵ月に分かれ、三十日の月が十二、三十一日の月が九つある。これらは順に、ジャニュアリ、フェブルアリ、マーチ、エイプリル、メイ、ジューン、ジュライ、オーガスト、セプテンバー、オクトーバー、ノーヴェンバー、ディセンバー、ウィンストン、ナイルズ、ラムファード、カザック、ニューポート、クロノ、シンクラスティック、インファンディブラム、サロ、と名づけられている。

早わかりのために――

小の月、なあに？
サロにナイルズ、ジューンにセプテンバー、
ウィンストンにクロノ、カザック、ノーヴェンバー、
エイプリル、ラムファード、ニューポート、
もひとつおまけにインファンディブラム、

あとはみーんな、大の月。

サロという月は、ウィンストン・ナイルズ・ラムファードがタイタンで知りあった生き物にちなんで名づけられた。タイタンが土星のきわめて快適な衛星であることは、いうまでもない。

ラムファードのタイタンでの親友であるサロは、別の島宇宙からやってきた使者だが、宇宙船の動力機構の部品の故障で、タイタンに不時着を余儀なくされた。そして、目下、交換部品の到着を待っているところだ。

彼はすでにもう二十万年間も、しんぼう強く待ちつづけている。

彼の宇宙船の推進力も、また火星軍の戦争推進力も、UWTBすなわち、『そうなろうとする万有意志《ザ・ユニヴァース・ウィル・ツー・ビカム》』として知られている現象である。UWTBはたくさんの宇宙を無から創りあげたもの――無をして有たらんと指向せしめる力である。

現在の多くの地球人は、地球がUWTBを持たないことを喜んでいる。

それはあの有名な童謡にもあるとおりだ――

あのね、ウィリーはね、

UWTBをちょいとばかし見つけ、
風船ガムにまぜたとさ。でもね、
宇宙の噛みかすなんて
なんにもなりゃしないさ、
ミルキーウェイも買えなかったとさ。

（ミルキーウェイ（＝銀河系）と
いうチョコレート・バーがある）

アンクの息子のクロノは、すでに八歳にして、ドイツ式三角ベースと呼ばれる競技の名選手だった。ドイツ式三角ベースにしか、彼の関心はなかった。ドイツ式三角ベースは火星の主要スポーツだった——小学校でも、軍隊でも、そして労働者の厚生施設でも。

火星には子供がぜんぶで五十二人しかいないので、ポイベの中央にある小学校一つだけで間にあっている。五十二人の子供のうち、火星で受胎したものは、ただのひとりもない。全員が、地球で受胎するか、それともクロノの場合のように、火星へ新しい被徴募者を運ぶ宇宙船の中で受胎したのだ。

子供たちは学校でほとんど勉強しない。火星社会には、これといった彼らの使い途《みち》がないからである。子供たちは、ドイツ式三角ベースに大半の時間を費す。

ドイツ式三角ベースの試合は、大きな甘露《ハニーデュー》メロンほどもあるゴムマリで行なわれる。

このボールは、雨水のいっぱいたまったテンガロン・ハットほどもはずまない。ゲームは多少野球に似たところがあり、バッターは相手の野手が守っている間隙へ打ちこんで、ベースを駆けまわる。いっぽう、野手はボールをつかまえて、走者の邪魔をしようとする。ただし、ドイツ式三角ベースには三つの塁——ファーストとセカンドとホーム——しかない、そして、打者は投手の投げる球を打ち返すのではない。片方のげんこつの上にボールを置き、もう一方のげんこつでボールを打ちとばすのである。もし野手が、塁間にいる走者にボールをうまく当てた場合は、走者はアウトと見なされ、ただちに退場しなくてはならない。

ドイツ式三角ベースが火星でかくも大流行した原因は、もちろん、ウィンストン・ナイルズ・ラムファードにある。彼は火星上でのあらゆることに責任があるのだ。

ハワード・W・サムズは、その著書『ウィンストン・ナイルズ・ラムファード、ベンジャミン・フランクリン、レオナルド・ダ・ヴィンチ』の中で、ドイツ式三角ベースが少年時代のラムファードの親しんだ唯一の団体競技であったことを、指摘している。サムズによると、ラムファードは子供のとき、家庭教師のミス・ジョイス・マッケンジーなる女性に、この遊びを教わったらしい。

ニューポートでのラムファードの少年時代には、ラムファードとミス・マッケンジーと執事のアール・モンクリーフからなるチームが、日本人の庭師ワタナベ・ワタル、庭師の娘ベヴァリー・ジューン・ワタル、そしてちょっと頭のにぶい少年厩舎係のエドワード・シーウォード・ダーリントンから成るチームと、しょっちゅうドイツ式三角ベースの試合を行なった。ラムファードのチームは百戦百勝だった。

火星軍の史上唯一の脱走兵であるアンクは、いま息をはあはあいわせてトルコ石の大岩のうしろにうずくまり、鉄の運動場でドイツ式三角ベースをやっている小学生たちを眺めていた。大岩のうしろ、アンクのかたわらには、彼がガス・マスク製造工場の自転車置場から盗んできた自転車があった。アンクは、どの子供が彼の息子なのか、どの子供がクロノなのかを知らなかった。

アンクの計画はもうろうとしていた。彼の妻と、息子と、いちばんの親友をいっしょに集め、宇宙船を盗んでどこかへ飛び立ち、そこでみんないつまでも幸福で暮らしてめでたしめでたし——これが彼の夢だった。

「おい、クロノ！」運動場でひとりの子供が叫んだ。「おまえの打つ番だぞ！」

アンクは大岩の横から首を出して、ホーム・プレートに目をこらした。これから打席に立つ子供がクロノにちがいない。その子供が彼の息子なのだ。

アンクの息子クロノは、打席に立った。

齢のわりには小柄だが、肩のあたりが驚くほど大人びた少年だった。髪の毛は漆黒でごわごわしていた――その黒く剛《こわ》い髪の毛は、時計と逆まわりにつむじを巻いていた。彼は左ぎっちょだった。ボールを右こぶしの上にのせて、それを左手で打とうとしていた。

彼の目は、父親の目にならって、深くおちくぼんでいた。彼の目は、その黒い草葺きの庇の下で、ぎらぎらと輝いていた。だれともわかち合わぬ怒りを、たぎらせていた。怒りに燃えた二つの目は、左右をねめまわした。その動きが、野手たちをびくつかせ、定位置から離れさせた。あのなまくらでのろまなボールも、彼の手にかかるとものすごいスピードで飛んできて、へたにその進路をじゃましようものなら、体がばらばらになるかもしれない――そんな恐怖を彼らに与えたのである。

打席に立った少年がよびおこした恐怖は、女性教師にも伝染した。彼女はドイツ式三角ベースの審判の慣習的な位置、つまり一塁と二塁の中間に立ち、そして怖気《おじけ》づいていた。イザベル・フェンスタメイカーという名の老婦人だった。彼女は七十三歳で、記憶をこそげとられる前には〈エホバの証人〉の信者だった。ダルースで火星のスパイに

『ものみの塔』を一冊売りつけようとして、逆にここへさらわれてきてしまったのである。

「ねえ、クロノ――」彼女は作り笑いをうかべていった。「これはただのゲームなんですよ」

にわかに空が暗くなった。百隻の空飛ぶ円盤、火星落下傘スキー海兵隊の血紅色の輸送機が、編隊で現われたのだ。編隊がいっせいに発するくうくうという唸りは、メロディーを伴った雷鳴となり、校舎の窓ガラスをゆるがした。

しかし、打席に立ったクロノ少年のドイツ式三角ベースに賭ける気魄《きはく》に押されたか、だれひとりとして空を見あげる子供はいなかった。

クロノ少年は、野手たちとフェンスタメイカー先生を神経衰弱のせとぎわまで追いこんでから、ボールを足もとに置き、ポケットから彼が幸運のお守りにしている短い金属の切れはしをとりだした。彼は幸運を祈ってそのお守りにキスし、お守りをポケットにもどした。

それから、彼はだしぬけにボールを拾いあげ、思い切りボカーンとそれを打ち飛ばして、ベースを駆けめぐりはじめた。

野手たちも、フェンスタメイカー先生も、まるでそれが赤熱した砲丸であるかのように、ボールから身をよけた。ボールがやっと勢いを失って自然停止すると、野手たちは儀礼的ともいえるぎごちなさで、そこへ走った。明らかに、彼らの努力の要点は、クロノにボールを当てることではなく、彼をアウトにすることではなかった。野手たちは抵抗の無力さを見せびらかすことによって、いやが上にもクロノの栄光を増そうと共謀しているようすだった。

明らかに、クロノはこの少年たちが火星でこれまでに見たもっとも輝かしいものであり、そして、彼ら自身がこれまでになんらかの栄光を授かったとすれば、それはクロノとの関連で生まれたものなのだ。彼らはクロノの栄光を高めるためには、なんでもやるつもりなのである。

クロノ少年は、鉄錆の雲をまきあげてホームへすべりこんだ。

ひとりの野手が彼めがけてボールを投げつけた——遅い、遅い、遅すぎる。野手は儀礼的にクロノの幸運を罵った。

クロノ少年は起きあがり、埃をはらい、もう一度お守りにキスして、この何本目かのホームランを感謝した。彼は自分の力がすべてこのお守りから出ていると固く信じており、そして彼の旧友もそれを信じ、フェンスタメイカー先生も、ひそかに、それを信じていた。

このお守りにはこんな来歴がある――

ある日、小学生たちは、フェンスタメイカー先生の引率で、火災放射器工場を見学に行った。工場の支配人は、子供たちに火災放射器製造の全工程を説明し、大きくなったらぜひ何人かがこの工場へきて働いてほしいものだ、と結んだ。見学の終わりがけ、梱包工場の中で、支配人はスチール・バンドのらせんに足をとられた。火災放射器の梱包を縛るのに使うスチール・バンドである。

そのらせんは、不注意な工員が工場の通路へ投げ捨てていった、端のぎざぎざした裁ち屑だった。支配人は、らせんを足からひきほどこうとして、足首に擦り傷と、ズボンにかぎ裂きをこしらえた。そこで彼がやったことは、この日の子供たちにとってはじめてほんとうに理解のできる実地教授であった。むりもないことに、彼はそのらせんに対してかんしゃくをぶちまけたのだ。

彼はそれを踏みにじった。

そして、ふたたびそれが足に食いつくのを見るや、それをわしづかみにして、大きな鋏《はさみ》で四インチの長さに切り刻んだ。

子供たちは啓発され、興奮し、満足した。そして、一同が梱包工場を出ていきしなに、クロノ少年は四インチの切れはしを拾いあげて、そっとポケットにおさめた。彼が拾いあげた切れはしは、ほかのどれとも違って、穴が二つあいていた。

これがクロノの幸運のお守りである。いまでは、それは彼の右手とおなじほど、体の一部になりきっていた。いわば、彼の神経系が、この金属の切れはしまで延長しているようなものだ。それをさわることは、すなわちクロノにさわることだった。


脱走兵アンクは、トルコ石の大岩のかげで立ちあがり、元気よく、大胆に、運動場の中へと歩いていった。彼はすでに軍服からあらゆる記章をとり去っていた。このために、特定の任務に縛られない、なにやらいわくありげで実戦的な外見になった。脱走するまえに身につけていた装具のうち、彼がいまだに持っているのは、密林用ナイフと、モーゼル単発銃と、手榴弾一個だけだった。これらは、盗んだ自転車といっしょに、大岩のかげへ置きっぱなしにされていた。

アンクはフェンスタメイカー先生のところへ歩みよった。そして、彼女に、公用のためいますぐクロノ少年と――ふたりきりで――話しあいたい、と申し入れた。彼がその少年の父親であることは、告げなかった。少年の父親であることは、なんの資格にもならない。政府の調査官のふりをすれば、好きなことを要求する資格が与えられる。

あわれなフェンスタメイカー先生は、ころりとだまされた。彼女は教員室でアンクが少年と会見することを承諾した。

教員室はまだ採点のすんでいないテストの答案で埋まっており、中には五年前のものもあった。彼女の教務はひどく滞《とどこお》っていた——あまりにも滞っているので、彼女は採点が追いつくまで、いっさいの教務のモラトリアムを宣言したぐらいだった。答案の山のいくつかは、崩れ落ちて氷河となり、彼女のデスクの下や、廊下や、彼女専用の手洗所の中に、その先端を送りこんでいた。

戸のひらいた、二つ引出しの書類戸棚は、彼女の集めた岩石標本でいっぱいだった。フェンスタメイカー先生の仕事ぶりが調査されたことは、いちどもなかった。だれも彼女に関心を持っていない。彼女は、銀河系宇宙太陽系地球アメリカ合衆国ミネソタ州の教員免許を持っており、重要なのはそのことだけなのだ。

息子との会見にあたって、アンクは彼女のデスクのうしろにすわり、息子のクロノはその前に立った。立ったままでいたいというのは、クロノの希望だった。

アンクは、これからなにをいうべきかを考えながら、ぼんやりとフェンスタメイカー先生の引出しをあけ、そこもまた岩石標本でいっぱいなのを発見した。

クロノは勝ち気で利発な少年だったので、アンクより先に、いうことを思いついた。

「インチキ」と彼はいった。

「なにが？」アンクは聞いた。

「あんたのいうことぜんぶさ——インチキ」八歳の少年はいった。

「どうしてそう思うんだ？」とアンク。

「だれのいうことも、みんなインチキだもん」とクロノ。「オレがどう思ったってカンケイないだろ？　どうせ十四になったら、なんかを頭ンなかへ入れられて、あんたらのいうとおりのことをやらなきゃならないんだからさ」

クロノがいったのは、満十四歳になるまでは子供の頭蓋にアンテナがとりつけられない事実だった。これは頭蓋骨のサイズの問題である。十四歳の誕生日を迎えた子供は、さっそく手術のため病院に送りこまれる。子供は頭髪を剃られ、医師と看護婦が成年式に関する冗談で子供をからかう。手術室へ運ばれる前に、子供はいちばん好きなアイスクリームの種類をたずねられる。手術のあとで子供が正気づくと、そこには大きな皿にのったアイスクリームが彼を待っている——メイプル・ウォルナット、バタークランチ、チョコレート・チップ、その他お好みのものが。

「おまえのお母さんのいうことも、インチキかい？」アンクは聞いた。

「このまえ病院から帰ってきてから、そうなったね」

「おまえのお父さんはどうだい？」

「おやじなんて知ったことかい」クロノはいった。「興味ないや。どうせ、ほかのみんなとおんなじで、インチキだらけにきまってるもん」

「インチキだらけじゃないのはだれだ？」

「オレはインチキだらけじゃないよ」とクロノ。「オレだけさ」

「もっとそばへおいで」アンクはいった。

「どうして？」

「すごく大事な話を耳打ちしたいんだ」

「どうだかね」とクロノ。

アンクは椅子を立って、デスクをぐるっと回り、クロノの耳に囁いた。「あのなあ、おれがおまえのお父さんだよ！」この言葉を口にした瞬間、アンクの心臓は防犯ベルのように鳴りだした。

クロノは無感動だった。「だったら、なにさ？」と、ひややかにいった。クロノはこれまで、父親というものになんらかの重要性があると彼に考えさせるような教育も受けていなかったし、そんな人生の実例も見ていなかった。火星では、その言葉は感情的に無意味なのだ。

「おれはおまえを連れにきたんだ」アンクはいった。「おれたちはなんとかここから逃げださなくちゃならない」アンクはすこしでもこの相手を興奮で泡立てようと、優しく少年の体をゆすった。

クロノは、まるで父親の手がひるであるかのように、それを自分の腕からひきはがした。「それからどうするんだい？」と少年は聞いた。

「生きるんだ！」とアンク。

少年は、この見知らぬ男の計画に乗らねばならないだけの正当な理由がたった一つでもあるのかと、冷静に父親を見やった。クロノは幸運のお守りをポケットから出して、それを両手でこすった。

クロノはそのお守りから手に入れた架空の力で勇気づけられ、だれも信用せずに、いままでずっとやってきたとおり、怒りに燃え、孤独でありつづける覚悟をかためた。「オレは生きてるさ」と少年はいった。「オレはこのままでいい」と少年はいった。

「地獄へ失《う》せやがれ」

アンクは一歩あとずさりした。くちびるの片隅が歪んだ。「地獄へ失せやがれ？」とアンクはつぶやいた。

「オレはだれにだって、地獄へ失せやがれっていうんだよ」少年はいった。相手に思いやりを見せようとしたのだが、たちまちその努力に飽きてしまった。「もう三角ベースをやりにいってもいいかい？」

「おまえは実の父親にむかって、地獄へ失せやがれというのか？」アンクはつぶやいた。この質問は、アンクのがらんとした記憶の広間から、いまなお彼自身の奇妙な少年期の断片が息づいている片隅へとこだまを返した。彼自身の奇妙な少年期は、彼に会いたがらず、彼に愛されたがらない父親に、ようやくのことで会い、そして愛をつくすという、白日夢に費されたのだった。

「おれは——おれは軍隊を脱走してここへやってきたんだぞ——おまえに会うために」アンクはいった。

少年の瞳にちらと興味がさし、そして消えた。「じゃ、つかまるね」と彼はいった。「あいつらはだれでもつかまえちゃうよ」

「おれは宇宙船を盗む」とアンクはいった。「そして、おまえと、おまえの母さんと、おれとがそれに乗って、ここを飛びだすんだ！」

「どこへ行くんだい？」少年は聞いた。

「どこかすてきなところへだ！」とアンク。

「そのすてきなところのことを話してみな」とクロノ。

「知らない。これからそれを探すんだ！」とアンク。

クロノは憐れむようにかぶりを振った。「ごめんよ。だけど、あんたは自分のいってることがよくわかってないんじゃないかな。そんなことしたって、大ぜいの人間が死ぬだけのことさ」

「おまえはここに残りたいのか？」とアンク。

「オレはここがいいよ」とクロノ。「もう三角ベースをやりにいってもいいかい？」

アンクは、はらはらと落涙した。

アンクの落涙は、少年をびっくりさせた。大の男が涙をこぼす光景など、これまで一度も見たことがなかったのだ。彼自身も、一度も涙をこぼしたことはない。「オレ、もう行こうっと！」クロノはそう叫ぶと、教員室から走り出ていった。

アンクは教員室の窓に近づいた。そこから、鉄の運動場をのぞいた。クロノ少年はチームメートの中に加わり、アンクに背中を向けているバッターと相対した。

クロノはお守りにキスして、それをポケットにしまった。「バッターかるいぞかるいぞ」と彼はかすれ声でどなった。「さあ、いこうぜ、みんな——早くやっつけよう」

アンクの連れ合い、クロノ少年の母親は、新兵のためのシュリーマン呼吸法教習所につとめる婦人教官だった。いうまでもなく、シュリーマン呼吸法は、真空あるいは有害大気内で、ヘルメットないしは他の荷厄介な呼吸器具を用いずに、人間を生存させる技術である。

それは、基本的には、酸素に富んだ丸薬を服用することにつきる。血流はこの酸素を、肺をつうじてではなく、小腸壁をつうじて吸収する。この丸薬は、火星では〈戦闘呼吸糧食〉という公式名称、または〈ヒョウロク玉〉という俗称で知られている。

シュリーマン呼吸法は、火星のように無害無益の大気の場合、きわめて簡単である。呼吸者は、ふつうに息をし、ふつうにしゃべればよい。ただ、大気から肺の中へとりこむ酸素がそこにないだけのことだ。したがって、ヒョウロク玉をきちんきちんと服用することだけを忘れなければ、それですむ。

アンクの連れ合いが教官をつとめている教習所では、真空や有害な大気の中で要求されるもっとむずかしい技術を、新兵たちに教えていた。これには、丸薬服用だけでなく、耳の穴や鼻の穴に栓をすること、さらに口をぴったりふさいでおくことも含まれる。ほんのすこしでも息をしたり、しゃべったりしようとすれば、それが出血、あるいはおそらく死をも招く結果になるからだ。

アンクの連れ合いは、シュリーマン呼吸法教習所の六人の婦人教官のひとりだった。彼女の教室は、三十フィート平方の、殺風景な、窓のない、白塗りの部屋だった。四方の壁ぎわにはベンチが並んでいた。

中央のテーブルの上には、ヒョウロク玉のはいった深鉢と、耳栓鼻栓のはいった深鉢と、一巻きのばんそう膏と、鋏と、小型テープレコーダーが置いてあった。このテープレコーダーは、じっとすわったまま自然の成行きをしんぼう強く待っている長い期間のあいだに、音楽をかけるためのものである。

そうした期間の一つが、いままさにはじまったところだった。このクラスは、いましがたヒョウロク玉を服用したのだ。生徒たちは静かにベンチにすわって音楽に聞きいり、ヒョウロク玉が彼らの小腸に達するのを待っていた。

演奏されている曲は、最近の地球放送から無断で録音したものだった。地球での大ヒット曲——少年と少女と教会の鐘のために作曲された三重奏曲だった。曲名は〈神はわがインテリア・デザイナー〉という。少年と少女が歌詞を一行ずつ交代に歌い、そしてリフレインではいっしょにハーモニーを合わせる。

教会の鐘は、歌詞が宗教的な事柄にふれるたびに、リンドンリンドンと鳴りひびく。

そこには十七人の新兵がいた。全員が、新しく支給された苔緑色のパンツ姿だった。

彼らを半裸にするのは、シュリーマン呼吸法に対する彼らの外的身体反応が、婦人教官に一目でわかるようにするためである。

新兵たちは、受入れ本部病院で、記憶消去とアンテナ移植の手術を受けたばかりだった。彼らの頭髪は剃りおとされており、どの新兵も頭のてっぺんからぼんのくぼへかけて、ばんそう膏を貼られていた。

このばんそう膏が、アンテナの移植された場所を示している。

新兵たちの目は、閉鎖された織物工場の窓のようにうつろだった。婦人教官の目も、やはりうつろだった。彼女もごく最近に記憶をこそげとられたからだ。

病院を出るとき、彼女は自分の名前と、住居のありかと、シュリーマン呼吸法の教授法を教えられた——これが、彼女に与えられた具体的事実のほとんどぜんぶだった。ほかにはもう一つの項目だけ——彼女には、クロノという八歳の息子がいること、そして、もしそうしたければ、毎火曜の夕方、息子に会いに学校へ行ってもよいことを、教えられたのである。

クロノの母親でありアンクの連れ合いであるこの婦人教官の名は、ビーといった。彼女は苔緑色のトレーナーに白の運動靴という身なりで、呼子《ホイツスル》のついた鎖と聴診器を首にかけていた。

トレーナーには、彼女の名を意味する判じ絵がついていた。

彼女は壁の時計を眺めた。いちばんのろい消化器官でも、ヒョウロク玉を小腸へ運びこめるだけの時間が、すでにたっていた。彼女は立ちあがり、テープレコーダーのスイッチを切り、呼子を吹き鳴らした。

「整列！」と彼女はいった。

新兵たちはまだ初歩の軍事教練も受けていないので、きちんと整列することができなかった。床の上には、新兵たちが見た目に美しく整列できるように、碁盤目が描かれている。うつろな目をした何人かの新兵が、おなじ枡《ます》目を奪いあって、椅子取り遊びに似たゲームがいまや展開されつつあった。しばらくして、ようやくめいめいが自分の枡目の中に落ちついた。

「よろしい」とビーはいった。「では、みなさんの持っている栓を、ご自分の鼻と耳に詰めてください」

新兵たちは、じっとりした掌に栓を握りしめていた。彼らはそれを鼻と耳に詰めた。ビーは順々に新兵を見まわって、どの耳の穴も鼻の穴もふさがっていることを確かめた。

「よろしい」点検が終わると、彼女はいった。「たいへんけっこうです」彼女はテーブルからばんそう膏をとりあげた。「さあ、それではいまから、みなさんが〈戦闘呼吸糧食〉――つまり、まもなくみなさんが軍隊で〈ヒョウロク玉〉と呼ぶようになるこの丸薬――を飲んでいるかぎり、肺を使う必要が全然ないことを、証明してみせましょう」

彼女は隊列の中を歩きまわりながら、ばんそう膏を一定の長さに切って、口の上へ貼りつけていった。だれも抗議するものはなかった。彼女が作業を終えたときには、もうだれにも抗議を発するための開口部が残されていなかったからだ。

彼女は時間をたしかめてから、もう一度音楽をかけた。これからの二十分間は、裸の上半身をじっと眺めて、肌色の変化と、密封されて用のなくなった肺の断末魔のあがきを観察するのが、唯一の仕事なのである。理論上は、その二十分間に、肌色がまず青く、つぎに赤く変わり、そして正常にもどる――胸廓は激しく振動し、抵抗をあきらめ、ぐったりと静止する。

二十分の苦行が終わると、どの新兵にも肺呼吸がいかに不必要であるかがわかる。理論上は、訓練期間が終わったときには、どの新兵も自分自身とヒョウロク玉に絶対の信頼をいだき、自分がどこへとびこもうとしているかを一瞬もいぶかしむことなく、宇宙船から地球の月の表面へ、あるいは地球の大洋の底へ、あるいはどんなところへでもとび出せるようになるはずである。

ビーはベンチに腰をかけた。

彼女の美しい目のまわりには隈《くま》ができていた。その隈は彼女が病院を出てからできたもので、日がたつにつれて濃くなってきている。病院では、日がたつにつれて彼女が落ちつき、能率的になっていくことを、医師たちは約束したのだった。そして、もし万一そうならなかった場合はすぐにそのむね病院に報告して助けをもとめるようにと、医師たちは彼女にいいきかせたのだった。

「だれでもときどきは人の助けが必要になるものだよ」モリス・N・キャッスル博士はそういった。「それはなにも恥ずかしいことじゃない。いつかは、このわたしにきみの助けが必要となるかもしれないよ、ビー。そのとき、わたしは助けを求めるのをけっしてためらわないだろうね」

彼女が病院に送られたのは、彼女がシュリーマン呼吸法について書いたこのソネットを、監督に見せたのが原因だった——

風と靄へのきずなを断ち
すべての穴を封じ、
のどを守銭奴の拳とかため、
汝《な》が臓腑にいのちを保て。

もはや吸わず吐かず、
気息《いき》は弱者のものなれば。
死の虚空《そら》を翔けるとき、
なんじゆめ語るなかれ、
嘆きあらば歓びあらば、
涙もてそれを表わせ、
汝《な》が虜囚《とらわれ》の心に、
言の葉と大気を加えよ。
なべての人は
　生なき虚空《そら》に泛《うか》ぶ孤島。
しかり、人はみな孤島、
　孤島の砦、孤島の宿。

この詩を書いたために病院へ送られたビーは、きつい顔立ちの女だった――頬骨が高く、いかにも傲慢そうだった。インディアンの戦士におどろくほどよく似ていた。だが、たとえだれがそういったにしろ、その人間はすぐその口の下から、にもかかわらず彼女はすばらしい美人だ、とつけたさずにはいられなかっただろう。

さて、そのビーの教室の入口で、鋭いノックがひびいた。ビーは歩いていって、ドアをあけた。「どなた？」と彼女はいった。

がらんとした廊下には、軍服を着た、赤ら顔で汗だくの男が立っていた。軍服にはなんの記章もついていなかった。男は背中に小銃を吊るしていた。その目は深くくぼんで、落ちつきがなかった。「使いの者だ」男はしゃがれ声でいった。「ビーへのメッセージをあずかってきた」

「わたしがビーですが」ビーは不安そうにいった。

使者は彼女の頭のてっぺんから爪先までじろじろ見まわした。彼女は裸にされたような気持ちを味わった。男の体が熱を発散し、その熱が彼女を息苦しく押しつつんだ。

「おれをおぼえているかね？」男は囁いた。

「いいえ」と彼女はいった。男の質問で、彼女はすこしほっとした。どうやら、この男とは前に会ったことがあるらしい。とすると、この男の訪問はいつものことなのだ――そして、病院の中で、彼女はこの男とその規則的訪問のことを忘れてしまっただけなのだ。

「おれもきみをおぼえていない」男は囁いた。

「わたしは病院へ行ってたんです」彼女はいった。「記憶を洗い流すために」

「小声で！」男は鋭くいった。

「え？」

「小声で！」

「ごめんなさい」彼女は小声でいった。どうやら小声で話をすることが、この役人とのルーティンの一部であるらしい。「なにもかも忘れてしまったもんですから」

「おれたちみんながそうなんだ！」男は腹立たしげに囁いた。そして、またもや廊下の左右を見まわした。「きみはクロノの母親、そうだろう？」と囁いた。

「はい」彼女は囁きかえした。

いまや、見知らぬ使者は、彼女の顔に視線を集中していた。男は大きく息を吸い、吐息し、眉を寄せた——しきりにまばたきした。

「どんな——どんなメッセージですか？」とビーは囁いた。

「こんなメッセージだ」使者は囁いた。「おれはクロノの父親だ。軍隊から脱走してきたばかりだ。名前はアンクという。おれは、きみと、おれと、あの子と、おれのいちばんの親友のために、ここから逃げ出す方法を見つけるつもりだ。それがどんな方法かはまだわからないが、知らせがあったらすぐに出発できるように、きみも準備しとかなくちゃいけない！」男は彼女に手榴弾を渡した。「これをどこかへ隠しておくんだ。その時がきたら、これが必要になる」

廊下の突きあたりにある応接室から、興奮した叫び声が伝わってきた。

「アノ男ハ極秘ノ使者ダトイッタンデス！」ひとりの男が叫んだ。

「使者ガ聞イテアキレル！」もうひとりが叫んだ。「ヤツハ戦時脱走兵ダゾ！　誰ニ会イニキタンダ？」

「イイマセンデシタ。極秘ダトイウダケデ！」

ピリピリと呼子が吹き鳴らされた。

「オマエタチノ中デ六人ハオレニツイテコイ！」男が叫んだ。「イマカラコノ建物ノ中ヲシラミツブシニ調ベル。アトノオマエタチハ外側ヲ包囲シロ！」

アンクはビーを手榴弾ごと部屋の中に押しこみ、ドアを閉めた。彼は小銃を肩からはずし、栓とテープでふさがれた新兵たちに銃口を向けた。「きさまら、ちょっとでも声を出したり、妙なまねをしやがったら、みなごろしだぞ」

指示された桝目に体をこわばらせて突っ立っている新兵たちは、なんの反応も示さなかった。

彼らは薄青色になっていた。

彼らの胸廓はぶるぶる震えていた。

どの兵士も、全神経を、十二指腸の中で溶解しつつあるいのちの綱、小さな白い丸薬の近辺に集中しているのだった。

「どこか隠れる場所はないか？」とアンク。「どこか逃げ道はないか？」

ビーには答える必要はなかった。隠れる場所などどこにもない。ドアから廊下を伝うしか、外へ出る道はない。

とすると、するべきことは一つしかなく、アンクはそれをやった。苔緑色のパンツ一枚になり、小銃をベンチの下に隠し、耳と鼻に栓を詰め、口の上にばんそう膏を貼りつけ、新兵たちに混じって立ったのである。

彼の頭は、新兵たちとおなじように剃りあげられていた。そして、新兵たちとおなじように、アンクも頭のてっぺんからぼんのくぼへかけてばんそう膏を貼られていた。アンクはおそろしくドジな兵士だったので、病院の医師たちはひょっとしてアンテナの故障ではないかと、彼の頭蓋を開けてみたのだった。

ビーはなにかに魅いられたような平静さで、教室の中を見まわした。彼女はアンクから受けとった手榴弾を、あたかも一輪の完璧なバラを挿した花瓶のように、捧げもっていた。ややあって、彼女はアンクが小銃を隠した場所へ近づき、そのそばに手榴弾を置いた——他人の財産に相応の敬意をはらって、きちんとその横へ並べたのである。

それから、彼女はテーブルのそばの持場へ帰った。

彼女はアンクを見つめもしなかったし、わざと目をそらしもしなかった。病院で教えられたことを守っていた——彼女はひどく重い病気から治ったばかりであり、ほかの人たちに思案や心配をまかせて自分の仕事のことだけを考えるようにしないと、またひどく重い病気がぶりかえすだろう。なにがなんでも、彼女は落ちつきを保たなくてはならないのだ。

部屋から部屋へと捜索を行なっている連中の騒々しい虚報が、ゆっくりと近づいてきた。

ビーはなにも心配しまいと心をきめた。アンクは、新兵たちの中へまぎれこむことによって、彼自身をゼロに変えたのだ。職業的な目で彼を観察したビーは、アンクの体が純粋な青というより、むしろ青緑色に変色してきたのに気づいた。これは、彼がもう数時間もヒョウロク玉を飲んでいないことを意味するのかもしれない——もしそうなら、まもなく彼は気絶するだろう。

彼が気絶すれば、彼の持ちこんだ問題に対するなによりも平和な解決ということになる。そして、ビーはなによりも平和を望んでいた。

彼女は、アンクが彼女の息子の父親であることを、すこしも疑わなかった。人生とは、そんなものである。彼女は彼に見おぼえがなかったし、こんど会ったとき――もしこんどがあればだが――見分けがつくように、彼をよく観察することもしなかった。彼にはもう用がないのだ。

彼女はアンクの体がいまやいちじるしく緑色を帯びてきたことに気づいた。やはり彼女の診断が正しかったのだ。あとわずかのうちに、彼は気絶するだろう。

ビーは白昼夢にふけった。彼女の見た白昼夢は、糊のきいた白いドレスと白手袋と白い靴を身につけ、自分だけの白い仔馬を連れた少女のことだった。ビーは、そんな小ざっぱりした身なりをしている少女を、うらやましく思った。

ビーは、その少女がいったいだれなのだろうかと、いぶかしんだ。

アンクが、ウナギの詰まった袋のように、くにゃくにゃと、音もなく床に倒れた。

アンクは目をさまし、自分が宇宙船の寝棚に仰向けに寝かされていることに気づいた。船室の明かりは目もくらむばかりだった。アンクは叫ぼうとしたが、猛烈な頭痛で声も出なかった。

彼はがむしゃらに起きあがり、寝棚の支柱のパイプへふらふらとつかまった。船室には彼ひとりだけだ。だれに着せられたのか、また軍服姿にもどっていた。

最初、これはてっきり無限の宇宙空間へ打ちあげられたのだ、と彼は考えた。

しかし、そのあとでエアロックが外にむかって開いているのが見え、外に大地があるのが見えた。

アンクはエアロックをよろめき出て、げろを吐いた。

彼は涙ぐんだ目を上にあげ、そして彼がどうやら火星か、それともきわめて火星によく似たところにいるらしいのを知った。

外は夜。

鉄の平原には、宇宙船が整然と列をなしてそそり立っている。

アンクが見まもるうちに、長さ五マイルにおよぶその一列が、ほかの船団から離れて上昇し、美しい余韻を残して空のかなたに消えていった。

どこかで一ぴきの犬が、巨大な銅鑼《どら》を思わせる声で吠えた。

そして、闇の中からその犬は躍り出てきた——虎ほども大きい猛犬である。

「カザック！」闇の中で男の声が叫んだ。

犬はその命令で止まりはしたが、アンクをそこへ釘づけにしていた。その長い、濡れた牙に脅かされて、アンクは宇宙船の船体へぴったりと背中を貼りつけていた。

犬の主人が、懐中電灯の光を前に跳ねまわらせながら姿を現わした。アンクから二、三ヤードの距離までくると、男は懐中電灯をあごの下にあてた。光と影のコントラストが、男の顔を悪魔の顔のように見せた。

「こんばんは、アンク」と男はいった。それから懐中電灯を消し、宇宙船から洩れる明かりに照らされるように、一歩わきへ寄った。どこか柔和な感じのする大男で、おそろしく自信たっぷりだった。落下傘スキー海兵隊の血紅色の制服と、爪先の角ばった長靴をはいていた。長さ一フィートの黒と金の将校用鞭《むち》のほかは、なんの武器も持っていなかった。

「ひさしぶりだねえ」と男はいって、ごく小さなV字形の微笑をうかべた。声は、ヨーデルのような声門音的テノールだった。

アンクはその男に見おぼえがなかったが、相手のほうはどうやらアンクをよく知っているらしい――いかにも親しげなのだ。

「わたしはだれだい、アンク？」男は陽気にいった。

アンクは息をのんだ。きっとこれがストーニイ・スティヴンスン、あの恐れを知らぬアンクの親友にちがいない。「ストーニイ？」と彼は囁いた。

「ストーニイ？」男は笑いだした。「こりゃまいった《オー・ゴッド》――」それから、「わたしはストーニイになりたいと何度も思ったものさ。これからも、何度もそう思うことだろう」

大地が揺れた。つむじ風がおそった。まわりをとりまいた宇宙船がいっせいに空へ跳躍し、消えていった。

アンクの宇宙船は、いまや鉄の平原の一扇区をひとり占めにしていた。いちばん近くにある宇宙船でも、おそらく半マイルは離れているだろう。

「きみの連隊が出発したぞ、アンク」と男はいった。「それなのに、きみはいっしょに行かない。恥ずかしくないのかね？」

「あんたはだれだ？」とアンク。

「この非常時に名前なんか聞いてどうする？」男はアンクの肩に大きな掌をのせた。

「おお、アンク、アンク、アンク、きみはなんという苦労をしたのだろう」

「だれがおれをここへ連れてきたんだ？」

「憲兵隊だよ、彼らに祝福あれ」と男はいった。

アンクはいやいやをした。涙が頬をつたった。彼は敗北をさとった。もうなにも秘密にしておく理由はない。たとえ、こちらの生死を手中に握っているらしい男の前でも。生きようと死のうと、いまのあわれなアンクにはどうでもよいことだった。「おれは―

――おれは家族といっしょになろうとしたんだ。それだけのことなんだ」

「火星は、愛にはひどく不向きな土地だし、家庭的な男にもひどく不向きな土地だよ、アンク」男はいった。

この男は、いうまでもなく、ウィンストン・ナイルズ・ラムファードだった。彼は火星におけるあらゆるものの総司令官なのだ。彼は実際に落下傘スキー海兵隊にはいっているわけではなかった。しかし、彼の興味をひいたものなら、どんな制服でも自由に着用できるのだ。ほかのだれかがその特権をかちえるためには、たいへんな苦労をしなければならないのに。

「アンク」とラムファードはいった。「わたしがこれまでに聞いたなによりも悲しい恋物語が、この火星で実際にあったんだよ。それを聞きたくないかね？」

「むかしむかし」とラムファードはいった。「ひとりの男が、空飛ぶ円盤で地球から火星へ運ばれていた。彼は火星軍への志願者で、もうすでに突撃歩兵隊中佐の派手な軍服を着こんでいた。彼はすばらしい気分だった。どちらかというと、地球では精神的に恵まれなかったほうだから、精神的に恵まれない人間のつねで、軍服が彼の値打ちをあげてくれると思ったのさ。

彼の記憶はまだこそげとられていなかったし、アンテナもまだとりつけられていなかった――しかし、彼は保証つきの忠実な火星人だったから、宇宙船の中を自由に歩きまわる許可をもらっていた。徴募係たちは、このての新入り男をいいあらわす警句を持っていた――あいつは自分のきんたまにダイモスとフォボスと名をつけた、というのだ。ダイモスとフォボスは、火星に二つある月なんだよ。

およそ軍事教練というものを受けたことのないこの中佐は、地球で『自己発見』として知られている経験を味わっているところだった。彼の巻きこまれた作戦がどんなものであるかをつゆ知らずに、彼はほかの新兵たちに命令をくだし、彼らを服従させていた」

ラムファードはひとさし指を上に突き出し、アンクはその指が半透明なのを見て、きもをつぶした。ラムファードはつづけた。

「船内には男性立入禁止の特別船室があった。乗組員は彼にこんこんと説明した。その特別船室には、これまで火星に旅した女の中で最高の美人が乗っており、彼女を見た男は必ず恋におちてしまう。そして、筋金入りの職業軍人でないかぎり、恋はどんな人間をも骨抜きにしてしまうものだ、と。

新米の中佐は、彼が職業軍人でないといいたげなこのほのめかしに腹を立て、乗組員たちに、絶世の美女たちを相手どった彼の漁色遍歴の物語を話して聞かせた——そして、どの女にも心を動かされたことはない、と自慢した。乗組員たちはそれでもまだ懐疑的で、どれだけ中佐が女を漁りつくしたにしろ、あの鍵のかかった特別船室にいる女のような知的で気位の高い美人には、まだ一度も会ったことがないだろう、という意見にかたむいた。

中佐に対する乗組員のうわべだけの尊敬は、この一件でなんとなく薄れてきた。ほかの新兵たちもその空気を感じとって、彼への尊敬をひっこめた。派手な軍服を着た中佐は、彼がもともとそうであったもの——つまり、いばりかえった道化師——のような気持ちを味わわされた。どうすれば失われた威厳をとりもどせるかを教えてくれるものはなかったが、それはだれの目にも明らかだった。彼は特別船室に監禁された女を征服することで、威厳をとりもどせるのだ。彼にはもちろんそうする気があった——矢もたてもたまらないほど——」

ラムファードはつづけた。「しかし、乗組員たちは、おせっかいにも、彼を肘鉄砲と失恋の悲しみから守ろうとしつづけた。彼の自尊心はジュウジュウブクブクと煮えたち、パチパチポンポンとはじけた。

そのうちに、士官食堂でパーティーが開かれた。中佐は泥酔して声高にしゃべった。

地球での彼がどれほど冷酷な女たらしであったかを、またもや自慢した。そのあとで彼は、グラスの底に、だれが置いていったのか、特別船室の鍵が沈んでいることに気づいた。

中佐はこっそりとそこを出て特別船室に行き、鍵を使って中にはいり、ドアを閉めた。部屋は真っ暗だったが、中佐の頭の中は、アルコールと、彼が翌朝の朝食の席で発表することになるだろう手柄話とで、こうこうと照らされていた。

彼は暗闇の中であっさりと女をものにした。彼女は恐怖と鎮静剤とでぐったりしていたからだ。それは喜びのない契りだった。もっとも酷薄なときの母なる自然をしか満足させないものだった。

中佐は勝ち誇った気分になれなかった。ひどく情ない気分だった。彼の野獣的な行為を誇れるような口実を女の姿の中に見出そうと、おろかにも彼は明かりをつけた。

ラムファードは悲しげにいった。「寝棚の上で身をちぢめているのは、三十すぎのむしろ不器量な女だった。泣いていたのと絶望とで、目は真っ赤に充血し、顔はむくんでいた。

いっそうわるいことに、中佐はその女を知っていた。彼女は、ある占い師がいつか彼の子供を生むだろうと予言した女だった。最後に彼が会ったときには、おそろしく横柄で気位の高かった女なのに、いまは見る影もなく打ちひしがれていたので、さすがの無情な中佐も哀れみをもよおさずにはいられなかった。

中佐はそこではじめて、たいていの人間が自覚せずに終わってしまうことを自覚した――彼が残酷な運命の犠牲者であるだけでなく、その残酷な運命のいちばん残酷な手先のひとりでもあることを。その女は、このまえ彼と会ったとき、彼を豚のように見くだしたのだった。そして、彼はいま、自分が豚であることを、疑問の余地なく証明してしまったのだ」

ラムファードはつづけた。「乗組員たちが予言したように、中佐は兵士として永久に失格した。なるべく多い苦痛を与えるよりもなるべく少ない苦痛ですまそうという、こみいった戦術に没頭して、どうしようもなくなった。その女から罪の赦《ゆる》しと理解をとりもどすことが、彼の成功の証明だと考えるようになった。

宇宙船が火星に着いたとき、彼は受入れ本部病院での噂話から、自分がまもなく記憶を奪いとられることを知った。そこで彼は自分に宛てて、忘れたくない事柄を順番に記した手紙を書きはじめた。その一連の手紙の最初の一通には、彼が傷つけたあの女のことだけが書かれていた。

彼は記憶消去手術のあとで彼女を探しあて、そして相手が全然彼をおぼえていないことを知った。それだけではなく、彼女は彼の子供を身ごもっていた。ということで、彼女の愛をかちとり、そして彼女をつうじて、彼女の子供の愛をかちとることが、彼の目標になった」

ラムファードはつづけた。「それを彼はやってみたんだよ、アンク。それも一度だけじゃなく、何度もだ。そのたびに、彼は打ち負かされた。しかし、それは彼の人生の中心的な目標として残った――おそらく、彼自身が淋しい家庭に育ったからだろう。

彼を打ち負かしたものはだね、アンク。その女の生まれつきの冷たい性格と、火星社会の理想を崇高な良識と考えている精神医学のシステムだった。その男が妻の心を揺さぶるたびに、まったくユーモアのない精神医学が彼女を正道にひきもどした――彼女をふたたび有能な市民に変えたんだ。

その男も、彼の妻も、めいめいの病院の精神病棟へたびたび送りこまれた。そして――この極度の挫折を味わった男が、哲学を書いた唯一の火星人であり、この極度に自己挫折的な女が、詩を書いた唯一の火星人であったという事実は、一考に値すると思うね」

ボアズは、ポイベの町からやっと中隊母船へたどりついた。ポイベの町まで、彼はアンクを探しに行っていたのである。「くそったれめ――」と彼はラムファードにいった。

「あいつら、おれたちを置いてきぼりにしやがったのか？」彼は自転車に乗っていた。

ボアズはアンクに気づいた。「このくそったれめ、おい坊や――おまえはよくもまあ、この相棒をえらい目に遭わせてくれたな。おぼえてろよ！　どうやってここへきた？」

「憲兵隊」とアンク。

「それぞれ、いろいろな行きかたがあるもんだねえ」ラムファードが快活にいった。

「なんとかやつらに追いつかなくちゃな、相棒」とボアズはいった。「母船がなくちゃ、やつらも攻撃にとりかかれねえや。だってよ、なんのために戦争するかってことになる」

「よいことのために死んだ、史上最初の軍隊となる特権をになうためさ」とラムファード。

「なんだって？」とボアズ。

「いや、こっちの話」ラムファードがいった。「きみたちはこれに乗りこんで、エアロックを閉め、『オン』のボタンを押すだけでいい。あっというまに中隊に追いつくよ。なにもかもぜんぶ自動だ」

アンクとボアズは宇宙船に乗りこんだ。

ラムファードはエアロックの外側の扉をまだ手で押さえていた。「ボアズ――」と彼はいった。

「その中央シャフトの上にある赤いボタン――それが『オン』のボタンだ」

「知ってる」とボアズ。

「アンク――」ラムファードはいった。

「なんだ？」アンクはぼんやりといった。

「わたしがきみにした話――そう、あの恋物語さ。あれで一ついい残したことがある」

「ふうん？」とアンク。

「あの恋物語の中の女をおぼえているね――あの男の子供を生んだ女を？」とラムファードはいった。「火星でただひとりの詩人だった女を？」

「その女がどうした？」アンクはいった。彼はたいしてその女に興味はなかった。ラムファードの物語の中の女がビーであること、彼自身の連れ合いであることに、まだ気がついていなかったのだ。

「その女は、火星へ行く前に、別の男と何年間か結婚していたんだ」ラムファードはいった。「ところが、れいのうぬぼれ屋の中佐が火星行きの宇宙船の中で彼女を犯したとき、彼女はまだ処女だった」

ウィンストン・ナイルズ・ラムファードは、エアロックの外扉を閉めしなに、アンクにウインクしていった。「これじゃ、亭主たるもの、まるきりかたなしじゃないか、ええ、アンク？」

7 勝利

「善が、悪ほどたびたび勝利をあげることができないという理由は、どこにもない。勝利はすべて組織力の問題だ。もし、天使というようなものが存在するなら、せめてマフィア程度の組織力は持ってもらいたい」

――ウィンストン・ナイルズ・ラムファード

地球文明はこれまで一万回の戦争を創り出したといわれるが、戦争に関する聡明な注釈はただの三つしかない――ツキディデス、ユリウス・カエサル、そしてウィンストン・ナイルズ・ラムファードのそれである。

ウィンストン・ナイルズ・ラムファードは、その著書『火星小史』の七万五千語をあまりにもみごとに選んだため、地球火星戦争については、もはや補足すべき、あるいは訂正すべき、なにごとも残っていない。一つの歴史を書く上で、地球火星戦争に筆をおよぼす必要に迫られたものはだれでも、その物語がすでにラムファードによって輝かしくも完璧に語られているのを、いまさらのように認識し、自己卑下におちいる。

こうした当惑を味わった歴史家のおきまりの手段は、この戦争を無味乾燥な電報文的簡潔さで記述するにとどめて、読者にいますぐラムファードの傑作を読めとすすめることである。

もちろん、この物語もそれにならうことにする。

火星地球戦争は、六七地球日のあいだつづいた。

地球上のあらゆる国が攻撃された。

地球側の損害は、死者四六一名、負傷者二二三名、捕虜ナシ、行方不明二一六名。

火星側の損害は、死者一四九、三一五名、負傷者四四六名、捕虜一一名、行方不明四六、六三四名。

戦争終結時には、火星側の全員が、死亡、負傷、捕虜、あるいは行方不明となっていた。

火星にはひとりの人間もいなくなった。火星には一棟の建物もなくなった。

地球に最後の波状攻撃をしかけた火星軍は、彼らをめった撃ちした地球人たちがあとで戦慄したことに、老人と女性と少数の子供で成り立っていた。

火星陸軍は、これまで太陽系で知られたいかなる宇宙船よりも精巧にできた乗り物で到着した。しかも、火星部隊に本当の司令官がいて、兵士たちを無線制御しているかぎり、彼らは無私無欲で、頑強に、必殺の意志をもって戦った。それは、彼らと戦った相手のひとり残らずが、しぶしぶながらも誉めたたえるほどだった。

これらの部隊は、しかし、空中あるいは地上で、彼らの本当の司令官を失う場合が多かった。そんな事故が起きたとたん、部隊はたちまち半身不随になった。

最大の問題は、しかし、彼らの武装が大都市の警察とどっこいどっこいのしろものだということにあった。彼らは小銃と、手榴弾と、ナイフと、迫撃砲と、小型ロケット弾発射筒で戦った。彼らは核兵器も、戦車も、中・重火器も、空軍の援護も、またいったん着地したあとの輸送手段も、持っていなかった。

火星陸軍は、さらに、彼らの宇宙船がどこに着陸するかについて、まったく制御力を欠いていた。彼らの宇宙船は全自動の操舵航行装置によってコントロールされており、これらの電子装置は、火星にいる技術者たちの手で、行先での軍事情勢がいかにひどいものであろうとお構いなく、地球上の特定の地点に着陸するよう、調節されていたのである。

乗組員が手をくだせる制御装置は、船室の中央シャフトにある二つの押しボタンだけだった――その一つには『オン』、もう一つには『オフ』と記されていた。『オン』のボタンは、火星からの飛行を開始するだけのものである。『オフ』のボタンは、どこにもつながっていない。それは火星の精神衛生の専門家たちの要請によってつけ加えられたもので、この専門家たちの意見によると、人間は自分が停められると思っている機械のほうを、つねに好むものなのである。

地球火星戦争は、五〇〇名の火星帝国特別奇襲隊員が、四月二十三日に地球の月を占領したときにはじまった。彼らはなんの抵抗も受けなかった。当時、月面にいた地球人は、ジェファースン観測所のアメリカ人一八名と、レーニン観測所のロシア人五三名と、〈雨の海〉にでかけていたデンマークの地質学者たちだけだった。

火星人は無線で自分たちの存在を地球に通告し、地球に降伏を要求した。そして、彼らのいう『地獄の味』なるものを、地球に与えた。

この味は、地球側がすくなからず滑稽に思ったことに、各十二ポンドのTNT火薬を積んだロケットの、きわめてまばらなさみだれに過ぎなかった。

地球にこの地獄の味を与えたのち、火星人は地球の情勢が絶望的であることを、地球に通告した。

地球側の見解はちがっていた。

つぎの二十四時間に、地球は六一七基の熱核ミサイルを、月面の火星軍橋頭堡《きょうとうほ》にむけて発射した。このうち、二七六基が命中した。これらの命中弾は、橋頭堡を蒸発させただけではなかった——すくなくとも一千万年間、月面を人間の占領には不適当な土地に変えたのである。

さらに、戦争の気まぐれで、月をはずれた一発は、一五、六七一名の火星帝国特別奇襲部隊を乗せて接近中の宇宙船団に命中した。これが、そこに乗り合わせた火星帝国特別奇襲部隊を壊滅させた。

彼らはピカピカ光る黒の軍服の両膝にスパイクをつけ、長靴の中に十四インチの鋸歯《のこぎりば》のナイフを忍ばせていた。彼らの部隊章は、髑髏《どくろ》と大腿骨のぶっちがいだった。

彼らのモットーは、銀河系宇宙太陽系地球アメリカ合衆国カンザス州のモットーとおなじく、〝困難を踏み越えて星へ《ペル・アスペラ・アド・アストラ》〟であった。

ここで、三十二日間、戦火は静まった。火星陸軍の攻撃主力が、二つの惑星のあいだの虚空を横断するのに要する期間である。この地球への鉄槌は、二、三一一隻の宇宙船に分乗した八一、九三二名の将兵から成っていた。特別奇襲部隊を除いたあらゆる部隊が、そこに結集していた。地球は、この恐るべき艦隊がいつ到着するかという不安から免れた。月面の火星人放送が、蒸発してしまう直前に、この無敵軍の到来が三十二日後に迫っていることを確約したのだった。

三十二日と四時間十五分後に、火星大船団は、レーダー誘導された熱核弾幕の中へとびこんだ。火星大船団にむけて発射された熱核対空ロケットの数は、公式には二、五四二、六七〇発と見積もられている。しかし、発射されたロケットの実数には、たいして意味はない。なぜなら、その弾幕にはもっと別な表現の方法があり、その方法がたまたま詩と真実の両方を兼ねそなえているからである。その弾幕は、地球の空を天国の青から地球の濃いオレンジ色に変えた。空は一年半のあいだ、濃いオレンジ色をたもった。無敵の火星大船団のうち、二六、六三五名の将兵を乗せた七六一隻だけが、この弾幕をくぐりぬけて地球に着陸した。

これらの宇宙船がぜんぶ一カ所に着陸していれば、生存者たちも拠点を築けたかもしれない。だが、宇宙船の電子航行装置は、別な考えをもっていた。航行装置は、大船団の生き残りを、地球の表面広くばらまいた。世界各地で宇宙船から出現した分隊や、小隊や、中隊は、数百万数千万の国民に降伏を要求した。

大やけどを負ったクリシュナ・ガールーという兵士は、ただひとり、三連散弾銃を手に全インドを攻撃した。だれも彼を無線制御してはいなかったが、彼は持っている銃が破裂するまで降伏しなかった。

火星陸軍の唯一の軍事的成功は、十七名の落下傘スキー海兵隊員による、スイスのバーゼルの食肉市場の占領であった。

そのほかの各地では、火星陸軍は塹壕《ざんごう》を掘るいとまもなく、たちまち虐殺された。

この虐殺は、職業軍人の手によってだけではなく、しろうとの手によってもなされた。たとえば、アメリカ合衆国フロリダ州ボカ・ラトンの戦闘で、ライマン・R・ピータースン夫人は、彼女の息子の・二二径ライフルを使って、四人の火星陸軍突撃歩兵を射殺した。彼女は家の裏庭に着陸した宇宙船から順々に出てくる彼らに、狙いを定めたのである。

彼女は死後、議会名誉勲章を贈られた。

ついでながら、ボカ・ラトンを攻撃した火星人は、アンクとボアズの所属する中隊の生き残りであった。彼らを無線制御する本当の司令官ボアズがいないとあっては、彼らが熱のない戦いぶりを見せたのもむりはなかった。

アメリカ軍が火星軍と戦うためボカ・ラトンに到着したときには、もはや戦うべき相手は残されていなかった。興奮した誇らかな民間人たちが、すでになにもかもきれいさっぱり片をつけていた。二十三名の火星人が商業地区の街灯の柱で首を吊るされ、十一名が射殺され、そしてブラックマン軍曹なるひとりは、重傷を負った捕虜として監房につながれていた。

攻撃軍の総数は三十五名であった。

「火星人よもっとこい」と、ボカ・ラトン市長のロス・L・マックスワンはいった。

彼はのちに、合衆国上院議員となった。

そして、あらゆる土地で火星人は殺され、殺され、殺され、ついに地球の表面でまだ自由に立っているのは、スイスのバーゼルの食肉市場で宴会をひらいている落下傘スキー海兵隊員だけになった。隊員たちは、拡声機によって、彼らの情勢が絶望的であること、上空には爆撃機が待機し、すべての街路は戦車と歩兵の精鋭で包囲され、五十門の大砲が食肉市場に照準を合わせていることを告げられた。両手を頭にのせて出てこなければ、食肉市場はこっぱみじんになるだろうと告げられた。

「くそくらえ!」と、落下傘スキー海兵隊の本当の司令官は叫んだ。

こうして、戦いはふたたび一段落した。

宇宙空間のかなたにある一隻の火星軍偵察船は、つぎの攻撃がすでにその途上にあること、この攻撃がこれまでの歴史にあるいかなるものよりも恐ろしいそれであることを、地球にむかって放送した。

地球はせせら笑い、迎撃準備をととのえた。世界のいたるところで、戦争にはしろうとの家族が、練習のために喜々として小火器をぶっぱなしている光景が見られた。

熱核ミサイルの新しいストックが発射基地へ運ばれ、九基の巨大なロケットが火星そのものにむけて発射された。その一つは火星に命中し、ポイベの町と軍基地を惑星の表面から抹殺した。ほかの二つは時間等曲率漏斗の中へ姿を消した。残りは宇宙の漂流物となった。

火星にロケットが命中したことは、たいして問題ではなかった。

そこにはもうだれも——ひとりの人間も——いなかったからである。

最後の火星人は、地球へ向かう途中だった。

最後の火星人は、三波に分かれて襲来した。

最初の一波は、七二一隻に分乗した二六、一一九名の予備軍、つまり訓練を受けた最後の将兵だった。

地球日でその半日あとに、一、七三八隻に分乗した八六、九一二名の、武器を与えられたばかりの民間人男性がつづいた。彼らは軍服も着ておらず、一度ライフルを撃ったことがあるだけで、ほかの武器の使用法についてはなんの訓練も受けていなかった。

これらの哀れな不正規兵から、さらに地球日で半日遅れて、四六隻に分乗した一、三九一名の非武装の女性と、五二名の子供がやってきた。

これらの人びとと宇宙船とが、いまや火星側に残されたすべてであった。

火星陸軍のこの自殺行為の黒幕は、ウィンストン・ナイルズ・ラムファードである。

この手のこんだ火星の自殺は、土地、有価証券、ブロードウェイの興行、および発明への投資によってお膳立てされた。未来を見ることができるラムファードには、金を殖やすなどお茶の子さいさいだった。

火星の資金は、コード番号だけの無記名預金として、スイスの各銀行に預けられた。

この投資を運営し、地球での〈火星調達計画〉と〈火星諜報機関〉を切りまわしていた男、ラムファードから命令をじかに受けとっていた男は、ラムファード家の老執事アール・モンクリーフだった。モンクリーフは、盲従の生涯の終わりぎわにこの機会を与えられて、ラムファードの冷酷で、有能で、そして優秀でさえある地球大臣となった。

モンクリーフのうわべは、すこしも変わらなかった。

モンクリーフは、戦争の終わった二週間後に、ラムファード邸の使用人棟にある彼のベッドで、老衰のために息をひきとった。

火星人の自殺の科学技術的凱歌にだれよりも貢献したのは、ラムファードのタイタンでの友人サロである。サロは、小マゼラン雲のトラルファマドール星からやってきた使者だった。サロは、地球年で数えて何百万年もの歴史をもつ文明の科学技術的ノウハウをたずさえていた。サロの宇宙船は破損していた——しかし、破損状態にあっても、それはこれまで太陽系に出現したもっともすばらしい宇宙船だった。彼の破損した宇宙船からぜいたくな設備だけをとり除いたものが、火星陸軍の全軍用船の原型となった。サロ自身はあまりすぐれた技術者ではなかったが、それでも彼は自分の宇宙船のあらゆる部分を測量することができたし、その模造品の設計図を引くこともできた。

なによりも重要なことに——サロは、想像しうるかぎりの最強力なエネルギー源であるUWTB、すなわち〈そうなろうとする万有意志〉を、大量に持ち合わせていた。そして、サロは気前よく、彼の手持ちのUWTBの半分を火星の自殺のために提供したのだった。

執事のアール・モンクリーフが投資、調達、諜報機関を築きあげたのは、ひとえに現ナマの暴力と、卑屈な仮面をつけて生きている利口で意地悪で満たされない人びとへの深い理解の賜物《たまもの》である。

火星人の金と火星人の命令をよろこんで受けとったのは、こうした人びとだった。彼らはとやかく質問しなかった。安定した秩序の土台へシロアリのように食い入る機会に、とびついたのである。

こうして、あらゆる階層、職業の人間が集まった。

サロの宇宙船の修正設計図は、部品の設計図に分割された。これらの部品の設計図は、モンクリーフの手先によって、世界各地のメーカーへ持ちこまれた。

どのメーカーも、その部品がなんに使われるものであるか、まったく見当がつかなかった。ただ、それを生産した儲けが大きいことだけは知っていた。

最初の百隻の火星軍宇宙船は、モンクリーフの手先によって、ほかならぬ地球上の秘密倉庫で組み立てられた。

これらの宇宙船には、ニューポートでラムファードがモンクリーフに与えたUWTBが充塡された。これらの宇宙船はただちに就航を開始し、やがてポイベ市が建設される予定の火星の鉄の平原へ、最初の機械と最初の応募者を送り届けた。

やがてポイベが建設されたとき、あらゆる機械類は、サロのUWTBによって動かされた。

火星が戦争に負けることは――火星が愚かで惨めな敗北を喫することは――ラムファードの最初からの意図だった。未来の透視者として、ラムファードは結果がそうなるだろうことを知っていた――そして、それに満足だった。

彼は、火星の巨大な、忘れがたい自殺という手段によって、世界を良いほうへ変えようとしたのである。

『火星小史』の中で彼はこういっている――「世界に重大な変化をもたらそうとするものは、ショーマンシップと、他人の血を流すことに対するにこやかな熱心さと、その流血のあとに通常やってくる短い悔悟と戦慄の時期に持ちこむべき、もっともらしい新宗教とを持たなければならない」

ラムファードはいう――「これまでのどの地球の指導者の失敗も、その指導者が、これら三つの要素の少なくとも一つを欠いていたことが原因である」

さらにラムファードはいう――「もう、こうしたへまな指導者はたくさんだ。何百、何千万人が、あたら無益に命を落とすようなことは！　みごとな指揮のもと、大いなる目的のために死ぬ少数の人びとが、一度ぐらい出てもいいではないか」

ラムファードは、大いなる目的のために死ぬ少数の人びとを、火星にかかえていた―

——そして、彼はその人びとの指導者だった。

彼はショーマンシップを持っていた。

彼は他人の血を流すことに対して、にこやかな熱心さを持っていた。

彼は戦争が終わったあとに持ちこむべき、もっともらしい新宗教も持っていた。

そして彼は、戦争のあとに訪れるだろう悔悟と戦慄の時期をひきのばす、さまざまな方法も持っていた。これらの方法は、ある一つのテーマのヴァリエーションだった——つまり、地球の火星に対する赫々《かっかく》たる勝利は、実はほとんど無防備の聖者たちの大虐殺であり、これらの聖者たちが地球に対して弱々しい戦争を仕掛けたのは、地球の人びとを一枚岩のような〈人類の兄弟愛〉に結び合わせるためであった、というのである。


ビーと呼ばれる女と、その息子のクロノは、地球に接近する火星船団の最後尾の一波に属していた。実のところ、それはさざ波でしかなかった。わずか四十六隻で構成されているのだから。

ほかの船団は、すでに破滅にむかって降下しおわっていた。

接近中のこの最後の波、いや、さざ波を、すでに地球側は探知していた。しかし、それにむけて熱核兵器は発射されなかった。もはや発射すべき熱核兵器がなかった。

ぜんぶ使い果たされてしまったのだ。

おかげで、さざ波は無傷で打ちよせた。それは地表のあちこちへ散らばった。

この最後の波で、運よく火星人を射撃する機会にめぐまれた人びとは、喜々として射撃した――喜々として射撃したのちに彼らが発見したのは、その目標が非武装の女子供であったことだった。

栄光にみちた戦争は終わった。

慙愧《ざんき》の念が、ラムファードの計画したとおりに、ひろがりはじめた。


ビーとクロノと二十二人の女性を乗せた宇宙船は、着陸にあたって射撃を受けなかった。着陸したところが文明地帯でなかったのだ。

そこはブラジルのアマゾン多雨林の中だった。

ビーとクロノだけが生き残った。

クロノは外に出ると、彼の幸運のお守りにくちづけした。

アンクとボアズも射撃を受けなかった。

『オン』のボタンを押して火星を出発してから、非常に奇妙なことがふたりの身に起きた。中隊へ追いつくはずが、いっこうに追いつかないのだ。

そればかりか、ほかの宇宙船が一隻も見えない。

この説明はごく簡単につくのだが、あいにくそれを説明するものはそばにいなかった。つまり、アンクとボアズは地球へ行く手はずになっていないのだ——すくなくとも、いますぐには。

ラムファードは、アンクとボアズを運ぶ宇宙船がまず水星へ着くように——そして、水星から地球へ行くように、自動航行装置をセットしておいたのだった。

ラムファードは、アンクを戦争で殺したくなかった。

アンクを約二年間、どこか安全な場所にとどめておきたかった。

その上で、まるで奇跡のように、アンクを地球に出現させたかった。

ラムファードは、彼が新宗教のためにお膳立てをととのえているあの野外劇の主役として、アンクを大切に残しておきたかったのである。


アンクとボアズは、宇宙空間の中で非常な淋しさと当惑を感じていた。あまり見物するものもなく、することもない。

「頭へきたぜ、アンク——」とボアズはいった。「ほかの連中はどこでどうしてやがるんだろうな」

ほかの連中の大部分は、この瞬間、ボカ・ラトンの商業地域で、街灯の柱から首吊りにされていたのである。

アンクとボアズの自動航行装置は、いろいろの仕事に加えて船内灯の調節もやっており、人工的サイクルで地球の夜と昼、夜と昼、夜と昼を作り出していた。

船内にある読物といえば、組立工たちが忘れていった二冊のマンガだけだった。『トゥイーティーとシルヴェスター』というほうには、猫を狂気におとしいれたカナリヤのことが描かれており、『ああ無情』というほうには、親切にしてくれた司教から金のローソク立てを盗んだ男のことが描かれていた。

「なんであいつはローソク立てなんかとったんだろうな、アンク」とボアズはいった。

「おれが知るわけないだろ」とアンクはいった。「おれの知ったこっちゃないよ」

自動航行装置は、いましがた船内灯を消し、船内を夜に変えたところだった。

「なにを聞いても、おまえは知ったこっちゃないんだな、ええ?」ボアズが闇の中でいった。

「そうとも」とアンク。「おまえがそのポケットに持ってるものだって、おれの知ったこっちゃない」

「おれがなにをポケットに持ってるというんだ？」

「ほかの人間を苦しめるものさ。ほかの人間に、おまえの思いどおりのことをさせる道具だ」

アンクは闇の中でボアズが鼻を鳴らし、それから低くうめくのを聞いた。そして彼には、ボアズがいまポケットの中のもののボタンを押したこと、アンクを気絶させるはずのボタンを押したことが、わかっていた。

アンクは物音ひとつ立てなかった。

「アンク——？」とボアズがいった。

「なんだ？」とアンク。

「おまえ、そこにいるのか、相棒？」ボアズがびっくりしたようにいった。

「ほかにどこへ行くところがある？　おれを蒸発させたとでも思ったのかい？」

「だいじょうぶか、相棒？」とボアズ。

「だいじょうぶにきまってるだろ、相棒」とアンク。「ゆうべおまえが眠ってるあいだにな、相棒、おれはおまえのポケットからそのやくたいもない道具をすりとってな、相棒、そいつを開けてな、相棒、中身をむしりとってな、相棒、かわりにトイレット・ペーパーを詰めこんだのよ。それでいまおれはこの寝棚にすわってだな、相棒、おれの銃に弾をこめてだな、相棒、そいつでおまえのほうを狙ってるんだがね、相棒、さあこれからいったいおまえはどうする気だ？」

ラムファードは、地球火星戦争のあいだに二度、地球のニューポートに実体化した——一度は戦争のはじまった直後、そしてもう一度は戦争の終わった当日である。彼とその愛犬の姿は、まだこの当時、特別の宗教的意味を帯びてはいなかった。単なる観光資源にすぎなかった。

ラムファード邸は、抵当権者からマーリン・T・ラップという興行師に賃貸しされていた。ラップは実体化の観覧券を一枚一ドルで売り出した。

ラムファードとその愛犬の出現と消失を除けば、それはたいした見世物ではなかった。ラムファードは執事のモンクリーフ以外のだれにも話しかけないし、執事にもそっと囁くだけだった。彼は階段の下の部屋——〈スキップの博物館〉——で、物思わしげに安楽椅子へ前かがみにすわっていた。そして、片手で両眼を覆い、もう片手の指をカザックの首鎖にからめていた。

ラムファードとカザックは、ポスターでは幽霊ということにされていた。

その小部屋の窓の外には観覧席が作られ、廊下につうじるドアは外されていた。見物人は二列になってこの窓の外を歩き、時間等曲率漏斗にはいった人間と犬をのぞくのである。

「きょうの彼はあまり話したがらないようです」とマーリン・T・ラップはいつも説明する。「みなさんご存じと思いますが、彼には考えることがいっぱいあるのです。彼はここにいるだけじゃありませんよ、みなさん。彼とあの犬は、太陽からベテルギウス星までのぜんたいに散らばっているのです」

戦争の最終日まで、すべての動きとすべての音は、マーリン・T・ラップによって提供されていた。「世界歴史に残るこの偉大な日に、この偉大な文化教育科学展示物を見にこられたみなさんの感激は、いかばかりかと存じます」と、ラップは戦争の終わった日にいった。

「もしこの幽霊が口をひらいたならば」とラップはいった。「さぞやわたしたちに過去や未来の驚異を、そして、わたしたちが夢にも知らない宇宙のふしぎを、語ってくれることでしょう。ひょっとすると、みなさんの中で運のいい方は、彼がわたしたちにすべてを語る時機が熟したと考えるとき、ここに居合わせることができるかもしれません」

「時機は熟した」ラムファードがうつろにいった。

「時機は腐るほど熟した」と、ウィンストン・ナイルズ・ラムファードはいった。

「きょう、輝かしく終わった戦争は、それに敗れた聖者たちにとって輝かしいだけだ。聖者たちは、あなたがたとおなじ地球人だった。彼らは火星へ行き、あの絶望的な攻撃を試み、そして喜んで死んでいった。地球人たちがついに一つの民に――歓びと友愛と誇りにみちた一つの民になれるように。

彼らは、彼ら自身の楽園よりも、地球の人類の兄弟愛がいつまでもつづくことを願いつつ、死んでいったのだ」

ラムファードはつづけた。「彼らが心から願ったその目的のために、わたしは、やがて世界各地のあらゆる地球人の心に熱狂的に迎えられることになる新しい宗教の知らせを、ここに伝えよう。

国境は消失するだろう。

戦争欲は消滅するだろう。

あらゆる羨望、あらゆる不安、あらゆる憎悪は死に絶えるだろう。

この新しい宗教の名は、〈徹底的に無関心な神の教会〉という。

この教会の旗の色は青と金とになるだろう。その旗には、青地に金文字で、こんな言葉が記されることになるだろう――**人びとをいつくしめ、そうすれば全能の神はご自分をいつくしまれる**」

ラムファードはいった。「この宗教の二つのおもな教えはつぎのようなものだ。ちっぽけな人間には、全能の神を助けたり、喜ばせたりすることはなにもできない。そして、運のよしあしは神の御業《みわざ》ではない。

なぜ、あなたがたがほかの宗教よりもこの宗教を信じるようになるのか？　あなたがたがそれを信じるようになるのは、この宗教の首長であるわたしが奇跡を行なうことができ、ほかのどの宗教の首長もそうできないからだ。では、どんな奇跡を、わたしは行なえるのか？　わたしは絶対的正確さをもって、未来に起こるだろう出来事を予言するという奇跡が行なえる」

ラムファードはそのあと、未来の五十の出来事を、非常な細部まで予言した。

これらの予言は、この場に居合わせた人びとによって、注意ぶかく記録された。

これらの予言が、やがてつぎつぎに——非常な細部までそのとおりに——実現したことは、いうまでもない。

「この宗教の教えは、最初は難解で混乱したものに思えるかもしれない」とラムファードはいった。「しかし、時がたつにつれて、それらは美しく明確になっていくだろう。その混乱にみちた発端にあたって、わたしはあなたがたに一つのたとえ話をしたい——

—

むかしむかし、あるめぐりあわせによって、マラカイ・コンスタントという名の赤ん坊が、世界でいちばん金持ちの子供として生まれた。おなじ日、あるめぐりあわせによって、ひとりの盲目の老婆がコンクリートの階段の頂きに置いてあったローラー・スケートで足を滑らせ、ある警官の乗った馬が辻音楽師の猿を踏み殺し、仮釈放中の銀行強盗が自分の屋根裏部屋にあったトランクの底に、九百ドルの値打ち物の切手を一枚見つけた。わたしはあなたがたにたずねたい——これでも、運のよしあしは神の御業だろうか？」

ラムファードは、リモージュ焼きの陶器のように半透明な人差し指を上にあげた。

「おなじ信者仲間であるみなさん、わたしは次回の訪問で、全能の神が欲しておられると勝手にきめこんでいろいろなことをした人びとについてのたとえ話をするつもりだ。それまでは、このたとえ話に対する予習として、あなたがたがスペインの宗教裁判について手に入れることのできるものを、できるだけ読んでおくとよい。

こんど、あなたがたの前に現われるとき、わたしは、いまの時代に意味を持つよう改訂された一冊の聖書を、あなたがたに届ける。そして、短い火星の歴史、この世界が人間の兄弟愛によって一つに結ばれあうために死んでいった聖者たちの真実の歴史も、いっしょに届ける。はりさけることのできる胸を持ったあらゆる人間は、この歴史を読んで、胸がはりさけるだろう」

ラムファードとその愛犬は、だしぬけに非実体化した。

火星を出て水星に向かう宇宙船、アンクとボアズを運ぶ宇宙船の中で、自動航行装置はふたたび船室の中に朝をもたらした。

それは、アンクがボアズに、ボアズのポケットの中にあるものが、もうだれを苦しめることもできないと教えた、あの夜につづく夜明けだった。

アンクは、寝棚の上にすわったままの姿勢で眠っていた。装塡し撃鉄をおこしたモーゼル小銃が、彼の膝の上にまだ構えられていた。

ボアズは眠っていなかった。彼はアンクの真むかいにある寝棚の上で横になっていた。ボアズは一睡もしなかったのだ。いまの彼は、もしやろうと思えば、簡単にアンクの武器を奪って殺すことができた。

しかし、ボアズは、他人を彼の思いどおりに動かす道具よりも、相棒のほうがずっと必要だという気持ちになっていた。それにどのみち、この一晩のあいだに、彼は自分が他人になにをやらせたいのか、よくわからなくなってきたのだ。

淋しくないこと、びくびくしないこと――ボアズはこの二つが人生で大切なことだと考えるようになった。ほんとうの相棒は、ほかのなによりも役に立つものだ。

船室は、奇妙な、ガサガサゴホンゴホンというような音に満たされた。それは笑い声だった。ボアズの笑い声だった。それがそんなに奇妙な声になったのは、ボアズがこれまで一度もそんな笑いかたをしたことがなかったから——これまで、いま彼が笑っているようなことで笑ったことがなかったからだった。

彼は、自分のやってのけた大失敗——自分が軍隊生活をつうじて、そこで起こっているすべてを理解しており、そこで起こっているすべてはすてきなことだと、たかをくっていたこと——を笑っているのだった。

彼は、自分が——神のみぞ知る目的で神のみぞ知るだれかに——まんまと利用された、そのまぬけぶりを笑っているのだった。

「あきれたもんだぜ、相棒」と彼は声に出していった。「おれたち、こんな宇宙の真ん中でなにしてるんだ？　こんな服着てなにしてるんだ？　このばかげたしろものの舵をとってるなあ、だれなんだ？　なんでおれたちゃ、このブリキ缶に乗りこんだんだ？　なんでおれたちゃ、むこうへ着いたらだれかを鉄砲で撃たなきゃならないんだ？　なんで相手はおれたちを撃ちにくるんだ？　なんでだよ？」とボアズはいった。「相棒、なんでだか教えてくれ」

アンクは目をさまし、モーゼルの銃口をくるりとボアズに向けた。

ボアズはそれでも笑いつづけた。ポケットから制御盤をとりだし、それを床に投げつけた。

「こんなものはいらねえよ、相棒。おまえがそいつの中身を抜いちまったんなら、それでいいや。おれはそんなもの、ほしくねえ」

それから、彼はどなった。「おれはこんなイカサマなんか、もうこんりんざいごめんだ！」

8　ハリウッドのナイトクラブで

ハーモニウム――水星でこれまでに発見された、ただひとつの生物だ。ハーモニウムは、ほら穴に住んでいるんだよ。これよりも美しい生物はちょっと想像できない。

――『いろいろなふしぎと、なにをすればよいかの子ども百科』

水星は水晶の杯のように歌っている。

水星はいつも歌っている。

水星の半球は太陽に面している。その半球はいつも太陽に面している。その半球は白熱した微塵《みじん》の海だ。

もう一つの半球は、果てしない宇宙の虚無に面している。この半球はいつも果てしない宇宙の虚無に面している。この半球は、痛いほど冷たい、巨大な青白色の水晶の森だ。

この終わりない昼の暑い半球と、終わりのない夜の寒い半球とのあいだの緊張、それが水星を歌わせる。

水星には大気がないので、その歌は触覚に向けられたものである。その歌はゆっくりした歌だ。水星は、歌の中の一つの音を、地球の千年紀ほども長くつづかせることができる。その歌は、かつてはテンポが早く、奔放で、華やかだった——苦痛なほど変化に富んでいた——と考えるものもいる。そうかもしれない。

水星の奥深い洞窟には、生物がいる。

この生物にとって、彼らの惑星の歌う歌は大切だ。なぜなら、この生物は振動を養分にしているからだ。彼らは機械エネルギーを食べて生きているのだ。

この生物は、洞窟の中の歌う壁にくっついている。

そうやって、彼らは水星の歌を食べる。

水星の洞窟の奥まった場所は、暖かく居心地がよい。

水星の洞窟の奥まった壁は、燐光を発している。黄水仙のような光を放っている。

この洞窟に住む生物は、半透明だ。彼らが壁にくっつくと、壁から出る燐光はそのまま彼らの体を通りぬける。しかし、壁からの黄色の光は、この生物の体を通りぬけるとき、あざやかな藍玉色《アクアマリン》に変わる。

自然とはすばらしいものだ。

この洞窟の生物は、小さな、骨のない凧《たこ》そっくりに見える。菱形で、完全に成長したとき、高さ一フィート、幅八インチぐらい。

厚みはゴム風船ほどもない。

この生物は四つの弱々しい吸盤を——菱形の角に一つずつ——持っている。これらの吸盤を使って、尺取虫のように這ったり、くっついたり、水星の歌のいちばんよい場所を手さぐりしたりすることができる。

よい食事を約束してくれる場所を探しあてると、この生物は濡れた壁紙のようにぺったりと壁に体を貼りつける。

この生物には循環器系がいらない。体がきわめて薄いので、生命の糧《かて》である振動を、なんの仲介もなしに全細胞で受けとることができるのだ。

この生物は排泄をしない。

この生物は薄片の剥落によって生殖する。親から剥落したばかりの子は、フケと区別がつかない。

性は一つしかない。

どの生物も自分自身の種の薄片を剥落させるだけであり、彼自身の種はほかのみんなの種とそっくりなのだ。

幼年期といえるものはない。薄片は、剝落してから地球時間で三時間後に、もう自分で剝落をはじめる。

彼らは成熟に達したのち、老衰、死というコースをたどらない。彼らは成熟に達したのち、いわば水星がその歌をつづけるかぎり、若ざかりを保ちつづける。

一つの生物が他の生物を傷つける手段はまったくないし、また傷つける動機もない。飢え、妬み、野心、不安、怒り、宗教、性欲——これらは無縁のものであり、知られてもいない。

この生物にはたった一つの感覚しかない——触覚である。

彼らは弱いテレパシー能力を持っている。彼らが送信し受信できるメッセージは、水星の歌に近いほど単調だ。彼らは二つのメッセージしか持っていない。最初のメッセージは第二のそれに対する自動的応答で、第二のそれは最初のそれに対する自動的応答である。

最初のそれは、「ボクハココニイル、ココニイル、ココニイル」

第二のそれは、「キミガソコニイテヨカッタ、ヨカッタ、ヨカッタ」

この生物には、実利主義的立場からでは説明のつかない、もう一つの性質がある。この生物は、燐光を放つ壁の上へ魅惑的な模様を作って並ぶことが好きらしいのである。だれが見ていようと知りもせず、また知る気もなく、彼らはたびたび洞窟の壁の上で位置を変え、黄水仙色とあざやかな藍玉色の菱形で、規則的な、あるいは目もあやな、模様を作り出す。黄色は洞窟の裸の壁からの光。藍玉色は、この生物の体で濾過された壁の光。

地球人は、この生物の音楽好きなところと、美への奉仕のために熱心に整列を試みるところから、彼らに美しい名を与えた。

ハーモニウムと。

アンクとボアズは、火星出発後七十九地球日で、水星の暗黒面への降下に移った。ふたりは、これから着陸する惑星が水星だとは知らなかった。

ただ、太陽が気味わるいほど大きく感じられただけだった――

しかし、まさかふたりの着陸しつつあるのが地球でないとは、考えもしなかった。

ふたりは急激な減速期間のあいだ、気を失っていた。そして、いまや意識を回復しかけて――残酷で美しい幻覚をあてがわれているところだった。

アンクとボアズには、彼らの乗った宇宙船が、探照灯の光のあやなす摩天楼のあいだへ、ゆっくりと沈んでいくように思えた。

「敵さん撃ってこないぞ」とボアズがいった。「戦争は終わったのかな、それともまだはじまってねえのかな」

ふたりの見た華やかな光線は、探照灯からのものではなかった。その光線は、水星の明暗二つの半球の境界線にある、背の高い水晶の森から出ているのだった。これらの水晶は、太陽の光をとらえ、それをプリズムのように屈折させて、暗黒面へ投げかけている。暗黒面にあるほかの水晶は、その光線をとらえて、またつぎへ送る。

探照灯がソフィスティケートされた文明の上で戯《たわむ》れていると、ふたりが思いこんだのもむりはなかった。巨大な青白色の水晶の深い森は、豪華絢爛たる摩天楼の連なりと見誤られやすいのだ。

アンクは、舷窓の前に立って、静かに泣いていた。彼は、愛を、家族を、友情を、真理を、文明を求めて、泣いているのだった。彼が泣いて求めているものは、すべて抽象概念だった。なぜなら、彼の記憶は、彼の想像力がそれによって受難劇を作りあげられるような顔や人工物を、ほとんど提供できなかったからである。彼の頭の中では、名前だけが乾いた骨のようにカタコトと音を立てていた。**ストーニイ・スティヴンスン、友だち……ビー、妻……クロノ、息子……、アンク、父……。**

マラカイ・コンスタントという名が頭にうかんだが、彼はそれをどうしてよいものかわからなかった。

アンクは空白の夢想にふけった。探照灯が照らし出しているこれらの壮麗な建物を作りあげた、すばらしい人びととすばらしい生活に、空白の敬意を捧げた。ここでは、きっと、顔のない家族、顔のない友だち、名のない希望が栄えることができるのだ。まるで――

その栄えぶりの適切なイメージを、アンクはとらえることができなかった。

彼はみごとな噴水を、下へ行くほど直径の大きい水盤で構成された円錐形を、心にうかべた。だめだった。噴水はからからに涸れて、小鳥の巣の残骸でいっぱいだ。アンクの指先は、乾いた水盤へよじ登ってすりむいたように、ひりひり痛んだ。

このイメージではだめだ。

アンクは、こんどは三人の美女を心に描いた。彼女たちはアンクに、彼のモーゼル銃の油をひいた内腔を降りてくるようにと、手招きしていた。

「兄弟！」とボアズがいった。「みんな眠ってやがら――だけど、それも長いこっちゃないぜ！」彼はクックッとのどを鳴らし、目を輝かせた。「ボアズさまとアンクさまが町へ着いたら、みんながおめめをさまし、何週間もぱっちりおめめをあけっぱなしにするのさ！」

宇宙船は、自動航行装置で巧みにコントロールされていた。装置は、クルクル、ブーン、カチリ、ジーッと、神経質なひとりごとを呟いていた。それは側面からの危険を感知し、回避しながら、理想的な着陸地点を下のほうに探しているのだった。

自動航行装置の設計者たちは、この装置にわざと一つの固定観念を与えた――その固定観念とは、それが運ぶことになっている貴重な兵員と資材のために、隠れ家を探すことである。この自動航行装置は、貴重な兵員と資材を、それが見出しうるもっとも深い穴へおろそうとしていた。着陸が敵性砲火によって迎えられるだろう、という仮定にしたがったのだ。

二十地球分ののち、自動航行装置はまだひとりごとをつづけていた――相変わらず話題はつきないようだった。

そして宇宙船はまだ降下をつづけていた、それも急速な降下を。

外の探照灯と摩天楼らしいものは、もう見えなかった。あるのは、漆黒の闇だけ。

宇宙船の中には、それよりいくらも明るくない沈黙があった。アンクとボアズは、彼らの身に起こっていることを感じとった――そして、いま起こっていることが、口に出せないほどひどいものであることを知った。

ふたりは、自分たちが生き埋めにされつつあることを、はっきり理解したのである。宇宙船はだしぬけにがたんと揺れ、ボアズとアンクを床に投げつけた。その猛烈さが、猛烈な安堵をもたらした。

「やっと着いたぞ」ボアズがどなった。「ふるさとよ、ただいま！」

その瞬間、木の葉の落下のような恐ろしい感覚が、またもやはじまった。

二十地球分後も、宇宙船はまだ静かな落下をつづけていた。

急激な揺れは、まえよりもっと頻繁になった。

揺れから体を守るために、ボアズとアンクはそれぞれの寝棚にころがりこんだ。うつぶせになり、両手で寝棚の支柱のスチール・パイプをしっかりつかんだ。

ふたりの惨めさを完全にするつもりか、自動航行装置は、船室に夜をもちこんだ。

なにかを挽《ひ》き砕くような音が宇宙船のドームの上にひびき、アンクとボアズは思わず枕から舷窓へと顔を向けた。いまや外からは、淡い黄色の光がさしこんでいた。

アンクとボアズは歓声をあげ、舷窓へと駆けよった。そこへたどりついたとたんに、ふたりはまたもや床に投げ出された。宇宙船が障害物をふりもぎって、またもや降下をはじめたのだ。

一地球分後、降下はやんだ。

自動航行装置から、小さくカチリという音がひびいた。指図どおりに、その積荷を火星から水星へ安全に届けおわって、いま宇宙船は自分自身のスイッチを切ったのである。

宇宙船は、積荷を水星の地下百十六マイルの深さにある洞窟の床へと運びおわった。宇宙船は、曲がりくねったチムニーの中をくぐりぬけて、これ以上は行けないというどん底へ到達したのだった。

ボアズが最初に舷窓へとりつき、外をのぞいて、ハーモニウムが壁の上に作りあげた、黄色と藍玉色の菱形の華やかな歓迎を目に入れた。

「アンク！」とボアズはいった。「こいつぁたまげたぜ、着いたところはハリウッドのナイトクラブ、ときやがら！」

つぎに起こったことを完全に理解してもらうために、ここでシュリーマン呼吸法のことをもう一度要約しておくほうがいいだろう。アンクとボアズは、加圧された船室の中で、彼らの小腸にはいったヒョウロク玉から酸素をとっていた。しかし、加圧された空気の中で生活しているため、耳と鼻に栓を詰める必要も、口をしっかり閉じておく必要もなかった。そうした密封は、真空か、有毒大気の中でしか必要でない。

ボアズは、宇宙船の外にあるのが、彼の生まれ故郷地球の健康的な大気だと思いこんでいた。

実は、そこには真空しかなかった。

ボアズは、外に友好的な空気があると、そそっかしくきめこんで、エアロックの内扉と外扉を威勢よく開けはなった。

その返報に、船室の少量の空気が外の真空へむかって爆発した。

ボアズはあわてて内扉を閉めたが、その前に歓喜の叫びをあげたために、彼もアンクも出血に見舞われた。

ふたりは呼吸器系におびただしい出血を起こして、気絶した。

ふたりを死から救ったものは、全自動の非常用装置だった。それが爆発に別の爆発をもって応じ、ふたたび船室の気圧を正常にまであげたのだ。

「ママ」と、正気づいたボアズはいった。「ちきしょう、ママ——ここはどう見ても地球じゃねえぜ」

アンクもボアズも、あわてふためきはしなかった。

ふたりは、食物と、休養と、アルコールと、ヒョウロク玉で、体力をとりもどした。

それから、ふたりは耳と鼻に栓を詰め、口をふさいで、宇宙船の近辺を探険にでかけた。ふたりは、自分たちの墓が深く、曲がりくねって、果てのないこと——空気がなく、わずかなりとも人間に似かよったなにものも住んでおらず、わずかなりとも人間に似かよったなにものも住めないことを発見した。

ふたりはハーモニウムの存在を知ったが、その生物がそこに存在することで、すこしも勇気づけられなかった。気味がわるいだけだった。

アンクとボアズは、自分たちがそんな場所にいることを、ほんとうに信じてはいなかった。信じていないために、ふたりは恐慌におちいらずにすんだのだ。

ふたりは宇宙船にもどった。

「オーケイ」とボアズが穏やかにいった。「こりゃなにかのまちがいだ。おれたちは地下へ深くもぐりすぎちまった。もう一回、あの建物のあったとこまで、飛びあがらなくちゃだめだ。はっきりいうけどなアンク、おれにはここが地球たあどうしても思えねえんだよ。さっきもいったとおり、こりゃなにかのまちがいだ。おれたちは、あの建物の中に住んでる連中に、ここがどこなのか聞いてみなくちゃならねえ」

「オーケイ」アンクはいって、くちびるをなめまわした。

「そこの『オン』のボタンを押してみろや」とボアズ。「そしたら、おれたちゃ小鳥みたいに飛びあがれるはずだぞ」

「オーケイ」とアンク。

「つまりさ」とボアズ。「上じゃあ、建物の中の連中は、こんな底のことなんかなんにも知らねえんじゃないかな。ひょっとすると、おれたちの発見に、連中びっくらこくかもしれんぜ」

「うん」とアンクはいった。彼の心は、頭上何マイルもの岩石の圧力を感じた。そして、彼の心は、ふたりの窮境の真相をひしひしと感じた。四方とそして頭上には、いくつもの通路が枝分かれし、また枝分かれし、また枝分かれしている。そして、大枝は小枝に分かれ、小枝は人間の毛穴ほどの通路に分かれているのだ。

　アンクの心が、その枝の一万に一つも、地上までつづいているものはないだろう、と感じたのは正しかった。

　宇宙船は、その底部にある精巧な感知装置のおかげで、きわめて数すくない入口の一つから、下へ、下へ、下へ、らくらくと道をたどり――そして、下へ、下へ、下へと道をたどって、きわめて数すくない出口の一つに出たのだった。

　アンクの心がまだ気づいていないのは、この上昇に関する場合の自動航行装置の先天的な愚鈍さだった。設計者たちは、宇宙船が上昇の途中で問題に遭遇するかもしれないとは、まるで考えおよばなかったのである。結局、火星軍の全宇宙船は、妨害のない火星の平原から発進し、そして地球へ着陸後はそのまま放棄されるものでしかなかった。したがって、どの宇宙船にも、頭上の危険に対する感知装置はないも同然だった。

「あばよ、ホラアナちゃん」とボアズはいった。

アンクは『オン』のボタンをひょいと押した。

自動航行装置がブーンと唸りをあげた。

十地球秒のうちに、自動航行装置はウォーム・アップを完了した。

宇宙船はそよ風のようにかるがると洞窟の床を離れ、一方の壁に接触して、ガリガリキイキイと縁で壁をひっかき、ガツンと真上の突起へドームをぶっつけて後退し、またドームをぶっつけ、また後退し、突起をかすってふたたびかるがると上昇した。それから、またもやガリガリキイキイが聞こえた――こんどはあらゆる方向から。

上昇運動はぴたりと止まった。

宇宙船は堅固な岩のあいだに挟まってしまったのだ。

自動航行装置はしくしく泣きだした。

芥子色《からし》の煙をひとすじ、船室の床から立ちのぼらせた。

自動航行装置はすすり泣きをやめた。

それは過熱を起こしたのだが、過熱ということはすなわち自動航行装置にとって、船体を絶望的窮地から脱出させろという信号である。その信号に、それはしたがった――ガリガリと音を立てて、鋼材がうめいた。リベットが小銃弾のように弾けとんだ。

ようやく、船体は自由になった。

自動航行装置は敗北をみとめた。それは船体をふたたび洞窟の床へとひきおろし、地面にくぎづけにした。

自動航行装置はそれ自身のスイッチを切った。

アンクは、もう一度『オン』のボタンを押した。

ふたたび宇宙船は袋小路めがけて突進し、ふたたび退却し、ふたたび着地して、それ自身のスイッチを切った。

この循環が十二回くりかえされたころには、もはやこのまま衝突をつづければ船体がばらばらになるのが、目に見えてきた。すでに、肋材がひどく歪んできている。

宇宙船が洞窟の床へ十二回目の着陸をしたとき、アンクとボアズは落胆の極に達した。

ふたりは泣きだした。

「おれたちゃもうおしまいだぜ、アンク——もう死んだも同然だ」とボアズ。

「おれは生きたという思い出がいっぺんもないよ」アンクがしゃくりあげながらいった。

「やっとこれから生きられると思ったのに」

アンクは舷窓に近づき、とめどなく涙の溢れる目で外をのぞいた。

彼は、舷窓のいちばん近くにいる生物たちが、藍玉色の集まりで、完全な淡い黄色の

トという文字をとりかこんでいるのに気づいた。

頭のない生物たちが、でたらめにその体を配列させても、**ト**ができあがる確率はじゅうぶん考えられる。だが、そこで、アンクは、**ト**の前に完全な**ス**があることを発見した。そして、**ス**の前には完全な**テ**があった。

アンクは顔を舷窓の片側に寄せて、斜めに外をのぞいた。こうすると、ハーモニウムだらけの壁が、百ヤードにわたって見渡せるのだった。

アンクはびっくり仰天した。ハーモニウムたちが、目もあやな文字で一つのメッセージを形づくっていたからである。

藍玉色に囲まれた、淡い黄色のメッセージは、こう告げていた――

コレハ　チノウテスト　ダヨ！

9　解けたパズル

はじめに神は天と地とになられた……神は「わたしが光となろう」といわれた。そして光となられた。

――『ウィンストン・ナイルズ・ラムファードの検定済み改訂聖書』

おいしいお茶菓子として、若いハーモニウムを筒形に丸め、金星のカッテージチーズを詰めたものはいかがでしょう。

――『ビアトリス・ラムファードの宇宙お料理読本』

こと彼らの魂に関するかぎり、火星の殉教者たちは地球を攻撃したときに死んだのではなく、火星の戦争機構に徴発されたときに死んだのである。

――『ウィンストン・ナイルズ・ラムファードの火星小史』

おれはなにもわるいことをしないで、いいことのできる場所を見つけた。
――サラ・ホーン・キャンビイ作
『アンクとボアズの水星のほら穴での冒険』でのボアズのせりふ

最近のベスト・セラーは、なんといっても『ウィンストン・ナイルズ・ラムファードの検定済み改訂聖書』にとどめをさす。つぎに評判のいいのは、あの愉快な偽作『ビアトリス・ラムファードの宇宙お料理読本』である。三番目に人気のあるのは、『ウィンストン・ナイルズ・ラムファードの火星小史』そして、人気第四位は児童図書――サラ・ホーン・キャンビイ作の『アンクとボアズの水星のほら穴での冒険』である。

キャンビイ夫人の著書のカバーには、出版社がこの本の成功に対してくだした甘美な分析が印刷されている――いわく、「ハンバーガーと、ホットドッグと、ケチャップと、スポーツ用品と、缶入りソーダ水をどっさり積みこんだ宇宙船で、どこかへ難破してみたいと思わない子供がいるでしょうか？」

フランク・マイノット博士は、自著『おとなはハーモニウムか？』で、子供たちがこの本に寄せる愛情の中に、もっと不吉ななにものかを見てとっている。彼はこうたずねる――「アンクとボアズが、これらの、事実けがらわしいほど無動機で鈍感で退屈な生物に、厳粛な敬意をこめて接したとき、アンクとボアズが子供たちの日常体験にどれほど近づいていたかを、あえてわれわれは考えてみる必要があるのではなかろうか？」マイノットは、人間の両親とハーモニウムの比較から、アンクとボアズのハーモニウムとの交際に説きおよんでいる。アンクとボアズに対して、十四地球日ごとに――三年間も――希望の、あるいは遠まわしなあざけりのメッセージを送りつづけたハーモニウムとの交際に、である。

それらのメッセージは、もちろん、十四日の間隔で水星上につかのま実体化するウィンストン・ナイルズ・ラムファードの手になるものだった。彼はこっちでハーモニウムをひっぺがし、あっちでハーモニウムを貼りつけて、大文字の活字体をこしらえたのである。

キャンビイ夫人の物語では、ラムファードがときどき洞窟に現われるという暗示は、結末に近いある場面で与えられている――アンクが埃の上に大きな犬の足跡を見つける場面である。

物語がここまできたとき、もしおとながこの物語を子供に読んで聞かしてやっているなら、そのおとなは甘いかすれ声で子供にこうたずねなくてはならない。「このワンワンはだれだったっけね？」

このワンワンはカザックだった。このワンワンはウィンストン・ナイルズ・ラムファードが連れている、おっきくてこわーい、時間等曲率漏斗入りしたワンワンだった。


アンクとボアズが水星へきて三地球年になるころ、アンクは洞窟の通廊の床に積もった埃の中にカザックの足跡を見つけた。このときまでに、水星はアンクとボアズを乗せて、太陽のまわりを十二回半まわったことになる。

へこみ、傷ついた、囚《とら》われの宇宙船の突っ立っている岩室から六マイル上の横穴の床で、アンクはその足跡を見つけた。アンクはもう宇宙船の中で暮らしてはいなかったし、ボアズもそうだった。宇宙船は、アンクとボアズが約一地球月ごとに糧食をとりに帰るだけの、単なる共同補給基地となっていた。

アンクとボアズは、めったに顔を合わせなかった。ふたりは、非常にちがった円の中を動いていた。

ボアズの動きまわる円は小さかった。彼の住処《すみか》は固定し、設備もととのっていた。それは宇宙船とおなじ階層にあり、四分の一マイルしか離れていなかった。

アンクの動きまわる円は大きく、しかも定まっていなかった。彼は住処を持っていなかった。彼は軽装で旅し、遠くへと旅し、そして寒さに阻《はば》まれるまで、どこまでも上へとよじ登った。寒さがアンクを阻む場所では、寒さはハーモニウムをも阻んでいた。アンクのさまよう上のほうの洞窟では、ハーモニウムはいじけて小さく、数もまばらだった。

ボアズの住んでいる、暖かい、下のほうの洞窟では、ハーモニウムが大ぜいいて、どんどん生長していた。

ボアズとアンクは、宇宙船の中で一地球年のあいだいっしょに暮らしてから、別々になったのだった。そのいっしょに暮らした一年のあいだに、なにかが、それもだれかがやってきて、彼らを救い出してくれないかぎり、ここを出られないことが、ふたりにもはっきりとわかったのだ。

それだけは、もうはっきりしていた。たとえ壁の上の生物たちが、アンクとボアズの受けているテストの公平さを強調するメッセージを、そして、もしふたりがもうすこし頭をひねりさえすれば、もうすこし知恵を働かせさえすれば、簡単に脱出できるだろうというメッセージを、綴りつづけていても。

「**アタマヲ　ツカエ！**」生物たちは、いつもそう告げるのだった。

アンクとボアズは、アンクが一時的に発狂してから、別居することになった。アンクはボアズを殺そうとしたのだ。それは、ボアズが宇宙船へ一ぴきのハーモニウムを持ちこんだときだった。それはほかのハーモニウムとそっくりおなじ形をしていたが、ボアズはこういったものである。

「なあ、すごくかわいいチビ公だろう、アンク？」

アンクはボアズにとびかかって、首を絞めようとした。

犬の足跡を見つけたとき、アンクは素裸だった。火星陸軍突撃歩兵隊の苔緑色の軍服と繊維製の黒長靴は、岩ですり切れて糸屑と綿ぼこりになってしまったのだ。

犬の足跡はアンクを興奮させなかった。温血動物の足跡、人間の最良の友の足跡を見ても、アンクの心は懐しさの音楽や希望の光にみたされなかった。そして、犬の足跡に、上物の男靴らしいのが加わっているのを見つけたときも、なんの感慨も湧いてこなかった。

アンクは彼の環境と戦っていた。彼の環境を、悪意のあるものか、それとも残酷なほど管理のわるいものだと、考えるようになっていた。彼の反応は、手もとにあるだけの武器——受動的抵抗とあからさまな侮蔑の表示——で、それと戦うことだった。

それらの足跡は、アンクにとって、彼の環境がまた一つのばかげたゲームに彼を誘いこむために考えた序盤作戦に思えた。よし、むこうがそういう気なら、こっちは足跡をたどってやろう。ただし、のんびりと、なんの興奮もせずに。さしあたって、ほかになにもすることがないから、足跡をたどってみるだけだ。

足跡をたどってみよう。

どこへつづいているのか、見きわめてやろう。

彼の足どりは、よぼよぼでおぼつかなかった。哀れなアンクは、体重がごっそり減り、髪の毛もめっきり乏しくなっていた。急速に老けこんでいた。目はかすみ、関節はぎくしゃくしていた。

アンクは水星へきてから、ひげを剃ったことがなかった。髪の毛やひげが伸びすぎて邪魔になると、肉切庖丁《ぼうちょう》でひとつかみほどを刈りとるのだった。

ボアズは毎日ひげを剃っていた。宇宙船から持ち出した理髪セットで、一地球週に二回ずつ、自分で髪を刈った。

アンクより十二歳若いボアズは、生まれてはじめてのいい気分を味わっていた。彼は水星の洞窟へきて、体重をふやし――そして心の安らぎも手に入れたのだ。

ボアズの住んでいる岩屋には、ベッドと、テーブルと、椅子二脚と、パンチング・バッグと、鏡と、鉄亜鈴《てつあれい》と、テープレコーダーと、千百曲の録音テープの音楽ライブラリーが備わっていた。

ボアズの岩屋にはドアがあった――小洞窟の入口がちょうどふさがるような丸石である。ボアズがハーモニウムたちにとって全能の神である以上、このドアはどうしても必要だった。ハーモニウムたちは、心臓の鼓動の音で彼の居場所がわかるのだ。ドアを開けはなしで寝ようものなら、目がさめたときには、何十万もの彼の讃美者たちの下敷き、という羽目になるだろう。ハーモニウムたちは、彼の心臓の鼓動が止まるまで、彼を起きあがらせてくれないだろう。

ボアズは、アンクとおなじように、裸だった。しかし、まだ靴ははいていた。彼の本革の靴は、すばらしい耐久力を発揮していた。たしかに、アンクはボアズが一マイル歩くところを五十マイル歩くのだが、ボアズの靴はただ長持ちしているだけではなかった。いまでも新品同様に見えるのだった。

ボアズはしょっちゅうその汚れをとり、ワックスを塗って磨き立てているのだ。いまも、彼は靴を磨いているところだった。

岩屋の入口は丸石でふさがれていた。寵愛をうけた四ひきのハーモニウムだけが、彼といっしょに中にいた。二ひきは彼の二の腕にまとわりついていた。一ぴきは太股にくっついていた。四番目の、三インチの長さしかない未成熟のハーモニウムは、手首の内側に貼りついて、ボアズの脈搏を食べていた。

ボアズは、ほかのどれよりも気に入ったハーモニウムを見つけると、いつもこうする――その生物に彼の脈搏をごちそうするのだ。

「うまいか？」彼は心の中で、その幸運なハーモニウムに語りかけた。「なあ、うまいだろ？」

肉体的にも、知能的にも、霊的にも、彼は生まれてはじめてといっていいほど好調だった。アンクと別れたことを、彼は喜んでいた。アンクは、幸福な人間がさもバカかおめでたいかのように、物事をねじまげて見たがるのだ。

「なんで大の男があんなふうになっちまうのかな？」ボアズは心の中で小さなハーモニウムにたずねた。「あいつは、いま自分がうっちゃってるものに比べて、自分がとりこんでいるものを、なんだと思ってるのかな？　まったく、あんな不景気なつらになるのも、むりはねえや」

ボアズはかぶりを振った。「おれはあいつに、なんとかしておまえたちと友だちにならせようとしたもんさ。すると、あいつはよけいカッカする。カッカしたって、しょうがねえのにな」

ボアズは心の中でいった。「おれはなにが起こってるかは知らん。それに、だれかがそいつを説明してくれたって、たぶんそれがのみこめるほど利口じゃねえだろう。おれの知ってるのは、おれたちよりずっと利口なだれかさんかなにかが、おれたちをテストしてるってことだ。そして、おれにできるのは、そいつが終わるまで、仲よくのんびり、せいぜいたのしくやろうってことだ」

ボアズはうなずいた。「それがおれの哲学なのさ、兄弟」彼は、彼の体にくっついているハーモニウムたちにいった。「それで、もしおれがまちがってないとしたら、それはおまえたちの哲学でもあるってわけさ。どうやら、おれたちがこんなにしっくりいってるのは、そのせいらしいぜ」

ボアズが磨いている靴の本革の爪先は、ルビーのように光った。

「あーあ──よう、よう、ようったら、よう」ボアズはそのルビーの中をのぞきこみながらいった。靴を磨くとき、彼は爪先のルビーの中にいろいろのものが見えるような気がするのだった。

ちょうどいま、ルビーをのぞきこんでいるボアズの目には、火星のあの鉄の練兵場で、アンクが石柱に縛られた哀れなストーニイ・スティヴンスンの首を絞めている光景が見えていた。その恐ろしい光景は、ふとした回想ではなかった。それは、ボアズのアンクとの関係の死点なのだ。

「おれをすっぱぬくなよ、アンク」と彼は心の中でいった。「そしたら、おれもおまえをすっぱぬかねえ」これは、ボアズが何回となくアンクにいったことのある嘆願だった。

この嘆願の発明者はボアズなのだが、その意味はこうである。アンクはハーモニウムに関する真相をボアズに話すのを、やめなくてはいけない。なぜなら、ボアズはハーモニウムが大好きだし、それにボアズは、アンクを悲しませるような真相を口に出さない、優しい人間だからだ。

アンクは、自分が親友のストーニィ・スティヴンスンを絞め殺したことを知らない。アンクは、ストーニィがまだ宇宙のどこかでピンピンしていると思っている。アンクは、ストーニィとの再会を夢見て、生きている。

ボアズは、いくらアンクから挑発されて、逆に相手の眉間をその真相で一撃してやりたくなっても、それをアンクに知らせないだけの優しさを持っているのだ。

ルビーの中のイメージが消えた。

「そうともよ《イエス・ロード》」ボアズは心の中でいった。

ボアズの左の腕にいるおとなのハーモニウムが、ちょっと身じろぎした。

「おまえ、ボアズさんにコンサートをやってほしいのかい？」ボアズは心の中でその生物に聞いた。「おまえはこういいたいのかい？　『ボアズさん、おれは恩知らずと思われたくないんだ、だって、あんたの心臓のこんなに近くにいさせてもらえるってことは、すごく光栄だからね。ただ、どうしても外の仲間のことが気になるんだよ。外の連中にもごちそうを食べさせてやりたいのさ』と、そういいたいのかい？」ボアズは心の中でいった。「おまえはこういいたいのかい？　『おねがいだよ、ボアズとっつぁん――外にいるかわいそうな仲間に、コンサートを聞かせてやってもらえないかな？』って」

ボアズはにっこり笑った。「そんなにゴマをすらなくたっていいんだぜ」と、彼はハーモニウムにいった。

彼の手首の上のハーモニウムは、体を二つに折り、また体をのばした。「おまえはなにをいいたいんだ？」と彼はそれにたずねた。「こうかい？　『ボアズおじさん――おじさんの脈は、ぼくみたいな子供にはごちそうすぎるよ。ボアズおじさん――おねがいだから、なにかすてきな、あまーい、やわらかーい音楽をやってくれない？』そういいたいのかい？」

ボアズは、彼の右腕にいるハーモニウムに注意を向けた。この生物は、全然身動きしていなかった。「おまえはまた、えらくおとなしいんだなあ」ボアズは心の中でその生物にいった。「口数はすくないけど、いつも考えてるタイプか。きっと、ボアズさんはしょっちゅう音楽をやってくれなくてケチだなあ、と思ってるんじゃないかい、ええ？」

彼の左腕のハーモニウムが、また身じろぎした。「なんだって？」とボアズは心の中でいった。彼の住んでいる真空の中では、どんな音も伝わらないのだが、首をかしげ、聞きいるふりをした。

「ふうん、『おねがいです、ボアズ王さま、わたしたちに〈一八一二年序曲〉をかけてください』だって？」ボアズはびっくりした顔つきになり、それからきびしい表情になった。「なにかが、ほかのなによりも気持ちがいいというだけで、それが体にいいと思ったらまちがいだぞ」


火星戦争史を専攻する学者たちは、しばしばラムファードの戦争準備の奇妙な不均一さを非難する。ある分野においては、彼の計画はおそろしく杜撰《ずさん》だった。たとえば、彼がふつうの将兵に支給した長靴は、火星の即製社会——地球人類を団結させるために、それ自身を破壊することだけを目的とした社会——の間にあわせ的な性質をあざけっているようなしろものだった。

しかし、ラムファードがみずから中隊母船のために選んだ音楽ライブラリーの中には、偉大な文化的巣守《すも》り卵——一千地球年ほども持ちこたえるだろう巨大文明のために準備されたかのような、巣守り卵――を見出すことができる。ラムファードは、兵器と野戦衛生設備を合わせたものに費したよりも、この用のない音楽ライブラリーの準備に多くの時間を費したといわれる。

ある無名氏がいみじくもいったように――「火星軍は、延べ三百時間ぶんの音楽をたずさえてやってきたが、ショパンの〈一分間ワルツ〉（〈子犬のワルツ〉の別名）を聞きおわるまでも持ちこたえなかった」

火星軍の母船によって運ばれる音楽に、なぜかくも異様な重点が置かれたか、その説明は簡単である、ラムファードはよい音楽の熱狂的ファンだった――ついでながら、この熱狂は、彼が時間等曲率漏斗によって時空間に広がったあとで、はじまったものである。

水星の洞窟に住むハーモニウムも、よい音楽の熱狂的ファンだった。彼らは水星の歌の中の一つの持続音を糧《かて》に、数世紀を生きてきたのである。ボアズが彼らに最初の音楽――それはたまたま〈春の祭典〉だった――を試食させたときには、恍惚のあまり死ぬものも出るさわぎだった。

死んだハーモニウムは、水星の洞窟の黄色の光の中で、しなびてオレンジ色に変わる。死んだハーモニウムは、乾《ほ》しあんずに似ている。

その最初のときは、もともとハーモニウムのためのコンサートとして開かれたわけではなかったのだが、テープレコーダーが宇宙船の床に置かれていた。恍惚のあまり死んだ生物たちは、宇宙船の金属船殻とじかに接触していたのだ。

それから二年半たったいま、ボアズはハーモニウムたちを殺さずにすむ、正しいコンサートの開きかたを実演しているところだった。

ボアズは、テープレコーダーと、彼がコンサートのために選んだ曲のテープを持って、穴倉を出た。外の通廊には、アルミのアイロン台が二つ置かれていた。台の脚には繊維製の当て物がついていた。アイロン台は六フィート離して置かれ、そのあいだにアルミの棒と苔の繊維のキャンバスで作った担架がのせてあった。

ボアズは、この担架の真ん中にテープレコーダーを置いた。こうしてできあがった仕掛けの目的は、テープレコーダーからの振動を薄めて、薄めて、薄めぬくことだった。振動は、岩石の床にたどりつくまでに、担架のだらんとしたキャンバスと戦い、担架の柄を伝わり、アイロン台を経て、最後にアイロン台の脚についた繊維の当て物をくぐらなくてはならない。

この希釈は安全対策なのだ。どのハーモニウムも音楽を食べすぎて死なないようにという、心づかいである。

ボアズはレコーダーにテープをはめ、スイッチを入れた。コンサートの始めから終わりまで、彼は機械のそばで監視をつづける。彼の役目は、ハーモニウムがあまり機械のそばに近よらないように見張ることなのだ。彼の役目は、もし機械に近よりすぎたハーモニウムがいたとき、それを壁や床からひきはがし、きびしく叱ってから、百ヤードないしそれ以上離れたところへ、もう一度それを貼りつけてやることなのだ。

彼はその無鉄砲なハーモニウムに、心の中でこう叱るのだった。「こんなバカな真似ばっかりしてると、いつも外野席へ回されることになるぞ。よく反省しろ」

実際には、テープレコーダーから百ヤードむこうへ置かれた生物にも、食べ物はたっぷりある。

洞窟の壁はすばらしく伝導性があるので、なんマイルも離れた壁にいるハーモニウムでも、ボアズのコンサートのおこぼれにありつけるのだった。

れいの足跡をたどって洞窟の奥へ奥へとわけいっていたアンクは、ハーモニウムの行動から、ボアズがまたコンサートを開いていることを知った。彼は、ハーモニウムのたくさんいる、暖かいレベルへたどりついたところだった。ふだんの彼らの規則的配列である黄色と藍玉色の菱形の連続模様が、崩れはじめている――ぎざぎざした塊や、風車形や、電光形に堕落している。音楽が、彼らをそうさせているのだ。

アンクは荷物を下におろし、横になって休息した。

アンクは、黄と藍玉以外の色のことを想像した。

それから、親友のストーニイ・スティヴンスンが、つぎの曲がり角のむこうで待っているところを想像した。ふたりが会ったときに、自分とストーニイがなにを話すだろうかと考えて、気分が生き生きしていた。アンクの心は、まだストーニイ・スティヴンスンという名に結びつく顔を思いうかべられなかったが、それはたいしたことではない。

「なんてコンビだろう」とアンクはひとりごちた。この意味は、彼とストーニイが手を握れば無敵だということである。

「そうとも」アンクは満足そうにひとりごちた。「やつらがなんとかして引き離そうとしているのが、このコンビなんだ。もし、ストーニイおやじとアンクおやじがいっしょになったもんなら、やつらはおちおち目を離せなくなる。ストーニイおやじとアンクおやじがいっしょになったら、なにが起きるか知れたもんじゃないし、また実際そうなるんだからな」

アンクおやじはククッと笑った。

アンクとストーニイがいっしょになるのを恐れている想像上の人びとは、地上の大きな、美しい建物に住んでいる人びとだった。アンクの空想力は、一度ちらっと見たきりの、あの架空のビル街――実は、死に絶えた硬く冷たい水晶の森――から、この三年のあいだに、とほうもない空想を作りあげたのだ。いまやアンクは、あらゆる創造物の支配者たちが、それらのビルに住んでいることを確信していた。彼らはアンクとボアズの、そしておそらくはストーニイの、看守なのだ。彼らは、アンクとボアズを洞窟に入れて実験をしている。彼らはハーモニウムを使って、メッセージを書いた。ハーモニウムは、あのメッセージとなんの関係もない。

アンクはこれらのことに確信を持っていた。

アンクが確信を持っていることは、ほかにもたくさんあった。彼は、地上のビルにどんな家具がはいっているかまで知っていた。どの家具にも足がないのだ。磁力に支えられて、ふわふわ浮いているのだ。

そして、ビルの中の連中は、なんの仕事もせず、なんの心配もしないのだ。

アンクは彼らを憎んだ。

彼はハーモニウムをも憎んだ。壁からハーモニウムを一ぴきひきはがし、それを二つにちぎった。それはたちまちしなび――オレンジ色に変わった。

アンクは二つにちぎれた死体を天井へほうり投げた。天井を見あげた彼は、そこに新しいメッセージが書かれているのを見つけた。メッセージの文字は、音楽のために、崩れかけていた。しかし、まだ読みとることはできた。

そのメッセージは、この洞窟から確実に、簡単に、迅速に、脱出できる方法を、たった五つの言葉でアンクに告げていた。彼が三年かかって解けなかったパズルの解答をいま示されてみると、アンクもそのパズルが単純で公正なものだったことを認めないわけにはいかなかった。

アンクは、ボアズのコンサート会場まで、急いで洞窟を駆けおりた。アンクはこの大ニュースに胸をわくわくさせ、目をくりくりさせていた。真空の中では話ができないので、彼はボアズを宇宙船の中へ急《せ》きたてた。

そして、船室の不活性空気の中で、アンクはボアズに、この洞窟からの脱出を意味するメッセージのことを話した。

こんどはボアズが無気力な反応を示す番だった。これまでのボアズは、ハーモニウムに知能があるとするどんなささいな幻想にも、胸をおどらせたものである――だが、いま、この牢獄からやっと自由になれるという知らせを聞いても、ボアズはふしぎなほど冷淡だった。

「それで――それであっちのメッセージのわけがわかった」ボアズは小声でいった。

「あっちのメッセージって？」アンクは聞いた。

ボアズは、四地球日まえに彼のねぐらの外の壁へ、そのメッセージがどんなふうに現われたかを示そうと、両手をひろげた。「『**ボアズ、イカナイデ！**』ってやつさ」ボアズはいって、照れたように目を伏せた。「『**ボクラハ　アナタヲ　アイシテルヨ、ボアズ**』そう書いてあったんだ」

ボアズは両手をおろすと、耐えられないほどの美しさから顔をそむけるように、顔をそむけた。「おれはそれを見たんだよ。ひとりでに頬っぺたのたがゆるんじまった。おれは壁の上の、気のいい、優しいやつらを見て、腹の中で思ったぜ。『坊やたち——ボアズとっつぁんが、どうしてほかへ行ったりするもんかよ。ボアズとっつぁんは、まだ当分ここで立往生なんだからな！』」

「それは罠だ！」とアンク。

「それはなんだって？」とボアズ。

「罠だ！」アンクはいった。「おれたちをここへひきとめておく罠だ！」

『トゥイーティーとシルヴェスター』というマンガ本が、ボアズの前のテーブルにひろげてあった。ボアズはしばらくアンクに返事しなかった。そのボロボロの本をめくっていた。「かもな」と、ややあってボアズはいった。

アンクは、愛という言葉の狂おしい魅力のことを考えた。そして、ここ何年もしなかったことをした。笑いだしたのである。それは悪夢のヒステリックな結末に思えた——壁の上のあの低能な薄皮が、愛のことを語るとは。

ボアズがだしぬけにアンクをつかみ、哀れなアンクの乾いた骨を揺さぶった。「アンク、たのむ」とボアズは張りつめた声でいった。「連中がどんなにおれを愛してるかっていうあのメッセージのことで、おれが考えようとしてたことを、黙って考えさせてくれ。つまり——」と彼はいった。「なんてっかな——」と彼はいった。「あれは、べつにおまえには筋が通らなくてもいいことなんだ。つまり——なんてっかな——おまえがあれをどう思うかってことは、それがどっちにしたところで、だれも聞いてやしねえ。つまり——なんてっかな——あの生き物たちはべつにおまえの気に入られなくたっていい、ってことさ。おまえのほうも、べつにやつらを好いたり、理解したり、やつらのことでくだくだいう必要はない。つまり——なんてっかな——」とボアズはいった。「あのメッセージは、おまえに宛てたもんじゃない。連中が愛してるっていうのは、このおれのことなんだ。おまえにゃ関係ねえことさ」

彼はアンクを離すと、ふたたびマンガに目を向けた。彼の幅広い、褐色の、板石のような筋肉の盛りあがった背中は、アンクを驚嘆させた。ボアズと離れて暮らしていたアンクは、肉体的にボアズといい勝負だと、自分を買いかぶっていたのである。それがいかに痛ましい幻想であったかを、彼はいま自分の目で知った。

ボアズの背中の筋肉は、本のページをくる指のすばやい動きと対位法的に、ゆっくりしたパターンでおたがいの上に重なりあった。「おまえは罠だのなんだのってことをよく知ってるらしいがな」とボアズはいった。「もしおれたちがここから飛び出したとして、これよりもっと悪い罠が待ってないと、どうしてわかる？」

アンクがまだそれに答えられないうちに、ボアズはテープレコーダーを監視ぬきでかけっぱなしにしてきたことを思いだした。

「たいへんだ、やつらを見てやらなきゃ！」と彼は叫んだ。彼はアンクをそこに残して、ハーモニウムの救助に駆けだした。

ボアズの去ったあと、アンクは宇宙船をさかさまにひっくりかえす方法を考えた。それが、ここからいかにして脱出するかというパズルの解答なのだった。それが、天井のハーモニウムたちの告げたメッセージなのだった。

アンク、ウチュウセンヲ　ウエシタ　サカサマニ　シロ

宇宙船をさかさまにひっくりかえすという考えは、もちろん、納得できるものだった。宇宙船の感知装置は、その底面についている。さかさまにひっくりかえせば、宇宙船は洞窟へはいったときとおなじ優雅な身ごなしと頭のよさで、洞窟を出ていける理屈だ。

動力ウインチと水星の洞窟の弱い重力のおかげで、アンクはボアズがもどってくるまでに船体をひっくりかえすことができた。あと、脱出の旅に残されているのは、『オン』のボタンを押すことだけだった。上下さかさまの宇宙船は、ボタンを押すのといっしょに、洞窟の床へ突進し、そしてあきらめ、床を天井と思いこんで、床から後退するだろう。

宇宙船は、下降をつづけていると思いこみながら、迷路のようなチムニーをたどっていく。そして、もっとも深い穴を探しつづけるうちに、不可避的に出口を発見する。

それが不可避的にもぐりこんでいくだろう穴は、無限の宇宙空間という、底もなく、側壁もない井戸だ。

ボアズが死んだハーモニウムを両手にいっぱいかかえて、さかさまの宇宙船にはいってきた。まるで、四クォートかそれ以上もの乾しあんずをかかえているようだった。不可避的に、彼はそのいくつかを下にこぼした。そして、敬虔《けいけん》にそれを拾いあげようと腰をかがめたために、よけいそれを下にこぼすことになった。

彼はポロポロ涙をこぼしていた。

「見たか?」とボアズはいった。彼は悲嘆の中で、猛烈に自分を責めていた。「見たか、アンク? だれかさんがおっぽりだしてここを出てったら、なにが起こるかを見たか?」

ボアズはかぶりを振った。「これでぜんぶじゃねえんだぜ」といった。「これでもまだとても全部じゃねえ」彼は、むかしキャンディー・バーのはいっていたダンボールの空き箱を見つけた。彼はそれにハーモニウムの死体を入れた。

彼はしゃんと背を伸ばし、腰に両手をあてた。さっきボアズの肉体美におどろいたアンクは、こんどはボアズの威厳におどろかされた。

立ちあがったボアズは、賢く優しい、涙にくれた褐色のヘラクレスだった。

それに比べて、アンクは痩せこけた、根なし草の、みじめな不平家だった。

「山分けにするか、アンク?」とボアズは聞いた。

「山分け?」

「ヒョーロク玉、食べ物、ソーダ水、キャンディー」

「あれをぜんぶ山分けするのか?」とアンク。「冗談だろう——どれひとつとったって、五百年はもつぐらいあるんだぜ」

それらの品物を分けようという相談は、これまで一度もなかった。なんの不足もなかったし、なにかが不足するというおそれもなかったからだ。

「半分はおまえの分にして持っていけよ。半分はおれの分にしてここへ残していってくれ」とボアズ。

「ここへ残していく？」アンクは信じられないようにいった。「おまえは——おまえはおれといっしょにくるんじゃないのか？」

ボアズは大きな右手をさしあげた。それは沈黙を要求する優しい身ぶりであり、完全に偉大な人間によってなされた身ぶりだった。

「おれをすっぱぬくなよ、アンク」とボアズはいった。「そしたらおれもおまえをすっぱぬかねえ」彼はこぶしで涙をぬぐった。

これまでも、アンクはすっぱぬきに関する訴えを、あっさり退けることができないでいた。それは彼をおびえさせたのである。ボアズがけっしてはったりをいっていないこと、ボアズがアンクのことで、彼の心をひき裂くような真相を知っていることを、心の中の一部分が警告していたのだ。

アンクはいったん口をひらきかけて、また閉じた。

「おまえはおれに大ニュースを知らせにきた」とボアズはいった。「『ボアズ、おれたちは自由になれるぞ！』とおまえはいった。それでおれは興奮しちまって、自分のやったことをおっぽりだし、自由になろうとした。

それからおれは、自由になるんだぞと自分にいいきかせた。そして、それがどんなことなのか考えてみた。おれの見えるのは人間どもだけだった。やつらはおれをこっちへ押しこんだり、あっちへ押しのけたりする——そして、なにをやっても気にくわず、なにをやっても幸せになれないもんだから、よけいにカッカする。それからこんどは、おれがやつらを幸せにしなかったのをブックサいいだし、また押しあいへしあいをやらかすんだ。

そう考えて、おれはとつぜん、おれが音楽を使ってあんなに幸せに、あんなに楽しくしてやれた、あの小さなヘンテコな生き物のことを思いだした。それで外へ出てみたら、あの連中が何万と死んでたんだ。このボアズが連中のことを忘れたせいさ。自由になれるってことで興奮しすぎたせいさ。おれさえちゃんと性根を据えて、自分のやることをやってれば、連中はひとりも死ななくってすんだかもしれん。

そこで、おれは自分にいった。『おれはこれまでいっぺんも人間どもによくしてやったことはないし、人間どももいっぺんもおれによくしてくれたことはない。だったら、なんでおれは人間どもがうじゃうじゃいるところへ自由になりにいくんだ？』

そこでおれは、ここへ帰ってきておまえになんといえばいいかがわかったんだよ、アンク」

ボアズはいまその言葉をいった――

「おれはなにもわるいことをしないで、いいことのできる場所を見つけた。おれはいいことをしてるのが自分でもわかるし、おれがいいことをしてやってる連中もそれがわかってて、ありったけの心でおれに惚れている。アンク、おれはふるさとを見つけたんだ。いつかここで死ぬときがきたら、おれは自分にこういえると思うんだ。『ボアズ――おまえは何百万もの生き物に生きがいをくれてやった。こんなに大ぜいを喜ばせた人間は、ほかにひとりもねえぜ。この宇宙でおまえを憎むやつはひとりもねえよ』ってな」

それからボアズは、彼が一度も会ったことのない父と母になりかわって、優しく自分にいった。「『さあ、もうおやすみよ』」ボアズは、洞窟の中で死の床に横たわっている想像上の自分にいいきかせた。「『おまえはいい子だよ、ボアズ。さあ、おやすみ』」

10　奇跡の時代

「おお、最も偉大なる主よ、宇宙の創造者、銀河の紡《つむ》ぎ手、電磁波の御霊《みたま》、無量の真空の呼吸者、火と岩の吐出者、千年紀の浪費者におわせられる主よ。あなたがご自身で億兆万倍も巧みにそれをなされるというのに、わたしたちが何をあなたになしうるでしょうか？　無です。わたしたちが、あなたに興味を抱かせるような何をなし、何をいえるでしょうか？　無です。おお、人類よ、わが創造主の無関心を讃えよ。なぜならば、それによって、わたしたちはついに自由になり、正直になり、品位をたもてたからです。もはや、マラカイ・コンスタントのような愚か者が、ばかばかしい僥倖《ぎょうこう》をさして、『天にいるだれかさんはおれが気に入っている』ということは、できなくなったのです。また、もはやどこかの暴君が、『神はこれこれのことが起こるのを欲しておられる。そして、これこれのことが起こるのに力をかさない者は、神にそむく者である』ということも、できなくなったのです。おお、最も偉大なる主よ、あなたの無関心はなんと光栄ある武器でしょうか！　わたしたちはその鞘《さや》をはらい、その刃《やいば》を力強く振るって、これまでわたしたちをしばしば奴隷にしたり、混乱におとしいれたりしていた、あの嘘八百を断ち切ることができたのです！」

――C・ホーナー・レッドワイン師

火曜日の午後。地球の北半球は、いままさに春。

地球は緑に湿っていた。空気はさわやかで、クリームのように滋養たっぷりだった。地球に降る雨の清らかさは、舌で味わうことができた。清らかさの味は、かすかに酸《す》っぱかった。

地球は温かだった。

地球の表面は肥沃な活動が揺れ動き、煮えたぎっていた。地球は、もっとも死の多いところでもっとも肥沃だった。

かすかな酸味をおびた雨は、大量の死のあった緑の大地に降りそそいだ。そこは新世界のある教会墓地だった。その教会墓地は、合衆国マサチューセッツ州ケープ・コッドのウエスト・バーンスタブルにあった。教会墓地は満員で、自然死の死者たちのあいだの空間は、名誉の戦死者たちの遺骸でぎっしり埋められていた。火星人と地球人とが隣合わせに横たわっていた。

地球人と火星人が隣合って埋められている墓地を持たない国は、世界のどこにもなかった。火星の侵略軍に対する全地球をあげた戦争で、武器をとって戦わなかった国は、世界のどこにもなかった。

いま、すべては許された。

生きとし生けるものはみな兄弟であり、そして、死んだものはよりいっそう兄弟なのだ。

墓石に囲まれて、濡れそぼったドードー鳥の母親のようにうずくまっている教会は、時代によって、長老教会派、組合教会派、ユニテリアン派、普遍黙示派と移り変わった。いまのそれは、徹底的に無関心な神の教会だった。

その教会墓地で、一見狂人風の男が、クリームのような空気に、緑に、湿りに、ひとり驚嘆をあらわしていた。男は裸体に近く、ぼうぼうと伸びた青黒いひげと髪の毛には、白いものがまじっていた。男のまとっている唯一の着衣は、スパナと銅線でできたカチャカチャいう腰巻だった。

その腰巻が男の恥部を隠していた。

雨が男のざらざらした頬を流れおちた。男はそれを飲もうと顔をもたげた。墓石に、よりかかるというよりは感触を試すというふうに、片手を置いた。男は石の感触には慣れていた——ごつごつした、乾いた石の感触には、うんざりするほど慣れきっていた。しかし、濡れた石、苔の生えた石、人の手で四角にされ、文字を彫られた石——そんな石を、男は長い長いあいだ、さわったことがなかった。

〈祖国のために《プロー・パートリア》〉と、男のさわった石には書かれていた。

この男はアンクだった。

彼は火星と水星から故郷に帰ってきたのだ。彼を乗せた宇宙船は、この教会墓地と隣合った森の中に着陸した。彼は一生を残酷に浪費させられた男がもつ、無頓着な、優しい暴力に満たされていた。

アンクはいま四十三歳だった。

彼には、枯れしなびて死ぬだけの理由が、なにもかも揃っていた。

その彼を生きつづけさせたのは、感情的というよりむしろ機械的な願望だった。彼の願いは、妻のビー、息子のクロノ、そして唯一の親友のストーニイ・スティヴンスンと、再会することだった。

その雨の火曜日の午後、C・ホーナー・レッドワイン師は、彼の教会の説教壇に立っていた。教会にいるのは彼ひとりきりだった。レッドワインが説教壇に登ったのは、できるだけ幸福を満喫したいという、ただそれだけの理由だった。彼は不利な環境のもとで、できるだけの幸福を満喫しているのではない。異常なほど幸福な環境のもとできるだけの幸福を満喫しているのだ――彼は、奇跡を約束するだけでなくそれを実現できる教会の、みんなから敬愛された牧師なのである。

〈徹底的に無関心な神のバーンスタブル第一教会〉なるこの教会には、〈くたびれた宇宙のさすらいびとの教会〉という別名があった。この別名は、つぎの予言にちなんでいた――火星軍ただひとりの生き残りが、ある日レッドワインの教会に到着するだろう、というのである。

教会はその奇跡を待ちかまえていた。説教壇のうしろのごつごつしたオーク材の柱には、手作りで鍛えた鉄の大釘が打ちこんであった。この柱は巨大な棟木の梁《はり》を支えていた。そして大釘には、準宝石をちりばめたコート・ハンガーが吊るされていた。そしてこのハンガーには、透明プラスチック袋にはいった一着の服が掛かっていた。

予言によると、〈くたびれた宇宙のさすらいびと〉はすっぱだかであり、この服がまるで手袋のようにその体にぴったり合うだろう、という。この服は、彼以外のだれの体にもぴったり合わない仕立てになっている。それは、レモンイエロー色で、ゴム引きで、ジッパーつきで、理想的に体に密着したつなぎ服なのだ。

その服は、いまの流行のスタイルではない。奇跡に魅力をつけたすための特別仕立てである。

服の正面と背面には、一フィートほどの長さのクエスチョン・マークが縫いつけられている。これは、宇宙のさすらいびとが自分の正体を知らないことを表わしている。

彼の正体は、〈徹底的に無関心な神の教会〉すべての首長であるウィンストン・ナイルズ・ラムファードが、宇宙のさすらいびとの名を世界に告げるまで、だれにもわからない。

もし宇宙のさすらいびとが到着したときには、その合図として、レッドワインは教会の鐘を乱打することになっている。

教会の鐘が乱打されたときには、教区員は恍惚にうたれ、なにをしていようとそれをうっちゃって、笑い、泣き、教会へはせ参じることになっている。

ウエスト・バーンスタブル民間消防団は、レッドワインの教区員で占められているため、消防車そのものも、光栄ある宇宙のさすらいびとにいささかなりともふさわしい唯一の乗物として、教会へ到着する手はずである。

さらに、消防署のてっぺんにある警報サイレンの絶叫が、鐘の音の狂おしい歓喜に加わる手はずである。サイレンの一回吹鳴《すいめい》は、野火事か森火事を意味する。二回吹鳴は人家の火事を意味する。三回吹鳴は救助を意味する。そして、十回吹鳴が、宇宙のさすらいびとの到着を意味することになっている。


雨はがたぴしの窓枠から浸みいってきた。雨は屋根のゆるんだこけら板の下をくぐり、割れ目からこぼれ落ち、レッドワインの頭上のたるきにきらきらしたしずくとなってぶらさがった。よいお湿りは、尖塔の古風なポール・リヴィア銘の鐘に降りかかり、鐘の引き綱を伝いおち、引き綱のはしに結《ゆわ》えつけられた木の人形を濡らし、人形の足からしたたり落ちて、尖塔の床の敷石に小さな水たまりを作った。

この人形には宗教的な意味がある。それは、もはやなくなったある嫌悪すべき生きかたを表わしている。この人形は〈マラカイ〉と呼ばれている。レッドワインの教会員の家庭や職場では、必ずどこかにこのマラカイを吊るしている。

マラカイを吊るす正しい方法は、ただひとつ。首を吊るすことである。それに使う正しい結びかたは、ただひとつ。絞首人の結び目である。

そして、雨は、鐘の引き綱のはしに吊るされたレッドワインのマラカイの足からしたたり落ちていた――

クロッカスの冷たい悪鬼の春は、過去のものとなった。

水仙の冷たくかよわい妖精の春は、過去のものとなった。

人類のための春が訪れ、レッドワインの教会の外のパーゴラには、満開のライラックが、コンコードぶどうのように大きく重く垂れていた。

レッドワインは雨音に聞きいり、雨がチョーサー風の英語を語っていると空想した。

雨が語っていると空想した言葉を、彼は声に出してみた。ちょうど雨とおなじノイズ・レベルで、ハーモニーをつけて――

ひさかたの卯月《うづき》の雨ぞ降りつづく
弥生《やよい》ひでりに貫かれたる
草の根分けて美酒《うまざけ》そそぎ
葉脈うるおし花の蕾《つぼみ》のもえいずるかな――

頭上のたるきから、ひとしずくの雨だれがきらめきながら落ち、レッドワインのメガネの左のレンズとリンゴ色の頰を濡らした。時はレッドワインに優しかった。説教壇に立った彼は、血色のいい、メガネをかけた、いなかの新聞配達の少年に見えたが、実はもう四十九歳だった。彼は頰についたしずくをはらおうと片手をあげた。その手首のまわりに結えつけてあるズックの袋の中で、鉛の弾丸がガチャガチャと音を立てた。

それに似た散弾の袋は、彼の足首にも、もう一つの手首にも結えつけてあり、肩には二枚の重い鉄の厚板が――一つは胸に、一つは背中に――ぶらさがっていた。

これらの重りが、彼の人生レースでのハンディキャップなのだった。

彼は四十八ポンドのハンディキャップを背負っていた――いそいそと背負っていた。強健な人間はたくさんのハンディキャップを背負い、虚弱な人間は少ないハンディキャップを背負う。レッドワインの教区の強健な連中は、ひとり残らず喜んでハンディキャップを受けいれ、それを誇らかに背負ってどこへでもゆく。

もっとも虚弱で内気な人間も、ついに、人生レースが公平であると認めざるを得なくなったのである。

雨の流麗なメロディーは、からの教会の中でのどんな朗唱にも美しい伴奏になってくれたので、レッドワインはもっと朗唱をつづけることにした。こんどの彼は、ニューポートの教主、ウィンストン・ナイルズ・ラムファードの書いたものを朗唱することにした。

レッドワインが雨の合唱隊をしたがえて朗唱しようとしているのは、ニューポートの教主が、彼自身の牧師たちに対する位置、牧師たちの教会員に対する位置、そして、あらゆる人間の神に対する位置を、規定するために書いたものであった。レッドワインは、毎月の第一日曜日に、それを彼の教会員に読みきかせるのだ。

『わたしはあなたがたの父ではない』とレッドワインは朗唱した。『むしろ兄弟と呼んでほしい。しかし、わたしはあなたがたの兄弟ではない。むしろ息子と呼んでほしい。しかし、わたしはあなたがたの息子ではない。むしろ犬と呼んでほしい。しかし、わたしはあなたがたの犬ではない。むしろ犬にたかった蚤《のみ》と呼んでほしい。しかし、わたしはあなたがたの犬にたかった蚤ではない。むしろ犬の蚤にたかったバイキンと呼んでほしい。あなたの犬の蚤にたかったバイキンとして、わたしはなんなりと自分にできることで、あなたがたに奉仕したい。ちょうど、あなたがたが宇宙の創造者である全能の神に、心から奉仕したがっているように』

レッドワインは両手を打ち合わせて、想像上のバイキンに侵された蚤を殺した。毎日曜日には、全会衆がいっせいに両手を打ち合わせて、蚤を殺すのである。

またひとしずくの雨だれが身震いしてたるきから落ち、ふたたびレッドワインの頬を濡らした。レッドワインは、その雨だれに対して、教会に対して、平和に対して、ニューポートの教主に対して、地球に対して、無関心な神に対して、ありとあらゆるものに対して、快い感謝で首をうなずかせた。

彼は、ハンディキャップ袋の中の鉛玉を、ざっくざっくと前後に揺すりながら、説教壇から降りた。

彼は座席のあいだの通路を抜けて、尖塔の下のアーチをくぐった。鐘の引き綱の下の水たまりのふちで足をとめ、水が落ちてくるコースを見きわめようと上を仰いだ。それは春の雨にとって、なんと美しい通り道だろうか、と彼は思った。もしも、彼がこの教会の改築責任者になったときには、必ず念をいれて、冒険心のある雨だれがやはりこの道をたどるようにしよう、と。

尖塔の下のアーチのすぐむこうには、もうひとつのアーチ、ライラックの葉むらのアーチがあった。

レッドワインは、いまやその第二のアーチをくぐりぬけ、そして、森の中の巨大な水泡のような宇宙船と、教会墓地にいる裸でひげもじゃの宇宙のさすらいびとを目にとめた。

レッドワインは歓喜の叫びをあげた。彼は教会に駆けもどり、酔っぱらったチンパンジーのように鐘の引き綱にとびつき、揺さぶった。耳を聾するような鐘の音の中に、レッドワインは、ニューポートの教主がすべての鐘の語る言葉だと説いたものを、そこに聞いた。

「無地獄！」と鐘は鳴りわたった――

「無地獄、
無地獄、
無地獄！」

アンクはその鐘の音に胆をつぶした。アンクにはそれが、腹を立て怖気づいた鐘の音に思えた。石塀を乗り越えしなに脛《すね》をしたたかすりむいて、彼は宇宙船へ駆けもどった。エアロックを閉めようとしたとき、鐘の音に対するサイレンの尾をひいた応答が聞こえた。

アンクは、地球がまだ火星と戦争をつづけており、そのサイレンと鐘は彼を殺せというわめき声だ、と考えた。彼は『オン』のボタンを押した。

自動航行装置はすぐには反応せずに、自分自身を相手にろれつの怪しい、むだな議論をはじめた。この議論は、自動航行装置が自分自身を停止させることで落着した。アンクはもう一度『オン』のスイッチを押した。こんどは、踵でいつまでもそれを踏んづけることにした。

ふたたび航行装置は自分自身とおろかな議論を交わし、自分自身を停止させようとした。それができないことがわかると、航行装置はきたない黄色の煙を吐きだした。

有毒な煙がもうもうと立ちこめてきたので、アンクはやむなくヒョウロク玉を飲み、またもやシュリーマン呼吸法を実行した。

やがて、自動航行装置は、低い、震えを帯びた、パイプオルガンのような音を一声出して、それきり息をひきとった。

もはや発進のみちはない。自動航行装置が死んだときは、宇宙船が死んだときなのだ。

アンクは煙の中を舷窓へたどりつき――そして外をのぞいた。

消防車が見えた。消防車は茂みをかきわけて、宇宙船へ近づいてくる。その消防車には老若男女がつかまっていた――雨にびしょ濡れになり、恍惚を全身で表現しながら。

消防車を先導しているのは、C・ホーナー・レッドワイン師だった。片手に、彼は透明なプラスチック袋にはいったレモンイエローの服を持っていた。もう片手には、いま手折《たお》ってきたばかりのライラックの小枝を捧げていた。

女たちは、舷窓ごしにアンクにキスを送り、船内にいる愛すべき男に見せようと、彼女たちの子供を上にさしあげた。男たちは消防車の上に残って、アンクに喝采し、おたがいに喝采し、あらゆるものに喝采した。運転手は、とてつもないエンジンのバックファイアをやらかし、サイレンを鳴らし、鐘を鳴らした。

だれもがなにかの形でハンディキャップを背負っていた。ほとんどのハンディキャップは、一見してわかるそれ――分銅や、散弾袋や、古い暖炉の鉄格子――であり、肉体的優越性を打消すためのものだった。しかし、レッドワインの教区員の中には、それよりもっと微妙でもっと有効な種類のハンディキャップを選んだ篤信家もいた。

たとえば、ひょんな幸運で、美貌というおそるべき有利さに恵まれた、何人かの女性。彼女たちは、古くさい汚れた衣裳と、わるい姿勢と、チューインガムと、お化けのような厚化粧で、その不公平な利点を抹殺していた。

ある老人などは、すぐれた視力だけが唯一の利点なのだが、妻のメガネをかけることでその視力を損っていた。

ある色の浅黒い青年は、そのしなやかで精悍な性的魅力が、粗末な服や無作法さでは損われないところから、自分にハンディキャップを課するために、セックスを嫌悪している女を妻に選んだ。

この浅黒い青年の妻は、ファイ・ベータ・カッパ（学業成績優秀な大学生および卒業生で組織する会）の会員であることを誇りにする理由があったので、自分にハンディキャップを課するため、マンガしか読まない男を夫に選んだのだった。

レッドワインの会衆が、べつに風変わりなわけではない。べつに狂信者ぞろいというわけではない。地球には、みずからにハンディキャップを課して、しかも幸福でいる人間が、文字どおり何十億といるのだ。

なにが彼らをそんなに幸福にしたかというと、もう他人の弱点につけこむ人間がだれもいなくなったからである。

さて、消防夫たちは、歓喜を表現する新しい方法を思いついた。消防車の中央には、ホースの筒先がとりつけられている。この筒先は機関銃のように旋回する。彼らはそれを真上に向け、そして放水を開始した。たよりなげな噴水が身ぶるいしながら空に昇り、昇りつめたところで風に吹きはらわれた。しぶきは四方に散り、パタパタと音を立てて宇宙船に降りそそいだ。かと思うと、消防夫たち自身をずぶ濡れにした。かと思うと、こんどは女子供の頭の上へだしぬけに降りかかって、みんなをよりいっそうはしゃぎまわらせた。

アンクの歓迎に水がこうした重要な役割を演じたのは、魅力的な出来事だった。だれもそれを企画したわけではない。しかし、あまねく濡れそぼつ祭典の中でみんながわれを忘れるのは、この場になによりもふさわしいことだった。

C・ホーナー・レッドワイン師は、体にべったり貼りついた着衣の中で異教の森の精のように裸にされた気分を味わいながら、ライラックの小枝を舷窓の前でシュッシュッとうち振り、愛情にみちた顔をガラスに押しつけた。

レッドワインを眺めかえした顔の表情は、動物園の類人猿の顔にある表情と、おどろくばかりよく似ていた。アンクのひたいには深い皺《しわ》が刻まれ、その目は理解しようという無力な願望にうるんでいた。

アンクは、こわがるまいと決心はしていた。

しかし、急いでレッドワインを中に入れる気もなかった。

ようやく、彼はエアロックへ行き、内扉と外扉の止金をはずした。そして一歩あとへさがり、だれかが扉を押しあけるのを待った。

「まずわたしにはいらせておくれ、彼にこれを着せなくちゃならないから！」レッドワインは会衆にいった。「それからあとは、きみたちにまかせるよ！」

さて、宇宙船の中。レモンイエローの服は、ペンキの膜のようにアンクにぴったり合った。胸と背中のオレンジ色のクエスチョン・マークも、皺ひとつ寄らなかった。

アンクは、世界のどこにもこんな恰好をしたものがいないことを、まだ知らずにいた。大ぜいの人が、彼とおなじような服――クエスチョン・マークもなにもぜんぶ含めて――を着ているのだろう、と思いこんでいた。

「ここは――ここは地球かね？」アンクはレッドワインに聞いた。

「そう」とレッドワインはいった。「ここは、全人類連盟所属の、アメリカ合衆国マサチューセッツ州ケープ・コッドだよ」

「ありがたい《サンク・ゴッド》！」とアンク。

レッドワインは、いぶかしげに眉をあげた。「なぜ？」

「なぜとは？」とアンク。

「なぜ神《サンク・ゴッド》に感謝するんだね？」レッドワインはいった。「神は、あなたになにが起ころうと気にされていない。神は、わざわざあなたを殺そうともなさらないかわり、わざわざあなたをここへ無事に送りつけようともなさらない」彼は、その信仰の力強さを示すように、両手を上にあげた。手首のハンディキャップ袋の中の鉛の玉がザーッと揺れ動いて、アンクの注意をひきつけた。アンクの注意は、ハンディキャップ袋から、レッドワインの胸にかかった厚い鉄板へと、軽く跳びうつった。レッドワインはアンクの視線の動きを知って、胸の鉄板を持ちあげてみせた。

「重たい」と彼はいった。

「フム」とアンク。

「あなたなら、そう、五十ポンドほど背負わなくちゃならないな——ここで養生をすましてからだが」とレッドワイン。

「五十ポンド？」とアンク。

「あなたは、それだけのハンディキャップを背負うのを悲しんではいけない。よろこぶべきだよ」レッドワインはいった。「そうすれば、だれもあなたを気まぐれな僥倖につけこんでいると非難できなくなる」その声には、徹底的に無関心な神の教会の草創期以来、火星との戦争の直後に起こったあの感動的な集団改宗以来、彼があまり使ったことのない、祝福にみちた脅迫的口調がこもっていた。その当時には、レッドワインやそのほかの若い改宗者たちが、群集の公正な不満をたねに不信心者を脅したのだった——ただしその当時、公正な不満をいだいた群集は、まだ存在していなかったのだが。

公正な不満をいだいた群集は、いまや世界各地に存在している。徹底的に無関心な神の教会の総信者数は、ちょうど三十億。最初にこの信条をひろめた若き獅子たちは、いまや子羊となって、水が鐘の引き綱をしたたり落ちるたぐいの東洋的神秘を黙想する余裕が生まれた。教会の宗規の力は、各地の群集の中にある。

「あらかじめ警告しておくがね」とレッドワインはアンクにいった。「あなたがここを出てあの人たちの中にはいったら、神があなたに特別な関心を持たれたとか、あなたがなんらかのかたちで神に力をかすことができたという意味のことは、けっしていってはならない。あなたが口にしてはならない最悪の言葉は、たとえばこういうことだ。『わたしをあの苦しみから救い出してくださった神に感謝します。なにかの理由で、神はわたしを選ばれた。神に仕えることが、いまのわたしのただひとつの願いです』」

レッドワインはつづけた。「そんなことをいったものなら、外にいるあの友好的な群集は、いつ、がらりと態度を変えるかしれないよ。たとえ、あなたがどんな吉兆のもとに到着した人であってもね」

レッドワインがいうなと警告したことは、アンクがいおうと考えていたことと、ほとんどそっくりおなじだった。それがこの場にふさわしい唯一のあいさつに思えたのだった。

「じゃあ――じゃあ、なんといえばいい？」アンクは聞いた。

「あなたがいうべきことは、すでに予言されている。一語一句までちゃんと。わたしも長いあいだ一心に、あなたのいうべきことを考えてはみたが、結局それ以上に改良の余地はないという確信を持つことができたよ」

「しかし、おれはなにをいっていいか思いつけないんだ。こんにちは、か——でなけりゃ、ありがとう、ぐらい——」とアンク。「あんたはおれにどんなことをいわせたいんだい？」

「あなたがこれからいうだろうことをだよ。外の善男善女は、この瞬間のために長年稽古を積んでいる。彼らはあなたに二つの質問をするだろう。あなたは、自分の能力の最善をつくして、それに答えればよろしい」

レッドワインは、アンクをエアロックから外へ導いた。消防車の噴水はもう止められていた。騒ぎも踊りもおさまっていた。

レッドワインの会衆は、いまやアンクとレッドワインを囲んで半円を作った。善男善女は、ひとり残らず口を固く結び、肺をふくらました。

レッドワインが敬虔な合図をした。

会衆はいっせいに口をひらいた。「あなたはだれか？」と彼らはいった。

「あー——ほんとうの名前は知らない」とアンク。「みんなにアンクと呼ばれていた」

「なにがあなたに起こったのか？」会衆はいった。

アンクはぼんやりとかぶりを振った。この明らかに儀式的なムードの中で、彼の冒険のそれにふさわしい要約を思いつけなかったのである。どうやら彼には、なにかの偉大さが期待されているらしい。彼は偉大さにはほど遠い。アンクは、その期待にそえない彼自身の平凡さをすまなく思っていることを会衆に知らせようと、音高く息を吸いこんだ。「おれはひとつながりの災難《アクシデント》の犠牲者だった」彼はそういうと、肩をすくめた。「みんなとおなじように」とつけたした。

喝采と踊りがふたたびはじまった。

アンクは消防車の上へ押しあげられ、消防車は教会の入口へと走りだした。

レッドワインは、教会の入口の上に掲げられている、巻物をひろげた形の木の銘板を、にこやかに指さした。その巻物の上には、金文字でこんな言葉が彫りきざまれていた——

——

おれはひとつながりの偶然《アクシデント》の犠牲者だった。
みんなとおなじように。

アンクは消防車に乗ったまま、教会からまっすぐに、まもなく実体化のはじまるロード・アイランド州ニューポートへ運ばれた。

何年も前からの計画どおり、しばらくのあいだポンプ自動車が留守になるウエスト・バーンスタブルへ、ケープ・コッドのほかの町の消火施設が応援にさしむけられた。

宇宙のさすらいびと到着のニュースは、野火のように全世界へひろがった。消防車の通過していくどの村や町や市でも、アンクは花びらを雨と浴びせかけられた。

消防車の中央にある無蓋座席にかけ渡された二×六インチ角の木材の上に、アンクはちょこなんと腰かけていた。座席そのものには、C・ホーナー・レッドワイン師がすわっていた。

レッドワインは消防車の鐘を受けもって、せっせと鳴らしつづけていた。鐘の舌には、耐衝撃性プラスチックで作ったマラカイが吊るされていた。この人形はニューポートでしか買えない特製品だった。こうしたマラカイを見せびらかすのは、ニューポートへ巡礼に行ってきたぞという証明なのである。

ウエスト・バーンスタブルの民間消防団は、ふたりの反体制派を除いて、全員ニューポートへの巡礼をすましていた。消防車のマラカイは、消防団の基金で買い入れたものだった。

ニューポートのみやげ物売りの口調をまねれば、この消防団の持っている耐衝撃性プラスチックのマラカイは、『正真正銘、元祖総本山のマラカイ』なのだ。

アンクは幸せだった。人間の世界にもどって、また空気を呼吸できるとは、なんとすばらしいことだろう。それに、みんなは彼をとても大事にしてくれる。にぎやかな騒ぎもすてきだった。なにもかもすてきだった。アンクは、そのすてきななにもかもが永久につづいてほしいと思った。

「なにがあなたに起こったのか？」人びとは彼にそう叫びかけ、そして笑った。マスコミのために、アンクは〈宇宙のさすらいびとの教会〉で小さな群集を大喜びさせた答えを、もっと短縮することにした。「災難《アクシデント》！」と彼はどなった。

彼は笑った。

すげえぞ。

どんなもんだ。彼は笑った。

ニューポートでは、もう八時間にわたって、ラムファード邸が塀までぎっしりの人いきれに埋まっていた。警備員は、何千何万の人びとを、塀についた小さな門から追いかえした。その警備員の必要もほとんどないぐらいだった。中の群集は一枚岩のように堅固だったからである。

油を塗ったウナギでさえ、中に這いこめそうもない。塀の外の何万という巡礼たちは、しかたなく、塀の四隅にとりつけられた拡声機へすこしでも近づこうと、敬虔に揉み合いをはじめた。

拡声機からは、ラムファードの声がひびいてくるはずである。

人出はこれまでの最高であり、かつてないほど興奮していた。なにしろ、長いあいだ約束されていた〈宇宙のさすらいびとの大いなる日〉の当日なのだ。

最高に奇抜で効果的なハンディキャップが、いたるところでひけらかされていた。群集はすずばらしく平凡に艶消しされていた。

アンクの火星での連れ合いだったビーも、このニューポートにいた。そして、ビーとアンクの息子であるクロノも。

「さあいらっしゃい！　正真正銘元祖総本山のマラカイだよ」ビーはかすれ声でいった。「さあいらっしゃい！　マラカイはいかが。マラカイがなくちゃ、宇宙のさすらいびとに手を振れないよ。さあ、宇宙のさすらいびとに祝福してもらえるように、マラカイを買った買った！」

彼女の売店は、ニューポートのラムファード邸の塀についた小さな鉄の門に面していた。ビーの売店は、その門のむかい側へ一列に並んだ二十軒の売店のとっつきにあった。二十軒の売店は、ひとつづきの屋根の下にあり、腰の高さの仕切板で分割されていた。彼女が呼売りしているマラカイは、動く関節とラインストーンの目を持つプラスチック人形だった。ビーは、それを宗教用品の卸問屋から一個二十七セントで仕入れ、三ドルで売っている。彼女は腕ききの女商人だった。

こうしてビーはきびきびした派手な外面を世間に見せつけてはいたが、商品がよく売れているのは、なによりも彼女の内面にある威厳のおかげだった。ビーのテキ屋的なけばけばしさは、巡礼たちの目をひいた。しかし、巡礼たちの足を彼女の売店へ運ばせ、財布のひもをゆるませるのは、彼女の発揮するムードだった。そのムードは、まぎれもなく、ビーがより高貴な星の下に生まれたことを、そして彼女がいさぎよくこんなところに身を落としていることを、物語っていた。

「さあ！　買うならいまのうちだよ」とビーはいった。「実体化がはじまったら、もうマラカイは買えないよ！」

これはほんとうだった。ウィンストン・ナイルズ・ラムファードとその愛犬が実体化する五分前に、公認売店はシャッターをおろさなければいけない規則なのだ。そして、ラムファードとカザックが完全に消失してから十分後まで、シャッターを閉ざしていなければならない。

ビーは、新しいマラカイの箱をあけようとしているクロノをふりかえった。「ポーが鳴るまであと何分?」と彼女は聞いた。ポーとは、邸内にある巨大な汽笛のことである。それは実体化の五分前に鳴らされることになっている。

実体化そのものは、三インチ砲の発射で報じられる。

非実体化は、千個のゴム風船を空に放つことで報じられる。

「八分」とクロノは腕時計を見て答えた。いまの彼は、地球式の計算で十一歳。褐色の肌の、怒りを鬱積させた少年になっていた。彼は器用な指先で釣銭をごまかす達人で、カードの勝負にも秀でていた。ひどく口ぎたなく、刃渡り六インチの飛出しナイフを懐にのんでいた。クロノはほかの子供たちになじもうとしなかったし、人生に真っ向から勇敢に挑もうとするその態度は悪評の的だったので、彼に惹かれるのは、ほんの少数の非常に愚かで非常に美しい少女たちだけだった。

クロノはニューポート市警察とロード・アイランド州警察から、非行少年の烙印を押されていた。彼はすくなくとも五十人の警察官をファースト・ネームで知っており、十四回の嘘探知テストを受けたベテランだった。

クロノがどこかの収容施設へほうりこまれなかったのは、地上最高の法律顧問団である徹底的に無関心な神の教会の法律顧問団のおかげだった。ラムファードの指導のもとに、顧問団はあらゆる告発からクロノを守ったのである。

クロノに対してもっとも頻繁になされた告発は、手さきの早業による窃盗、武器の隠匿携帯、無登録拳銃の所持、市境界内での発砲、猥褻《わいせつ》印刷物および器具の販売、不従順、などであった。

警察側は、この少年の最大の問題が彼の母親であることを、にがにがしげに訴えた。クロノの母親は、少年のそんなところを愛しているのだ。

「マラカイが買えるのはあとたったの八分だよ、お客さん」ビーはいった。「さあ、急いだ急いだ」

ビーの上の前歯は金歯で、彼女の皮膚は、息子の皮膚とおなじように、ゴールデン・オークのような褐色をしていた。

ビーは、彼女と息子が火星から乗ってきた宇宙船がアマゾン多雨林のガンボ地方に不時着したとき、上の前歯を折ったのだった。墜落で生き残ったのは彼女とクロノだけで、ふたりは一年間もジャングルの中をさまよった。

ビーとクロノの皮膚の色は、永久的なものだった。それはふたりの肝臓の変異の結果だからだ。ふたりの肝臓が変異を起こしたのは、三カ月のあいだ、水と、サルパ・サルパ、別名アマゾン青ポプラの根だけを食べていたからである。その食事は、ビーとクロノの、ガンボ族への加入儀式の一部だった。
この儀式のあいだ、母と子は村の真ん中に立てられた柱へ、二本の縄でつながれていた。クロノが太陽、そしてビーが月——といってもガンボ族の理解する太陽と月としてだが——を表わしているのだった。

この経験で、ビーとクロノのきずなは、世のつねの母と子のきずなよりも固いものになった。

ふたりはついにヘリコプターで救助された。ウィンストン・ナイルズ・ラムファードが、適当な時期に適当な場所へ、ヘリコプターをさしむけたのだ。

ウィンストン・ナイルズ・ラムファードは、不思議の国のアリスふうの門の外にある、わりのいいマラカイの売店を、ビーとクロノに与えた。彼はビーの歯の治療代を払い、そして上の前歯を金歯にするようにすすめた。


ビーの隣の売店をやっている男の名は、ヘンリー・ブラックマンといった。むかし、火星でアンクの小隊軍曹をつとめていた男である。いまのブラックマンは、でっぷりして禿げかかっていた。彼の片脚はコルクで、右手はステンレス・スチールだった。ボカ

•ラトンの戦闘で、片手片脚を失ったのだ。彼はその戦闘のただひとりの生存者だった——しかも、もし彼がそれほどの重傷を負っていなかったら、小隊のほかの生存者とおなじようにリンチにあっていただろう。

ブラックマンが売っているのは、塀の中にある噴水をかたどったプラモデルだった。模型の高さは一フィート。土台には、バネ仕掛けのポンプがついている。このポンプは、底の大きな水盤からいちばん上の小さな水盤へと、水を押しあげる。こうして小さな水盤から溢れた水は、その下のやや大きな水盤にたまり、そして……。

ブラックマンは、彼の前のカウンターで、三つの噴水を一度に動かしてみせていた。

「中にある噴水とそっくりおんなじだよ、みなさん」と彼はいった。「ひとつ記念に買っていきな。こいつを見晴らし窓に飾っとく。すると、あんたがニューポートへ行ってきたことが、ご近所にいやでも知れるって寸法。子供のパーティーには、これをテーブルの真ん中へ置いて、ピンクのレモネードをつめとくって手もあるよ」

「いくら?」とひとりのおのぼりさんが聞いた。

「十七ドル」とブラックマン。

「うひゃあ!」

「聖地の記念品なんだぜ、にいさん」ブラックマンは相手をじろりとにらみつけていった。「オモチャじゃねえよ」彼はカウンターの下に手をつっこんで、火星陸軍の宇宙船の模型をとりだした。「オモチャがほしいのかい？　オモチャならこれだ。四十九セント。こちとら、二セントの口銭にしかならんがね」

おのぼりさんは、買物上手だぞというところを見せようとした。そのオモチャと、それがかたどっているはずの実物とを、ひきくらべた。実物は、九十八フィートの高さの円柱の上に置かれた、火星陸軍宇宙船だった。円柱も宇宙船も、ラムファード邸の塀の中——地所の片隅の、もとテニス・コートだった場所にある。

ラムファードはまだこの宇宙船の目的を説明していない。宇宙船を支える円柱は、全世界の小学生の献金で建てられたものである。宇宙船はつねに発進準備状態にたもたれている。史上最長と称せられている直立梯子が、いまや円柱にもたせかけられ、目のくらむほどの高さで宇宙船の扉へとつづいている。

宇宙船の燃料容器の中には、火星陸軍が戦争のために準備した〈そうなろうとする万有意志〉の貯えの、最後の痕跡が残されている。

「へーえ」とおのぼりさんはいって、模型をカウンターの上にもどした。「わるいけど、おれ、もうちょっとよそを見てくっからな」これまでのところ、彼の買ったのは、片側にラムファードの絵と、もう片側に帆船の絵のついた、ロビンフッド帽だけだった。帽子の上の羽根には、彼の名前が縫い取りされていた。その刺繍《ししゅう》によると、彼の名前はデルバートというらしかった。「でも、ありがとよ」とデルバートはいった。「あとでまたくるかもしれんでな」

「ああ、くるともさ、デルバート」とブラックマン。

「あんた、どうしておれの名がデルバートだと知ってんだい?」デルバートはうれしそうに、だが警戒のいろをうかべていった。

「おまえさん、ウィンストン・ナイルズ・ラムファードだけが、超能力の持ちぬしだと思ってるのかね?」とブラックマンはいった。

塀の中で、ひとすじの蒸気が高く噴きあがった。その一瞬後には、巨大な汽笛の音が売店をゆるがした——激しく、悲しく、そして誇らかに。それは、あと五分でラムファードとその愛犬が実体化するという合図だった。

それは、売店が安ぴか物の不敬な呼売りをやめて、シャッターを閉ざす合図だった。

シャッターはさっそくガシャンと閉ざされた。

シャッターが閉じるといっしょに、一列に並んだ売店の中は、薄暗いトンネルになった。

このトンネルの中での孤立は、もう一つの薄気味わるさをともなっていた。というのは、このトンネルの中にいるのが、すべて火星軍の生き残りばかりだからだ。ラムファードが、それを——ニューポートの売店経営には火星人に第一優先権を与えることを——主張したのだった。それは、彼なりの「ありがとう」の表現だったのである。

生き残りはそう大ぜいいなかった——合衆国に五十八名、全世界を合わせて三百十六名。

合衆国の五十八名の中で、二十一名がニューポートの公認売店で働いている。

「さあ、またはじまりだぜ、坊やたち」列のずっとずっと奥のほうで、だれかがいった。それは、片側にラムファードの絵、もう片側に帆船の絵のついたロビンフッド帽を売っていた、盲人の声だった。

ブラックマン軍曹は、腕組みした手を、彼の店とビーの店のあいだの仕切りの上にのせた。そして、まだ開けてないマラカイの箱の上に寝ころんでいるクロノ少年に、片目をつむってみせた。

「地獄へ失せやがれか、ええ、坊や？」ブラックマンはクロノにいった。

「地獄へ失せやがれさ」クロノはうなずいた。彼は、奇妙なふうに折れまがり、穴のあき、切り込みのついた金属片で、爪の垢をほじっているところだった。それは、火星での彼の幸運のお守りだったものである。地球でも、それはやはり彼の幸運のお守りだった。

たぶん、ジャングルの中でクロノとビーの生命を救ったのは、このお守りの効能だろう。ガンボの原住民は、この金属片を、とほうもない魔力を秘めた物体と認めた。それに対する敬意のために、ガンボ族はその持ちぬしを食うよりも、一族に加入させるほうを選んだのだ。

ブラックマンは愛情のこもった笑い声をあげた。「そうとも——それでこそ火星人の心意気だぜ。マラカイの箱の上に寝ころんで、宇宙のさすらいびとなんかにゃ目もくれねえってところがな」

宇宙のさすらいびとに対する冷淡さは、クロノだけのものではなかった。この儀式から遠のいていることが——ラムファードとその愛犬が出現して消失するまで、売店の暗いトンネルの中に居すわっていることが——みやげ物売り一同の傲慢無礼な習慣なのだった。

みやげ物売りたちは、ラムファードの宗教を本気で軽蔑しているわけではない。むしろ、彼らの大部分は、この新しい宗教をかなりいいものかもしれないと見ていた。彼らが閉めきった売店の中へ芝居がかりにこもりきっているのは、火星陸軍の古強者《ふるつわもの》として、彼らが〈徹底的に無関心な神の教会〉をうちたてるのに、もう十二分のことをしおわったからである。

彼らは、自分たちがすでに利用されつくしたという事実を、芝居がかりに表現しているのだ。

ラムファードは、彼らのこの態度をほめそやした——彼らのことを、愛情をこめて、「……小門の外にいる聖兵士たち」と呼び、そしてこういった。「あの無関心さは、わたしたちをもっと陽気に、もっと敏感に、もっと自由にしたいと願ったために、彼らが受けた偉大な傷痕なのだ」

火星人のみやげ物売りたちにも、宇宙のさすらいびとを一目のぞいてみたいという誘惑は強かった。ラムファード邸の塀の上にはいくつかの拡声機がとりつけられており、邸内でラムファードの話す一言一言は、四分の一マイル以内にいるだれの耳にも、いやでもはいってくるのだ。これまでその言葉は、くりかえしくりかえし、宇宙のさすらいびとの出現と同時にきたるであろう光栄ある劇的な瞬間のことを、説いていたのである。

それは、篤信者たちが酔いしれる偉大な瞬間だった——篤信者たちが、おのれの信仰を十倍にも強め、清め、元気づける偉大な瞬間だった。

いま、その瞬間が訪れたのだ。

宇宙のさすらいびとをケープ・コッドの〈徹底的に無関心な神の教会〉から運んでき

た消防車は、売店街の前へカンカンウーウーと到着した。

店内の薄闇の中にいる小鬼たちは、頑としてのぞき見をしなかった。

塀の中で礼砲が発射された。

ラムファードとその愛犬が、いよいよ実体化したのである——そして、宇宙のさすらいびとはいま、不思議の国のアリスふうの扉をくぐろうとしているのだ。

「おおかた、ニューヨークから雇ってきた三文役者だろうぜ」とブラックマンはいった。これにはだれも返事をしなかった。売店いちばんの皮肉屋と自認しているクロノさえもである。ブラックマンも、自分の言葉——宇宙のさすらいびとがにせものであるという説——を本気にしてはいなかった。露店商人たちは、ラムファードのリアリズム好みをよく心得ていた。ラムファードが受難劇を仕組むときには、本物の生き地獄にいる本物の人間しか使わないのだ。


ここで強調しておかなければならないのは、たしかにラムファードは大仕掛けなスペクタクルをこよなく愛しているにはいたが、われこそ神であるとか、神と酷似した何者かであるとか宣言したくなる誘惑には、一度も屈しなかった、ということである。

彼の最大の敵すら、それだけは認めている。モーリス・ローズノー博士は、その著書

『汎銀河系ペテン師、あるいは三十億のお人好し』の中で、こう書いている——

宇宙の偽善者《パリサイ》、偽信者《タルテュフ》、大詐欺師《カリオストロ》のウィンストン・ナイルズ・ラムファードは、彼が全能の神でないこと、全能の神の近親でもないこと、そして全能の神からなんらの明白な指図も受けていないことを、念入りに表明してきた。ニューポートの教主のこれらの言葉に対して、われわれはアーメン！　というのみである。あるいは、こうつけ加えてもよいかもしれない。ラムファードはあまりにも全能の神の近親や手先からほど遠い存在であるため、ラムファードが徘徊しているうちは、全能の神自身とのあらゆるコミュニケーションは不可能なのだ、と！

シャッターの下りた売店の中で元火星軍人たちのおしゃべりは、ふだんはもっと活発だった——インチキな宗教用品をお人好しのカモに売りつけるコツや、それにからんだ不敬な冗談がさかんにとりかわされるのだった。

しかし、ラムファードと宇宙のさすらいびととの対面がせまったいま、みやげ物売りたちはいつものように無関心ではいられなくなっていた。

ブラックマン軍曹の満足なほうの手が、脳天へとあげられた。それは元火星軍人独特のゼスチュアである。彼は自分のアンテナを、かつてあらゆる重要な思考を彼にかわってやってくれたアンテナの上に相当する場所を、さわっているのだった。彼はその信号がなくなったのを、淋しく感じていた。

「宇宙のさすらいびとをここへ連れてくるように！」塀の上の拡声機というか、ガブリエルのラッパから、ラムファードの声がひびいた。

「おれたち――おれたち、行ったほうがいいんじゃないかな」ブラックマンはビーにいった。

「え？」とビーはつぶやいた。彼女は閉ざされたシャッターに背をむけて立っていた。彼女は目をつむっていた。うつむいていた。寒そうだった。

実体化の起こるとき、彼女はいつも身ぶるいが出るのだ。

クロノは、彼のお守りをゆっくりと親指の腹でこすりながら、冷たい金属片についたくもりの暈《かさ》を、彼の親指のまわりの暈を、眺めていた。

「地獄へ失せやがれか――え、クロノ？」とブラックマン。

ピイピイさえずる機械仕掛けの小鳥を売っている男が、ものうげに彼の商品を頭上へ持ちあげた。イギリスのトディントンの戦闘で、この男はある農婦に熊手で打ち倒され、死んだものと勘ちがいされて助かったのだ。

〈火星人の身元確認と社会復帰促進委員会〉は、指紋の記録から、この小鳥の売子をバーナード・K・ウィンズローと確認した。ウィンズローは旅回りのヒヨコ性別鑑定家で、あるロンドンの病院のアル中患者病棟から失踪した男とわかった。

「教えてくれてありがとう」とウィンズローは委員会に感謝した。「おかげさんで、もうあの迷子みたいな気分はなくなったよ」

ブラックマン軍曹は、委員会によって、フランシス・J・トンプスン一等兵と断定された。トンプスン一等兵は、深夜の立哨番で、合衆国ノース・カロライナ州フォート・ブラッグのあるモーター・プールの周囲を巡回しているうちに、行方不明になったのである。

委員会はビーのことで頭を悩ました。彼女の指紋はどんな記録にも残っていなかった。委員会は、彼女がニューヨーク州コホーズの蒸気クリーニング店から失踪した、不器量で友だちのいないフロレンス・ホワイトという娘か、それとも、テキサス州ブラウンズヴィルで色浅黒いよそものに誘われて車に乗りこむのを目撃されたのが最後の、不器量で友だちのいないダーリーン・シンプキンスという娘のどちらかにちがいない、と推測していた。

そして、ブラックマンやクロノとビーの売店と軒を並べた火星人の残党たちは、それぞれ、ニューアーク空港の手洗所の係員で、勤務時間中に失踪した、アル中患者のマイロン・S・ワトスン……オハイオ州デイトン、スタイヴァーズ高校の校内食堂の副栄養士、シャーリーン・ヘラー……インドのカルカッタで、重婚、売春幇助《ほうじょ》、扶養義務不履行の容疑で告発された、法律的にはいまもお尋ね者である植字工のクリシュナ・ガルト……ドイツのブレーメンで左前の旅行代理店の支配人だった、やはりアル中患者のクルト・シュナイダー……というふうに身元を確認されていた。

「偉大なラムファード――」とビーはいった。

「え、なんていった?」とブラックマン。

「彼はわたしたちを、わたしたちの人生からさらっていったわ。わたしたちを眠らせて、カボチャ提灯《ちょうちん》の種をこそげとるように、心をこそげとったわ。わたしたちをロボットなみに配線し、訓練し、道具にしたわ――そして、大きな目的のためにわたしたちを燃えつきさせたのよ」ビーは肩をすくめた。

「もし、わたしたちの人生が彼にじゃまされずにそのままつづいていたとして、わたしたちにそれ以上のことができたかしら?」とビーはつづけた。「それ以上?――それともそれ以下? わたしは、彼に利用されてかえってよかったと思う。フロレンス・ホワイトかダーリーン・シンプキンスか、だれにしろ、昔のわたしだった女よりも、わたしという人間をどうすればいいかということは、彼のほうがずっとよく知っていたようだわ」

ビーはいった。「でも、わたしはやっぱり彼が憎い」

「憎むことがあんたの特権さ」とブラックマン。「彼がいったとおり、それが火星人みんなの特権なんだ」

「ひとつだけ慰めはあるわね」とビーはいった。「それは、わたしたちが利用されつくしたということよ。もうわたしたちが二度と彼の役に立てない、ということよ」

「宇宙のさすらいびとよ、ようこそ」ラムファードのマーガリン的テノールが、塀の上のガブリエルのラッパからひびいてきた。「きみが民間消防団の赤いポンプ自動車でここへやってきたとは、なんとこの儀式にふさわしいことだろう。人間の人間に対する博愛の感動的シンボルとして、わたしは消防自動車以上のものを思いつけないね。では、宇宙のさすらいびとよ、聞かせてくれたまえ。ここに見えるものに、なにか記憶があるかね――前にここへきたことがあるという気持ちにきみをさせるものが、なにかあるかね？」

宇宙のさすらいびとは、なにごとかをもぐもぐとつぶやいた。

「すまんが、もっと大きな声で」とラムファード。

「噴水を——あの噴水をおぼえている」宇宙のさすらいびとはたどたどしくいった。

「ただ——ただ——」

「ただ？」とラムファード。

「あのときはからからだった——いつごろのことか知らないが。いまはすごく水が多い」

噴水のわきのマイクが、拡声機につながれた。噴水のブクブクザアザアパチャパチャが、宇宙のさすらいびとの言葉を強調するように聞こえてきた。

「ほかになにか見おぼえのあるものはないかね、宇宙のさすらいびと？」とラムファード。

「ある」宇宙のさすらいびとはおずおずといった。「あんただ」

「わたしに見おぼえがある？」ラムファードはいたずらっぽくいった。「それは、わたしがむかしきみの人生で、なにか小さな役割を演じたということだろうか？」

「おれは火星にいたあんたをおぼえている」宇宙のさすらいびとはいった。「あんたは犬を連れていた——おれたちが出発するちょっと前だ」

「きみたちが出発してから、なにが起こった？」

「なにかのまちがいが起きた」と宇宙のさすらいびとはいった。まるで、うちつづいた不運が彼自身の責任であるような、すまなそうな口ぶりだった。「いろいろなことで、まちがいが起きた」

「きみはこういう可能性を考えてみなかったのかね？」とラムファード。「なにもかもが、絶対的にまちがいなく運んだのだ、と？」

「いや」宇宙のさすらいびとは簡潔に答えた。そんな発想に彼はぎくりとしなかったし、また、ぎくりとするはずもなかった——なぜなら、いま示された発想は、彼の安普請《やすぶしん》の哲学では手の届かない領域にあったからだ。

「きみは自分の連れ合いと息子を見分けることができるかな？」とラムファード。

「さあ——よくわからない」

「鉄の小門の外でマラカイを売っている、あの女と少年をここへ連れてくるように」とラムファードはいった。「そう、ビーとクロノをだ」


宇宙のさすらいびととウィンストン・ナイルズ・ラムファードとカザックは、邸宅の前にある足場の上に立っていた。この足場は立っている群集の目の高さにあった。邸宅の前のこの足場は、懸け橋や、斜路や、梯子や、説教壇や、階段や、舞台を連結して、邸内のすみずみにまで網をひろげている高架歩廊の一部分だった。

この高架歩廊は、ラムファードが群集に妨げられることなく、邸内を自由に、かつ華やかに歩きまわるためのものである。同時に、邸内の群集がもれなく、ちらとでもラムファードの姿を見られるようにするためのものでもある。

磁力で支えられているわけではないのに、この高架歩廊は、一見、空中浮揚の奇跡に見えた。この疑似奇跡は、巧妙な塗料の活用によってなしとげられていた。支持脚は艶消しの黒で塗りつぶされ、一方、上部構造のほうは目もあやな金色に彩られているのだ。ブームの上のTVカメラとマイクロフォンが、その高架歩廊のどこへでも移動できるようになっている。

そして、夜間の実体化では、高架歩廊の上部構造だけが、肉色の照明にくっきり浮きだす仕掛けである。

宇宙のさすらいびとは、ラムファードに招かれてこの高架歩廊にあがった三十一番目の人物だった。

いまや、ひとりの助手が、彼とその光栄をわかちあう三十二番目と三十三番目の人物をそこへ連れてくるために、門の外のマラカイの売店へと送り出された。

ラムファードは健康そうに見えなかった。顔色が悪かった。そして、いつものように微笑を見せてはいるものの、笑顔の裏で歯を食いしばっている感じだった。ひとり悦にいった陽気さはもはやカリカチュアとなり、万事がけっして好調でないところをさらけだしていた。

しかし、かの有名な微笑は果てしなくつづいた。このすばらしくもきざったらしい群集懐柔者は、猛犬カザックを首鎖でひきとめていた。首鎖はねじれて、犬ののどへ警告を発するように食いこんでいた。この犬が明らかに宇宙のさすらいびとに好感を持っていないようすから見ても、この警告は必要だった。

微笑はつかのまゆらめいて、ラムファードが彼らのためにどれほどの重荷を負っているかを、群集に思いださせた——それは、彼がその重荷を永久には背負えないかもしれないという、群集への警告でもあった。

ラムファードは、掌の中に一セント貨ほどの大きさのマイク兼トランスミッターを持っていた。声を群集に届かせたくないときには、彼はその一セント貨をこぶしの中に握りしめてしまうのだった。

いま、一セント貨は彼のこぶしの中に握りしめられていた。そして彼は、もし群集がそれを聞いたら当惑するような皮肉な言葉を、宇宙のさすらいびとにむかって吐いていた。

「きょうはまさにきみの日だな、ちがうかい？　きみが到着した瞬間からというもの、完全な愛餐会《あいさん》だ。群集はもうきみにぞっこんだよ。きみは群集にぞっこんかね？」

この日の歓喜にみちた感動は、宇宙のさすらいびとを小児のような状態に変えていた——皮肉も嘲笑さえも、まったく手ごたえのない状態に。あの苦難の時期の彼は、いろいろなものの虜《とりこ》だった。いまの彼は、彼を奇跡と考えている群集の虜なのだ。「ああ、みんなはとてもよくしてくれた」彼はラムファードの最後の問いに答えていった。「まったく豪勢だ」

「そう——豪勢な連中さ」とラムファードはいった。「それはたしかだな。彼らを表現する適切な言葉を探しもとめていたところだったが、きみは宇宙のかなたからそれを持ってきてくれたよ。豪勢とは、まさにそのものズバリだ」ラムファードの気持ちは、どうやらよそにあるらしかった。彼はひとりの人間としての宇宙のさすらいびとにあまり興味がないらしい——ろくろく顔も見ないのである。そして、宇宙のさすらいびとの妻子の到着にも、たいして興奮していないように見えた。

「ふたりはどこだ、ふたりはどこだ？」ラムファードは下にいる助手にいった。「はやくはじめよう。はやくすませてしまおう」

宇宙のさすらいびとは、彼の冒険を満足この上ない、刺激に富んだもの、すばらしいお膳立てのととのったものと感じていたため、質問をするのに気おくれがしていた——質問などしたりすると恩知らずに見えはしないかと、心配になったのだ。

彼は自分がたいへんな儀式的責任をになっていることをさとり、最善の方法は、よけいなおしゃべりをせずに、話しかけられたときだけ返事し、どんな質問にも手近で飾り気のない返答をすることだ、とさとった。

宇宙のさすらいびとの心は、疑問に満たされてはいなかった。彼の儀式的立場の基本構造は明白だ——三本脚の搾乳用腰掛けのように、清潔で機能的だ。彼はとほうもない苦労をして、いまとほうもない報いを受けようとしているのだ。

運命のこの急変は、最高のショーを作りあげていた。彼は群集の歓喜を理解して、にっこりほほえんだ——自分が群集のひとりになった気持ちで、その歓喜をわかちあった。

ラムファードは、宇宙のさすらいびとの気持ちを読みとった。「連中は、これがあべこべでも、やはりおなじように喜ぶんだよ」

「あべこべ？」宇宙のさすらいびとは聞きかえした。

「もし大きな報酬が先で、大きな苦しみがそのあとにきても、さ」ラムファードはいった。「彼らが好きなのは、その対照なんだ。事件の順序はどっちだって気にしない。つまり、どんでん返しのスリル――」

ラムファードは握りこぶしを開いて、マイクを露出させた。もう一方の手で、彼は法王気どりにさし招いた。彼がさし招いているのは、金塗りの懸け橋と斜路と梯子と説教壇と階段と舞台の連なりの支流へ押しあげられた、ビーとクロノの親子だった。「さあさあ、こっちへ。ぐずぐずしないで」ラムファードは小学校の女の先生のような口調でいった。

この中だるみのあいだに、宇宙のさすらいびとは地球でのよき未来のための、最初の具体的な計画めいたものを感じていた。みんながこんなに親切で熱心で平和的なら、この地球での自分はよい生活だけでなく、申しぶんのない生活を送れるだろう。

宇宙のさすらいびとはすでに新しいすてきな服と、華やかな地位を与えられていた。そして、あと数分のうちに、妻や息子と再会できるのだ。

そこに欠けているのは親友だけだ。そう考えた瞬間、宇宙のさすらいびとは身ぶるいをはじめた。彼が身ぶるいをしたのは、親友のストーニィ・スティヴンスンがどこかそのあたりに隠れて、出番の合図を待ちかまえているのにちがいないと、心の中で確信が湧いたからである。

宇宙のさすらいびとは、ストーニィの入場のさまを心に描いてにっこりした。きっとストーニイは笑いながら、ほろ酔い機嫌で、あの斜路を駆けおりてくるだろう。「アンク、おまえはしょうがないやつだなあ――」ストーニイは拡声機にむかってそうどなるだろう。「まったく、おれはこの地球の酒場という酒場でおまえを探しまわったんだぜ――そしたら、なんとおまえはそのあいだ、水星で立往生してたんだってなあ！」

ビーとクロノがラムファードと宇宙のさすらいびとのそばまでやってくると、ラムファードはすたすたとそこを離れた。もしもラムファードが、ビーやクロノや宇宙のさすらいびとからほんの腕の長さだけ離れたのなら、彼の隔絶性はまだ理解できるものだったかもしれない。だが、金ピカの高架歩廊は、彼が三人とのあいだにかなりの距離をおくことを、それも単なる距離でなく、ロココ式のさまざまな象徴的障害物によって曲折を強いられた距離をおくことを、可能にしたのである。

それはたしかに巨大な劇場だった。もっとも、モーリス・ローズノー博士のつぎのような酷評（前掲引用書）もあるにはある――

「ウィンストン・ナイルズ・ラムファードがニューポートの金色のジャングル・ジムの上を踊り歩いていくのを、うやうやしく眺めていた人びとは、おもちゃ屋で、おもちゃの汽車がシュッポシュッポシュッポと音を立てて、紙粘土のトンネルをくぐり、爪楊枝の鉄橋を渡り、ボール紙の町を抜けて、また紙粘土のトンネルをくぐるのにうやうやしく見とれている連中と、おなじ阿呆《あほう》どもである。おもちゃの汽車は、それともウィンストン・ナイルズ・ラムファードは、またシュッポシュッポシュッポと現われるだろうか？　おお、語るも不思議……まさにそのとおり！」

邸宅の前の足場から、つげの生垣をまたいだ階段へと、ラムファードは向かった。階段のさらにむこうには、長さ十フィートの吊り橋が、ぶなの木の幹へと懸けわたされていた。ぶなの木は、さしわたし約四フィート。金塗りの梯子が、大きなネジでその幹にとりつけられている。

ラムファードはカザックを梯子のいちばん下の横木に縛りつけると、豆の木を登るジャックのように、梢の中へ姿を消した。

木のどこか上のほうから、彼は話しはじめた。

彼の声は木からでなく、塀の上のガブリエルのラッパから聞こえてきた。

群集は梢の葉むらからぼつぼつ目をひきはなし、もよりの拡声機に向きなおった。ビーと、クロノと、宇宙のさすらいびとだけが、まだ上を、ラムファードのほんとうの居場所を、見あげつづけていた。これはリアリズムがそうさせたというより、むしろ気まずさがそうさせたといえる。上を見あげることで、この小家族はおたがいの顔を見ることを避けたのである。

三人とも、この再会をよろこぶ理由はどこにもなかった。

ビーは、このレモンイエローの長い下着を着こんだ、痩せっぽちでひげづらのニヤついたうすのろに、全然魅力を感じなかった。大柄で反抗的で傲慢な自由思想家を、彼女は夢見ていたのだ。

クロノ少年は、彼と母との崇高な関係にわりこんできたこのひげづらの侵入者を憎んだ。クロノは彼のお守りにキスをして、彼の父が——もしこれがほんとうに彼の父なら——この瞬間にくたばってしまうことを願った。

そして、かんじんの宇宙のさすらいびとさえもが、真剣に努力はしているものの、この色の浅黒い、不機嫌な母子に、彼が自由意志で選ぶだろうなにものをも見出せずにいた。

たまたま、宇宙のさすらいびとの目は、ビーの満足なほうの片目と出会った。なにかをいわなくてはならない。

「こんにちは」と宇宙のさすらいびと。

「こんにちは」とビー。

ふたりとも、また梢を見あげた。

「おお、わが幸福な、ハンディキャップを負った同胞たちよ」とラムファードの声はいった。「われわれは神に感謝しよう——われわれの感謝を、ミシシッピーの大河がひとしずくの雨を見るがごとくに受けいれられる神に、われわれがマラカイ・コンスタントに似ていないことを感謝しよう」

宇宙のさすらいびとは、上を向きすぎて首すじが痛くなった。彼は視線をおとした。彼の目は、中間距離にある、長い、まっすぐな、金色の通路にひきつけられた。彼の目はそれをたどった。

通路は、地球最長の直立梯子につづいていた。この梯子も金色に塗られていた。宇宙のさすらいびとの視線は、梯子を登って、円柱のてっぺんにある宇宙船の小さな扉に達した。あんなおそろしい高さの梯子を、あんな小さな扉まで登っていくだけの度胸や理由をもった人間が、いったいいるのだろうか、と彼はいぶかしんだ。

宇宙のさすらいびとはもう一度群集に目をやった。ひょっとすると、ストーニイ・スティヴンスンはあの群集の中に混じっているのかもしれない。ひょっとすると、このショーがぜんぶ終わるのを待ってから、火星での唯一無二の親友に会いにくるのかもしれない。

11　われわれはマラカイ・コンスタントを憎む、なぜならば……

「きみがこれまでの人生でやった善《よ》いことを、たったひとつでいいから話してみたまえ」

――ウィンストン・ナイルズ・ラムファード

さて、これが説教の大略である――

「われわれはマラカイ・コンスタントに嫌悪を感じる」と、ウィンストン・ナイルズ・ラムファードは木の上からいった。「なぜならば、彼はおのれのとほうもない幸運が生んだとほうもない利益を、人間がブタであることを示す果てしない実演のために提供したからだ。彼はお追従《ついしょう》の中におぼれた。ろくでもない女たちにおぼれた。みだらな楽しみと酒と麻薬におぼれた。ありとあらゆる享楽的な背徳の中におぼれた。

幸運の絶頂でのマラカイ・コンスタントは、ユタ州とノース・ダコタ州を合わせたより以上の富を持っていた。しかし、あえていうなら、彼の道徳的価値は、この二つの州きってのやくざな野ネズミのそれにもおよばなかった」

ラムファードは木の上からいった。「われわれはマラカイ・コンスタントに怒りを感じる。なぜならば、彼は巨万の富にふさわしい行ないをなにひとつしなかったし、巨万の富を使ってなにひとつ非利己的な行ないも、想像力に富んだ行ないもしなかったからだ。彼はマリー・アントワネットのように博愛家で、死体防腐大学の美容学教授のように独創的だった」

ラムファードは木の上からいった。「われわれはマラカイ・コンスタントを憎む。なぜならば、彼はおのれのとほうもない幸運が生んだとほうもない利益を、まるでめぐりあわせが神の御業であるかのように、なんの気の咎《とが》めもなく受けとったからだ。〈徹底的に無関心な神の教会〉の信徒であるわれわれにとって、ほかのなによりも残酷で、危険で、冒瀆的な行ないは、めぐりあわせが——運のよしあしが——神の御業であると信じることなのだ！

めぐりあわせ、運のよしあしは、けっして神の御業ではない。

めぐりあわせは、神が通り過ぎられてから永劫ののちに、風が渦巻き、塵が落ちつく道なのだ」

ラムファードは木の上から呼びかけた。

「宇宙のさすらいびとよ！」

宇宙のさすらいびとは、あまり身を入れて話を聞いていなかった。彼の集中力は貧弱だった――おそらく、洞窟に長くいすぎたせいか、ヒョウロク玉を長く連用しすぎたせいか、火星陸軍に長くつとめすぎたせいだろう。

彼は雲を眺めていた。それは美しい雲で、また、それが浮かんでいる空は、色彩に飢えていた宇宙のさすらいびとにとって、胸のおどるほどの紺青だった。

「宇宙のさすらいびとよ！」ラムファードがもう一度呼んだ。

「あんた、黄色の服のひと」と、ビーが彼をつついた。「目をおさましよ」

「え、なに？」と宇宙のさすらいびと。

「宇宙のさすらいびとよ！」ラムファードが三たび呼んだ。

宇宙のさすらいびとは気をつけの姿勢をとった。「はいっ、なんでありますか？」彼はよく茂った梢の葉むらにむかって答えた。その返事は無邪気で、快活で、愛嬌たっぷりだった。ブームの先端についたマイクが、彼の前に降りてきた。

「宇宙のさすらいびとよ！」ラムファードがいらいらした声で呼んだ。儀式の流れが滞ったからである。

「はいっ、ここにおります！」宇宙のさすらいびとは叫んだ。彼の返事は、鼓膜が破れそうな音になって、拡声機からひびきわたった。

「きみは何者だ？」とラムファードは聞いた。「きみの本名は？」

「本名は知りません」と宇宙のさすらいびとはいった。「みんなからはアンクと呼ばれていました」

「この地球へ帰ってくるまでに、どんなことがきみの身に起こったかね、アンク？」

宇宙のさすらいびとはにっこりした。ケープ・コッドであれほど笑いと踊りと歌をよびおこしたあの簡単な声明をくり返すように、いま彼は導かれているのだ。「おれはひとつながりの災難《アクシデント》の犠牲者だった。みんなとおなじように」

こんどは笑いも踊りも歌もはじまらなかったが、群集はどうやら宇宙のさすらいびとの言葉に好感をもったようだった。彼らはあごをもたげ、目を見ひらき、小鼻をふくらませた。だが、しわぶき一つ立てるものはない。群集は、ラムファードと宇宙のさすらいびとのやりとりを、一言一句聞きのがすまいとしているのだ。

「ひとつながりの偶然《アクシデント》の犠牲者だと、そういうのか？」ラムファードは木の上からいった。「そのすべての偶然《アクシデント》の中で、きみはどれがいちばん重要だったと思うかね？」

宇宙のさすらいびとは小首をかしげた。「それはよく考えてみないと――」

「いや、それにはおよばん。きみの身に起きたいちばん重要な偶然《アクシデント》は、きみが生まれたことだ。きみが生まれたとき、なんと名づけられたか教えてほしいか」

宇宙のさすらいびとは、ほんの一瞬ためらった。彼がためらったのは、ここでまちがったことをいうと、せっかく順調に運ばれてきた儀式がふいになりはしないだろうか、という心配からだった。「おねがいします」と彼はいった。

「きみはマラカイ・コンスタントと名づけられたのだ」ラムファードは木の上からいった。

群集がよいものでありうるかぎりにおいて、ラムファードがニューポートへ吸引した群集はよい群集だった。彼らは群集心理に惑わされていなかった。めいめいがまだ自分の良心を持っていたし、ラムファードも彼らが一体になってなにかの行動――とりわけ喝采や野次――に参加することを勧めはしなかった。

宇宙のさすらいびとが、あの嫌悪と怒りの的、憎むべきマラカイ・コンスタントであるという事実が浸透したとき、群集のひとりひとりは、静かな、嘆息のまじった、個人的な態度――大ざっぱにいって同情的な態度――で反応した。なんといっても、家庭や仕事場でコンスタントの人形をいつも絞首刑にしていることが、概して穏健な彼らの良心にひびいていたのである。そして、人形を絞首刑にすることは喜んでやっていても、現実の肉体を持ったコンスタントがほんとうに絞首刑に値するとは、ごく少数のものしか思っていなかった。マラカイ・コンスタントの人形を絞首刑にすることは、クリスマス・ツリーを刈りこんだり、復活祭の卵を隠したりするのに似た暴力行為なのだ。

そして、木の上にいるラムファードも、彼らの同情心をそぐようなことはいっさいいわなかった。「コンスタント君」と彼は思いやりをこめた口調でいった。「きみは、きわめて巨大な宗教の一派にとっての、頑迷さの中心的シンボルになるという、特異な偶然に見舞われたのだよ。

コンスタント君、もしわれわれがある程度きみに心をひかれなければ、シンボルとしてのきみはわれわれに魅力がなかったろう。われわれは、きみに心をひかれざるを得なかった。なぜなら、きみのすべての華麗なあやまちは、時の始まりから人間が犯してきたあやまちだったたからだ」

ラムファードは木の上からいった。「コンスタント君。あと数分で、きみはあの階段と吊り橋を通ってあの長い金色の梯子に向かい、あの梯子を登り、あの宇宙船の中にはいり、そして、土星の暖かく肥沃な月、タイタンへと飛行することになる。きみはそこで、安全かつ安楽に、だが故郷の地球から追放の身となって、暮らすのだ。

コンスタント君、きみはこれを自分の意志で行なうのだ。それによって〈徹底的に無関心な神の教会〉が、いつまでも記憶し、熟考するための、厳粛な自己犠牲のドラマを持つことができるように」

ラムファードは木の上からいった。「われわれは、精神的な満足を得るためにも、きみが運命の意味に関するすべての誤った観念、すべての誤用された富と権力、そしてすべての嫌悪すべき娯楽を、依然としてたずさえながら去っていったと、想像することにしよう」

かつてマラカイ・コンスタントであり、アンクであり、宇宙のさすらいびとであり、ふたたびマラカイ・コンスタントとなった男――その男は、ふたたびマラカイ・コンスタントと呼ばれたことに、ほとんどなんの感慨も催さなかった。おそらく、もしラムファードのタイミングがもっと違っていれば、彼はなにか興味深いことを感じたかもしれない。だが、ラムファードは、彼がマラカイ・コンスタントであることを告げた直後に、どんな苦しい試練が彼を待っているかをも告げてしまった――その試練の恐ろしさのほうに、コンスタントはすっかり注意をひきつけられてしまったのだ。

その試練は、あと何年とか、何カ月とか、何日以内ではなく、あと数分以内と約束されていた。そして、世のつねの死刑囚とおなじように、マラカイ・コンスタントも、ほかのすべてを忘れて、彼がこれから使うことになる身体器官の研究者となった。

奇妙にも、彼の最初の懸念は、自分がつまずいて転ぶのではなかろうか、歩くという簡単な問題を自分が考えすぎてしまうのではなかろうか、脚が自然な動きをやめるのではなかろうか、そのぎごちなくなった脚でつまずいて転ぶのではなかろうか、ということだった。

「きみは転びはしないよ、コンスタント君」ラムファードがコンスタントの心を読んで、木の上からいった。「きみにはほかに行くべきところはなく、ほかにするべきことはない。われわれが静かに見まもる前で、片足をもう片足の前に踏み出していくことで、きみは現代においてもっとも忘れがたく、気高《けだか》く、重要な人間になることができるのだ」

コンスタントは、色の浅黒い連れ合いと息子をふりかえった。ふたりはまっこうから彼を凝視していた。コンスタントはふたりの凝視から、ラムファードが真実を語ったことを、彼には宇宙船への道しか開かれていないことを知った。ビアトリスとクロノ少年はこのお祭騒ぎにひどく冷笑的だ――しかし、その中での勇気ある行動には冷笑的でない。

ふたりは、マラカイ・コンスタントに、りっぱに振舞えと挑んでいるのだ。

コンスタントは、左手の親指と人差し指をそろそろと揉み合わせた。そして、この無意味な作業を、ものの十秒間ほど見つめていた。

それから、彼は両手を脇におろし、目をあげ、宇宙船のほうへ決然たる一歩を踏みだした。

左足が斜路を踏みしめたとき、彼の頭はここ三地球年のあいだ聞いたことのない音に満たされた。その音は、彼の脳天の真下にあるアンテナからやってきた。ラムファードが、ポケットの中の小箱を使って、木の梢からコンスタントのアンテナに信号を送っているのだ。

彼は、コンスタントの長い孤独な歩みを耐えやすいものにするために、コンスタントの頭を小太鼓の音で満たしているのだった。

小太鼓は彼にこう語りかけた――

借りちゃった　テント、あ　テント、あ　テント、
借りちゃった　テント、あ　テント、あ　テント、
借りちゃった　テント!
借りちゃった　テント!
借りちゃった、借りちゃった　テント!

マラカイ・コンスタントの手が、はじめて世界最長の直立梯子の金塗りの横木を握りしめたとき、小太鼓の音はやんだ。上を仰いだ彼の目に、梯子の頂きは、はるか遠くで針のように小さく見えた。コンスタントは、つかのま、彼の手が握りしめた横木にひたいを休めた。

「コンスタント君、梯子を登るまえになにかいい残すことがあるかね？」ラムファードが木の上からいった。

ブームの先端についたマイクが、ふたたびコンスタントの前に垂れさがった。コンスタントはくちびるをなめた。

「なにかいいたいんじゃないのかね、コンスタント君？」とラムファード。

「もしなにかしゃべるのなら」と、マイクを受け持った技術者がコンスタントに教えた。「ふつうの声で、マイクから口を六インチほど離してしゃべりなさい」

「われわれになにかを話してくれるんだね、コンスタント君？」とラムファード。

「たぶん――たぶんいうほどの値打ちはないかもしれないが、やっぱりいっておきたい」コンスタントは静かにいった。「地球へ帰ってからのおれの身に起こったことは、どれもこれもわけがわからない」

「関係者としての実感が湧かなかったと、そういうことかね?」ラムファードが木の上からいった。

「そんなことはどっちでもいい」とコンスタント。「どのみち、おれは梯子を登るんだから」

「ふむ」ラムファードは木の上からいった。「もし、われわれがここできみに不当な仕打ちをしていると思うなら、これまでのきみの人生のどこかで、これこれの善いことをしたと話してみたまえ。そして、果たしてその善良さの一例が、きみのために準備されたこの刑罰を免除するだけの価値があるかどうかを、われわれに判定させればいい」

「善良さを?」とコンスタント。

「そうだ」ラムファードはざっくばらんに説明した。「きみがこれまでの人生でやった善いことを、たったひとつでいいから話してみたまえ――思いだせる範囲で」

コンスタントは一心に考えた。彼のおもな記憶は、洞窟の果てしない通廊を走りまわっているそれだった。ボアズとハーモニウムが相手では、善いこととして通用しそうなことをする機会は、ほとんどなかったのだ。しかし、果たして自分がそれらの機会を有効に活用したかとなると、コンスタントはさっぱり自信がなかった。

そこで、彼は火星のことを、彼が自分に宛てた手紙に書きとめられていたすべてのことを考えた。あれだけの項目の中には、きっと彼の善良さについて触れた部分があるにちがいない。

そこまできて、彼はストーニイ・スティヴンスンを——彼の友だちを——思いだした。彼には友だちがいた。これはまちがいなく善いことだ。「おれには友だちがいた」マラカイ・コンスタントはマイクにむかっていった。

「その友だちの名は？」とラムファード。

「ストーニイ・スティヴンスン」

「友だちはそのひとりだけかね？」ラムファードは木の上からいった。

「ひとりだけだ」コンスタントはいった。たっぷり友情に恵まれるには、そのひとりの友だちだけで十分だったのだと考えると、彼の哀れな魂はどっと喜びの潮に浸された。

「では、きみの善良さの主張は」とラムファードが木の上からいった。「結局、きみがそのストーニイ・スティヴンスンに対して、どれほどよい友だちであったかということにかかっているわけだね？」

「そうだ」とコンスタント。

「きみは火星で行なわれたある死刑のことをおぼえているかね。コンスタント君？」ラムファードは木の上からいった。「きみが執行人をつとめた死刑のことを？　きみは火星軍三個連隊の前で、柱に縛られた男の首を絞めたのだ」

それはコンスタントがひたすら消し去ろうと努力したことのある記憶だった。そして、かなりうまく消し去ってもいた――いま彼が自分の心の中で行なった捜索は、誠意のこもったものだった。彼には、その処刑が実際に起こったものかどうか、確信が持てなかったのだ。

「お、おぼえているような気がする」とコンスタント。

「ではいうが――きみが絞殺したあの男が、きみの最大の親友のストーニイ・スティヴンスンだったのだ」ウィンストン・ナイルズ・ラムファードはいった。

マラカイ・コンスタントは涙を流しながら、金塗りの梯子を登った。半分まで登ったところで彼は足をとめ、そしてラムファードがふたたび拡声機で彼に話しかけた。

「これでさっきよりも、関係者としての実感が湧いてきたろう、コンスタント君？」

コンスタントはまさにそうなっていた。いまや彼はおのれの無価値さを完全に理解し、そして彼にきびしい仕打ちをしたいと考える人びとの気持ちに、悲しい共感を味わっていた。

梯子の頂上に着いたとき、彼はラムファードから、まだエアロックを閉めないように――彼の連れ合いと息子もおっつけそこへやってくるから、と教えられた。

コンスタントは梯子の頂きで彼の宇宙船の入口に腰かけ、彼の連れ合いである、色の浅黒い、片目で金歯のビーという女に関する、ラムファードの説教に耳をかたむけた。コンスタントは、あまり熱心にその説教を聞いてはいなかった。彼の目は、はるか眼下に見える町や、湾や、島々のパノラマに、もっと大きく、もっと心なごむ説教を見出していた。

パノラマの説教は、この宇宙にひとりの友もいない人間でも、やはり彼のふるさとの星を、ふしぎなぐらいに、泣きたいぐらいに、美しいと感じるものだ、ということだった。

「いまからわたしはあなたがたにビーのことを話そう」ウィンストン・ナイルズ・ラムファードは、マラカイ・コンスタントよりはるか下の木の梢からいった。「この門の外でマラカイを売っている女性のことを、いま、息子といっしょにわたしたちをにらみつけている、色の浅黒い女性のことを。

むかしむかし彼女が火星への旅をしている途中で、マラカイ・コンスタントは力ずくで彼女を犯し、そして彼女はこの息子を生んだ。それより前には、彼女はわたしの妻であり、この邸の女主人だった。彼女の本名は、ビアトリス・ラムファードという」

大きなうめき声が群集からあがった。ほかの宗教のすすけたあやつり人形が低視聴率のためにしまいこまれ、すべての目がニューポートを向いたことに、なんのふしぎがあろう？　〈徹底的に無関心な神の教会〉の首長は、未来を語り、もっとも残酷な不平等であるめぐりあわせの不平等と戦いうるだけではない——仰天すべき新しいセンセーションの貯えも、また無尽蔵なのだ。

あまりにもたくさんのすばらしい材料に恵まれたラムファードは、その片目の金歯の女性が彼の妻であり、彼はマラカイ・コンスタントに妻を寝とられた夫なのだと発表したとき、言葉の終わりを余韻たっぷりに尾を引かせることさえやってのけた。

「わたしはいまあなたがたに、マラカイ・コンスタントの人生の実例をあなたがたが蔑んだように、彼女の人生の実例をも蔑むことをすすめたい」と、彼は木の上から穏やかにいった。「なんなら、あなたがたの家のブラインドや照明器具に、マラカイ・コンスタントと並べて彼女を吊るしてもよい」

ビアトリスの欠点は、過度の潔癖さだった。若かりしころの彼女は、自分の育ちのよさをたのむあまり、汚染されることがこわさに、なにもしなかったし、なにも体に触れることを許さなかった。若かりし日のビアトリスにとって、人生は耐えられぬほどの不潔さと俗悪さにみちみちていたのだ。

〈徹底的に無関心な神の教会〉のわれわれは、人生において彼女が想像上の純潔を危険にさらすことを拒んだことを、マラカイ・コンスタントが汚濁の中におぼれたこととおなじように、仮借なく非難したい。

ビアトリスのあらゆる態度には、彼女が知的にも、道徳的にも、肉体的にも、人間の完成された姿として神が意図なされたそのものであり、そして、ほかの人類がそれに追いつくためにあと一万年は必要だろう、という考えかたがありありと現われていた。これも、平凡で非創造的な人間が全能の神のご機嫌をとりむすべるという考え方の、別な一例である。全能の神がビアトリスのお高くとまった態度を賞《め》でられたという主張は、全能の神がマラカイ・コンスタントを富豪にすることを欲されたという主張と、すくなくともおなじ程度に疑わしい」

ウィンストン・ナイルズ・ラムファードは木の上からいった。「ラムファード夫人。ではこれから、あなたとあなたの息子に、マラカイ・コンスタントにつづいて、タイタン行きの宇宙船に乗りこんでもらおう。出発のまえに、なにかいい残すことはあるかね？」

長い沈黙がおり、そのあいだ母と子は身を寄せあい肩を触れあって、この日の知らせであまりにも変わり果てた世界を見つめていた。

「われわれにあいさつをするつもりかね、ラムファード夫人？」ラムファードが木の上からいった。

「ええ」とビアトリス。「でも、長くはかからないと思うわ。あなたがわたしについていったことは、ぜんぶほんとうでしょう。あなたはめったに嘘をつかない人だから。でも、息子とわたしがいまからあの梯子を登るとしたら、それはあなたや、あなたの愚かしい群集のためじゃない——わたしたちのためにそうするのよ。息子とわたしがどんなこともこわがっていないことを、自分自身と見物人とに証明するためにね。この星を去るのに、息子もわたしも悲しみはしない。ふたりとも、もうこの星にはうんざりだわ。すくなくとも、あなたの指導のもとで、わたしたちみんながこの星をうんざりさせたのとおなじぐらいに。

わたしはむかしのことをおぼえていないわ。わたしがこの邸の女主人であったことも、それから、わたしがなにをすることにもされることにも耐えられなかったということも。だけど、むかしのわたしがそんなふうだったと、いまあなたから聞かされて、わたしはそんな自分がいっぺんに大好きになったわ。人類はごみ屑のようなものよ、地球も、そしてあなたがたも」

ビアトリスとクロノは、足早に吊り橋を渡り、斜路を経て、梯子にとりつき、梯子を登った。ふたりは、宇宙船の入口にいるマラカイ・コンスタントの横を、なんの会釈もせずに通りすぎた。ふたりは中に姿を消した。

コンスタントはそのあとにつづいて宇宙船の中にはいり、居住設備を調べている母子に加わった。

居住設備の状態は意外だった――おそらくだれよりも、邸の管理人にとって意外だったろう。警備員の巡回する聖域の中、しかも円柱の頂きにあって、一見不可侵に見える宇宙船が、どうやら一度ならず、たびたびの乱交パーティーの会場になっていたらしいのだ。

寝棚はどれも乱れほうだいだった。寝具はよれよれくしゃくしゃで、ダンゴになっていた。シーツは口紅と靴墨のしみだらけだった。

揚げハマグリが、靴の下でにゅるっとつぶれた。

マウンテン・ムーンライトのクォート瓶が二本、サザーン・コンフォートのパイント瓶が一本、そしてナラガンセット・ラガー・ビールの缶が一ダース、どれもからっぽで、船内に散らかっていた。

入口のそばの白壁には、口紅でふたつの名前が書いてあった――バッドとシルヴィア。

そして船室の中央シャフトの輪縁からは、黒いブラジャーがぶらさがっていた。

ビアトリスは、空き瓶と空き缶を拾い集めた。そして、入口から外へそれを投げ捨てた。彼女はブラジャーをつまみあげ、入口の外でよい風向きを待ってそれをはためかせた。

マラカイ・コンスタントは、ため息をつき、かぶりを振り、ストーニイ・スティヴンスンを悼《いた》みながら、足を箒《ほうき》がわりに使った。彼は揚げハマグリを入口のほうへ押しやった。

クロノ少年は寝棚に腰をかけて、幸運のお守りをさすっていた。「はやく行こう、母さん」はりつめた声で彼はいった。「おねがいだから、はやく行こうよ」

ビアトリスはブラジャーをはなした。一陣の風がそれをとらえ、群集の頭上を運んで、ラムファードのいる隣の木にそれをひっかけた。

「さようなら、清らかで賢くてりっぱなみなさん」とビアトリスはいった。

12　トラルファマドール星からきた紳士

「単時点的《パンクテュアル》な意味において、さようなら」

——ウィンストン・ナイルズ・ラムファード

土星は九つの月を持っており、その最大のものがタイタンである。

タイタンは火星よりほんのわずかだけ小さい。

タイタンは太陽系唯一の、大気を備えた月である。呼吸するだけの酸素はたっぷりある。

タイタンの大気は、地球の春の朝にパン屋の裏口の外で嗅ぐ空気とよく似ている。

タイタンはその中核に天然の化学反応炉を持っており、これによって二〇度という一定気温が保たれている。

タイタンには三つの海があり、どれも地球のミシガン湖ぐらいの大きさである。三つの海の水は、どれも淡水でエメラルド色に透きとおっている。三つの海の名は、それぞれウィンストン海、ナイルズ海、ラムファード海という。

もうひとつ、第四の海の初期段階ともいうべき九十三の湖沼の群れがある。この湖沼群はカザック水郷と呼ばれている。

ウィンストン海、ナイルズ海、ラムファード海、およびカザック水郷は、三つの大河で結ばれている。これらの大河は、その支流も含めて、すこぶるむら気である——荒れ狂ったり、ものうげになったり、悲しみにひき裂かれたりする。その気分をつかさどるのは、仲間の八つの月の激しく変動する引力であり、また地球の九十五倍の質量を持つ土星の巨大な影響力である。三つの大河は、それぞれウィンストン川、ナイルズ川、ラムファード川と呼ばれている。

タイタンには、森林も草地も山脈もある。

もっとも高い山は、標高九千五百七十一フィートのラムファード山である。

タイタンは、太陽系でもっとも圧倒的な美観、すなわち土星の環の比類ない眺めを誇っている。これらの目もあやな帯は、四万マイルの幅があるのに、カミソリの刃に毛の生えたほどの厚みしかない。

タイタンでは、この環《わ》はラムファードの虹と呼ばれている。

土星は太陽のまわりで円を描いている。

土星は太陽を一周するのに、地球流の数え方で二十九年半かけている。

タイタンは土星のまわりで円を描いている。

タイタンは、その結果として、太陽のまわりでらせんを描くことになる。

ウィンストン・ナイルズ・ラムファードとその愛犬カザックは波動現象であって、起点を太陽に、終点をベテルギウスに持つ歪んだらせんの中でパルスをつづけていた。このらせんをある天体がさえぎるときにかぎって、ラムファードと愛犬はその天体上に実体化するのだった。

いまなお謎とされている理由によって、ラムファード、カザック、タイタン三者のらせんは、正確に一致していた。

そのために、ラムファードと愛犬はつねにタイタンの上に実体化することになった。

ラムファードとカザックは、ウィンストン海の海岸から一マイル離れたある小島に住んでいた。彼らの家は、地球のインドにあるタージ・マハルの完璧な複製だった。

それは火星人の労働によって建てられたのである。

タイタンの彼の家を、ラムファードは皮肉な趣味から〈放浪舎〉と命名していた。

マラカイ・コンスタントと、ビアトリス・ラムファードと、クロノとが到着する前のタイタンには、もうひとつだけ別の生き物がいた。この生き物はサロという名前だった。サロは年をとっていた。地球流の数えかたで一千百万歳だった。

サロは、小マゼラン雲にある別の島宇宙からやってきた。彼の身長は四フィート半しかなかった。

サロの皮膚は、地球のミカンのような色艶をしていた。

サロは三本の細い、鹿に似た脚を持っていた。彼の足は非常におもしろい仕組みになっていて、どれもがふくらませることのできる球だった。三つの球をドイツ式三角ベースのゴムマリの大きさにふくらませることによって、サロは水上を歩いて渡ることができた。それをゴルフ・ボールぐらいに縮めることによって、陸地を高速で跳ねまわることができた。三つの球をすっかりすぼませることによって、彼の足は吸盤となった。サロは壁を伝い歩くこともできるのだ。

サロには腕がなかった。サロには目が三つあり、その目はいわゆる可視スペクトルだけでなく、赤外線や紫外線やX線まで知覚することができた。サロは単時点的《パンクテュアル》であり——つまり、一度に一つの瞬間にだけ生きており——過去や未来よりも、スペクトルの両末端のすばらしい色彩を見るほうが好きだと、よくラムファードに話すことがあった。

これは一種の韜晦《とうかい》だった。なぜならサロは、一時に一瞬間を生きながらも、ラムファードよりもはるかに多くの過去と、はるかに多くの宇宙を見てきたからだ。そして、はるかに多くのそれを記憶してもいた。

サロの頭はまんまるで、ジンバルの上にのっていた。

声は、自転車の警笛そっくりの電気的音響だった。彼は五千種類の言語を話すことができたが、そのうちの五十が地球の言語であり、そのうち三十一は地球の死語であった。ラムファードが彼のために宮殿を建てようと申し出たことがあったにもかかわらず、サロはそうしたものには住んでいなかった。二十万年前に彼をタイタンへ運んできた宇宙船のそばで野宿していた。彼の宇宙船は空飛ぶ円盤で、のちに火星軍進攻船団の原型となったものである。

サロには興味深い前歴がある。

地球の西暦紀元前四八三、四四一年、彼は大衆のテレパシー的熱狂によって、彼の種族のもっとも美貌で、健康で、聡明なひとりに選ばれた。それは小マゼラン雲にある彼の故郷の惑星の、政府樹立一億周年記念祝典の一行事だった。故郷の惑星の名はトラルファマドールといい、これはサロがかつてラムファードのために翻訳したところによると、〝われわれみんな〟と〝第五四一番〟との二つの意味を兼ねている。

この惑星の一年の長さは、サロ自身の計算で、地球の一年の三・六一六二倍にあたる——だから、彼の参加した祝典は、実際には三六一、六二〇、〇〇〇地球年もつづいた政府を記念するものだったわけだ。サロは一度ラムファードに、この永続的な政府の形態を催眠術的アナーキーと表現したことがあったが、その仕組みは説明しようとしなかった。「ツーカーで理解できないようなら、説明してみたところでむだなんだよ、スキップ」と彼はラムファードにいったのだ。

トラルファマドール星の代表として選ばれたサロは、封緘《ふうかん》した信書を〝宇宙の縁から他の縁へ〟届ける仕事を託された。祝典の企画者たちは、サロの予定航路が宇宙を横断すると信じこむほどうぬぼれてはいなかった。サロの旅がそうであるように、そのイメージも詩的なものなのだ。サロは、そのメッセージをたずさえて、トラルファマドール星の科学技術が彼を送りうるかぎりの遠くまで、急行するだけのことだった。

メッセージの内容は、サロに知らされていない。それを起草したのは、サロがラムファードに語ったところによると——

「一種の大学だ——ただし、だれもそこへは通わない。だいいち、建物もないし、教授陣もいない。だれもがそこにはいっており、まただれもそこにはいっていない。それは、みんなが一吹きずつの靄を持ちよった雲のようなもので、その雲がみんなのかわりにあらゆる重大な思考をやってくれるんだ。といっても、実際に雲があるわけじゃないよ。それに似たあるもの、という意味だ。スキップ、もしきみにわたしの話していることがわからないなら、説明してみてもむだなんだよ。ただ、いえるのは、どんな会議も開かれなかったということだ」

このメッセージは、二インチ平方で、八分の三インチの厚みを持つ、鉛のウエハースのあいだに封じこめられていた。ウエハースは、さらに金の網袋の中におさめられて、いわばサロの首ともいえるシャフトに固くはまったステンレス・スチールのバンドから吊るされていた。

サロは目的地に着くまでこの網袋とウエハースを開くな、と命令されていた。目的地はタイタンではない。彼の目的地は、タイタンのかなた一千八百万光年のところからはじまる一つの島宇宙である。サロが参加した祝典の企画者たちは、サロがその島宇宙でなにを見出すことになるかを知らなかった。彼に与えられた指図は、その島宇宙のどこかで生物を見つけ、その言語をマスターしたのち、メッセージの封を切って、内容を彼らに翻訳して聞かせろ、というものであった。

サロはこの使命の良識に疑いをさしはさまなかった。なぜなら、彼はあらゆるトラルファマドール星人と同様に、一個の機械だったからである。機械として、彼はなすべき仕事をなさねばならない。

トラルファマドールから出発前にサロの受けたすべての命令のうち、もっとも重きを置かれたのは、**いかなる事情があっても、途中で絶対にメッセージを開くな、**というものだった。

この命令は、あまりにも強調されすぎた結果、このトラルファマドールの使者の全意識の中核となってしまった。

地球西暦紀元前二〇三、一一七年、サロは機械的故障で太陽系に不時着を余儀なくされた。宇宙船の動力機関の一小部品、地球のビールの缶切りほどの大きさの部品が、完全に分解消失したのである。サロは機械には強くないので、なくなった部品がどんな形をしていたかも、どんな役目をしていたかも、ごく漠然としか知らなかった。サロの宇宙船が、UWTB、すなわち〈そうなろうとする万有意志〉を動力にしている以上、その動力機関は、機械の素人がいじくれるようなものではなかったのだ。

サロの宇宙船はまったく機能を失ったわけではない。まだ航行はできる——ただし、毎時わずか六万八千マイルのよたよたスピードだ。太陽系近辺の短距離旅行なら、この故障状態でも十分乗りきれるし、事実、この故障状態の宇宙船の複製が、火星人の戦争遂行に忠勤を果たしたのだった。しかし、サロの島宇宙を股にかけた使命のためには、故障船のスピードはどうしようもなくのろい。

　そこで、サロはタイタンに塒《ねぐら》をさだめ、故郷トラルファマドール星へ自分の苦境を訴えたメッセージを送ることにした。彼はそのメッセージを光の速さで送信した。つまり、トラルファマドール星へ届くまでには、十五万地球年かかるわけである。

　そのあいだの暇つぶしに、彼はいくつかの道楽に凝りはじめた。そのおもなものは彫刻であり、タイタンひなぎくの栽培であり、地球上のさまざまな活動の観察であった。宇宙船のダッシュボードの観測鏡を使えば、地球上の活動を十分観察することができた。もしサロがそうしようと思えば、地球上の蟻たちの活動を追うこともできるぐらい、観察鏡の性能は高かったのである。

　この観察鏡をつうじて、彼はトラルファマドール星からの最初の返信を手に入れた。その返信は、地球の上、いまのイギリスの一部である平原に、巨大な石を並べて記されていた。この返信の廃墟はいまなお残っており、ストーンヘンジと呼ばれている。真上から眺めたとき、ストーンヘンジはトラルファマドール星語でこんな意味になる――

「**交換部品もっか至急製作中**」

　サロが受けとった返信は、ストーンヘンジだけではない。

　ほかにも四度の返信が、そのつど地球上に記されたのだ。

中国の万里の長城は、真上から見ると、トラルファマドール星語で、「**落ちつけ。おまえを忘れたわけではない**」の意味。

ローマ皇帝ネロの黄金宮は、「**われわれは最善の努力をつづけている**」

はじめて城壁をめぐらされたときのモスクワのクレムリン宮殿は、「**まもなくおまえは旅を再開できるだろう**」

スイス、ジュネーブの国際連盟本部ビルは、「**荷造りをして、いつでも出発できるよう準備せよ**」

これらの返信が光速をかなり上回るスピードで到着したことは、簡単な算術でも明らかだ。サロは遭難の報告を光速で故郷へ通信し、それは十五万年を費してトラルファマドール星に到着した。彼はトラルファマドール星からの返信を、五万年たらずで受けとった。

いかにしてこれほどのすばやい交信がなされたかを、地球人種のような未開人が説明しようとするのは、滑稽というものである。未開人のわれわれとしては、こういうだけにとどめておこう。トラルファマドール星人は、〈そうなろうとする万有意志〉からのあるインパルスを、光速の約三倍のスピードで、宇宙の穹窿《きゅうりゅう》構造に反響させることができる。しかも彼らは、はるか、はるか彼方に住む生物にこのインパルスを集中し、変調して、彼らをトラルファマドール星人の目的に奉仕させるような刺激を与えることができるのである。

それは、トラルファマドール星からはるか、はるか彼方の世界でなにかをなしとげるには、絶好の方法であった。また、いちばん手っとり早い方法でもあった。

だが、安あがりではなかった。

サロには、たとえ短距離間でも、こうした交信と働きかけをするだけの要件が備わっていなかった。この作業に要する設備と〈そうなろうとする万有意志〉の量は厖大なものであり、また数千人の技術者の協力が必要なのだ。

また、トラルファマドール星の、巨大な動力、巨大な人員、巨大な図体をもった設備でさえ、必ずしも正確とはいえなかった。サロは、地球上での数多い交信の失敗を目撃することになった。文明が何度となく地球上で蕾を開きかけ、そして参加者たちはどうやらトラルファマドール星語の通信らしい壮大な構築物を建設にかかる——せっかくそこまできても、くだんの文明はとうとう通信文を綴り終えずに崩壊してしまうのだ。

サロはそんな現象を何百回も見てきた。

サロは友だちのラムファードに、トラルファマドール星の文明について、たくさんの興味深い事柄を話したが、その通信のことや、配達の方法については、なにひとつ話さなかった。

サロがラムファードに話したのは、彼が母星へ遭難信号を送ったこと、そして近いうちに交換部品が届くのを待っていることだけであった。サロの心はあまりにもラムファードのそれと異なっていたので、さすがのラムファードもサロの心を読むことはできなかった。

サロはふたりの思考のあいだにあるこの障壁に感謝していた。サロの種族が地球の歴史をこんなに狂わせたことを、もしラムファードが知ったら、彼がなんというだろうかと死ぬほど心配だったからである。いくらラムファードが時間等曲率漏斗入りしていて、かなり大局的な視点を持っているとはいっても、まだ実のところは驚くほど偏狭な地球人であることを、サロは見抜いていたのだ。

サロは、トラルファマドール星人が地球に対してなにをなしつつあるかを、ラムファードに知らせたくなかった。それを知ればラムファードが腹を立てるだろうことは、確実である。そして、サロと全トラルファマドール星人を敵にまわすだろうことは、確実である。サロは、とても自分はそれに耐えられないだろう、と考えた。なぜなら、彼はウィンストン・ナイルズ・ラムファードを愛していたから。

この愛には、なにもいかがわしいところはない。つまり、同性愛的なところはない。

サロが性別《セックス》を持たぬ以上、そんなものはありえないのだ。

彼は、あらゆるトラルファマドール星人とおなじように、一個の機械なのである。彼はくさびピンや、締め金や、ナットや、ボルトや、マグネットによって、つなぎ合わされている。サロのミカン色の皮膚は、感情がかき乱されると実に表情ゆたかになるのだが、地球人のジャンパーのようにあっさり着脱がきく。マグネットのジッパーがそれを押さえているのだ。

トラルファマドール星人は、サロの話によると、おたがいどうしを製造しあったという。第一号の機械がいかにして出現したかは、だれもはっきりとは知らない。

伝説はこう語っている――

むかしむかし、トラルファマドール星には、機械とはまったくちがった生物が住んでいた。彼らは信頼性がなかった。能率的でもなかった。予測がつかなかった。耐久力もなかった。おまけにこの哀れな生物たちは、存在するものすべてなんらかの目的を持たねばならず、またある種の目的はほかの目的よりもっと高尚だという観念にとりつかれていた。

この生物は、彼らの目的がいったいなんであるかを見出そうとする試みで、ほとんどの時間を費していた。そして、これこそは彼らの目的であると思われるものを見出すたびに、その目的のあまりの低級さにすっかり自己嫌悪と羞恥におちいるのが常だった。

そこで、そんな低級な目的に奉仕するよりはと、生物たちは一つの機械をこしらえ、それに奉仕を代行させることにした。これで、生物たちには、もっと高級な目的に奉仕する暇ができた。しかし、いくら前より高級な目的を見つけても、彼らはその目的の高級さになかなか満足できないのだった。

そこで、より高級なかずかずの目的に奉仕するよう、かずかずの機械が作られた。そして、これらの機械はあらゆることをみごとにやってのけたので、とうとう生物たちの最高の目的がなんであるかを見つける仕事を仰せつかることになった。

機械たちは、生物たちがなにかの目的を持っているとはとうてい考えられないという結論を、ありのままに報告した。

それを聞いて、生物たちはおたがいの殺し合いをはじめた。彼らは目的のないものをなによりも憎んでいたからである。

やがて彼らは、自分たちが殺し合いさえもあまり巧くないことに気づいた。そこで、その仕事も機械たちにまかせることにした。そして機械たちは、〈トラルファマドール〉というのに要するよりも短い時間で、その仕事をやりおえてしまった。

宇宙船の計器盤にある観測鏡を使って、サロはいまマラカイ・コンスタントと、ビアトリス・ラムファードと、ふたりの息子クロノを乗せた宇宙船が、タイタンに接近するのを見まもっていた。三人を乗せた宇宙船は、自動的にウィンストン海の海岸へ着陸するようセットされていた。

それは人間をかたどった二百万個の等身大の彫刻の真ん中に着陸するよう、セットされていた。サロはこれらの彫刻を、年に十個の割りで制作したのだった。

これらの彫像がウィンストン海沿岸に集中しているのは、彫像がタイタン産の泥炭《ピート》で作られているからだった。タイタンの泥炭《ピート》はウィンストン海付近に豊富に産出し、表土からわずか二フィート下にある。

タイタンの泥炭《ピート》は奇妙な物質である——そして、腕のいい誠実な彫刻家にとっては魅力的な材料でもある。

掘り出されたときのタイタンの泥炭《ピート》は、地球のパテ程度の固さをもっている。

タイタンの光と空気に一時間あてると、泥炭《ピート》は焼石膏なみの強度と硬度を獲得する。

二時間あてると、花崗岩のように丈夫になり、金属用のたがねでないと歯が立たない。

三時間あてると、もうタイタンの泥炭《ピート》にひっかき傷を与えるものはダイヤモンドだけになる。

こんなにたくさんの彫像を作る意欲がサロに湧いたのは、地球人の行動にうかがわれる見えっぱりな傾向のせいだった。地球人のなしたことよりも、そのやりくちが、サロに意欲を湧かせたのである。

地球人はいつも、まるで空に一つの大目玉が懸かっているかのように――まるでその大目玉が娯楽に飢えているかのように――行動していた。

その大目玉は大劇場のかぶりつき客だった。地球人の芝居が喜劇、悲劇、道化、諷刺、はたまた曲芸やヴォードヴィルであろうと、大目玉はいっこう無頓着だった。地球人がどうやら重力とおなじように抵抗不可能なものと考えているらしいその大目玉の要求は、とにかくすてきなショーということにつきる。

この要求はあまりにも強力なので、地球人たちは夜昼なしに――そして夢の中でさえも――そのために演技する以外、ほとんどなにもできない有様なのだ。

大目玉は、地球人のほんとうに気にしている唯一の観客だった。サロのこれまでに見た最高の演技は、おそろしく孤独な地球人たちによってなされたものだった。架空の大目玉が、彼らの唯一の観客だった。

サロは、架空の大目玉のためにもっともおもしろい芝居を演じた地球人たちの精神状態の一部を、ダイヤモンドなみに堅固な彫像によって保存しようと試みたのである。

これらの彫像にもまして驚くべきものは、ウィンストン海沿岸に繁茂するタイタンひなぎくである。サロが紀元前二〇三、一一七年にタイタンに到着したとき、タイタンひなぎくは、直径四分の一インチにもたりない星形の小さな黄色の花を、いくつかつけているだけだった。

そこでサロは選択育種にとりかかった。

マラカイ・コンスタントと、ビアトリス・ラムファードと、ふたりの息子のクロノがタイタンに着いたとき、すでに典型的な巨人《タイタン》ひなぎくは、さしわたし四フィートの茎の上に、藤色にピンクの縞のはいった重さ一トンを越す花を一輪つけたものとなっていた。

マラカイ・コンスタントと、ビアトリス・ラムファードと、ふたりの息子クロノとを乗せた宇宙船の接近を見まもっていたサロは、自分の足をドイツ式三角ベースのゴムマリの大きさにふくらませた。彼はウィンストン海の澄明なエメラルド色の水の上を歩いて、ウィンストン・ナイルズ・ラムファードのタージ・マハルへと渡った。

彼は宮殿の壁に囲まれた中庭にはいり、足から空気を抜いた。空気はシューッと音を立てた。その音が壁にこだました。

池のそばに設けられたウィンストン・ナイルズ・ラムファードの藤色の曲面椅子は、からっぽだった。

「スキップ?」とサロは呼んだ。彼はラムファードの呼び名の中でどれよりもうちとけた感じの、このラムファードの子供時代の名前を、ラムファードがそれを使われるのをいやがっているにもかかわらず、使っていた。彼がその呼び名を使うのは、ラムファードをからかいたいからではなかった。彼がラムファードに感じている友情をたしかめるために――その友情にちょっとしたテストを課して、それがテストをりっぱに切りぬけるのを見たいがために――その呼び名を使っているのだった。

サロが友情をそんな子供じみたテストにかけるのには、一つの理由があった。太陽系へやってくるまで、彼は友情というものを見たことも聞いたこともなかったのである。それは彼にとって魅惑的な珍品だった。一度経験してみなくてははじまらないものだった。

「スキップ?」サロはもう一度呼んだ。

異様な刺激臭があたりに漂っている。サロはこわごわそれをオゾンと判別した。なぜオゾンの匂いがするのかの説明はつかなかった。

ラムファードの曲面椅子のそばの灰皿でまだタバコの火がくすぶっているところから見て、ラムファードが席を立ったのはそれほど前でないらしい。

「スキップ？　カザック？」とサロは呼んだ。ラムファードが椅子の上で居眠りしていないのは、そしてカザックが椅子の横で居眠りしていないのは、珍しいことだった。このペアは大半の時間を池のそばで過ごしながら、時空間に散らばった彼らの分身からの信号をモニターしているのである。ラムファードはたいてい椅子にじっとすわって、だらりと垂らした片手の指をカザックの毛皮の中に埋めていた。カザックはたいてい夢見るように鼻をクンクンいわせたり、体をピクピク動かしたりしていた。

サロは長方形の池の水面をのぞきこんだ。八フィートの深さの水の底には、タイタンの三人の妖女《サイレン》、今を去るむかし好色なマラカイ・コンスタントに提供された三人の美しい女性たちがいた。

それはサロがタイタンの泥炭《ピート》で作った彫像だった。サロの作った二百万個の彫像のうち、この三つだけが本物そっくりに彩色されていた。ラムファードの宮殿の東洋風の壮麗な結構の中で重要性を持たせるためには、それを彩色することが必要だったのである。

「スキップ？」サロはもう一度呼んだ。

宇宙の猟犬カザックが、その呼び声に答えた。カザックは、池に影を映したドームと尖塔のある建物から現われた。カザックは、巨大な八角形の広間の入り組んだ影の中から、ぎくしゃくと歩み出た。

カザックは毒を飲まされたようすだった。

カザックは身ぶるいし、サロのかたわらの一点に目を据えた。そこにはなにもなかった。

カザックは立ちどまり、そしてつぎの一歩がもたらすであろう恐ろしい苦痛に身構えるような動きを見せた。

と、カザックの全身がセント・エルモの火に包まれ、パチパチとはぜた。

セント・エルモの火は一種の発光放電で、それにやられた生き物がこうむる不快さは、せいぜい羽根の先でくすぐられた程度のものだ。にもかかわらず、その生き物はほんとうに燃えているように見えるし、おぞ気をふるったとしてもむりはないのである。

カザックからの発光放電は、見るからにおぞましい眺めだった。そして、オゾンの悪臭がまた新たになった。

カザックは動かなかった。この驚くべき奇観に対するカザックの驚嘆能力は、とうに枯渇していた。カザックは憮然とした表情で炎を受けいれた。

炎は消えた。

ラムファードがアーチの中から現われた。彼もやはりだるそうな麻痺した表情だった。非実体化の帯、一フィートほどの幅の虚無の帯が、ラムファードの足もとから頭へと通りすぎた。つづいて、一インチの間隔でもう二本の狭い帯が通過した。

ラムファードは両手を高く上にあげ、指を広げていた。その指先から、セント・エルモの火がピンクと菫色《すみれ》と淡緑の縞になって流れ出ていた。髪の毛には淡い金色の短いすじがしゅうしゅうと湧き立ち、安ぴかの後光を彼に与えていた。

「静かに」とラムファードは弱々しくいった。

ラムファードのセント・エルモの火は消えた。

サロはあっけにとられた。「スキップ――いったい――いったいこれはどうしたことだね、スキップ？」

「太陽黒点さ」ラムファードは藤色の曲面椅子にとぼとぼと近づき、巨軀をそこに横たえて、濡れたハンカチのようにだらんとした白い手で両目を覆った。

カザックは彼の横に体を伏せた。カザックは身ぶるいしていた。

「こんな――こんなきみを見るのははじめてだ」とサロ。

「太陽にこんな嵐が吹き荒れるのもはじめてだからね」とラムファード。

サロは、太陽黒点が彼の時間等曲率漏斗入りした友人に影響していると聞いて、驚きはしなかった。ラムファードとカザックが太陽黒点のせいで病気になるのを、これまでに何度も見ていたからだ――しかし、そのいちばん重い症状でも、一時的な吐き気にすぎなかった。火花や非実体化の帯は、こんどがはじめてだった。

サロがラムファードとカザックを見つめているうちに、彼らはつかのま、さざ波立つ旗の上に描かれた画像のように、二次元的になった。

彼らは安定をとりもどし、ふたたび円味を帯びてきた。

「なにかわたしにできることはあるかい、スキップ?」とサロ。

ラムファードはうめきをあげた。「みんな、いいかげんにその厭《いや》ったらしい質問をやめてくれないのかな」

「すまん」とサロ。いまや彼の足は完全にしぼみきって、くぼんだ吸盤に変わっていた。その足が、磨きあげられた敷石の上で、スポッスポッと音を立てた。

「どうしてもそんな音を立てなきゃいけないのか?」ラムファードが気むずかしい声でいった。

サロは死にたくなった。友だちのウィンストン・ナイルズ・ラムファードが彼にそんなひどい言葉を吐いたのは、はじめてだった。サロにはとても耐えられなかった。

サロは三つの目のうち二つを閉じた。第三の目は空を見まわした。空に二本のすじをひく青い点が、その目をとらえた。それは飛翔中の二羽の巨人《タイタン》つぐみだった。

その番《つがい》は上昇気流を見つけたのだ。

巨大な二羽の鳥は、どちらも羽ばたきひとつしなかった。

羽毛一本動かしても、その調和は乱れたろう。生命は空を翔ける夢にすぎない。

「グォー」一羽のタイタンつぐみが愛想よくいった。

「グォー」もう一羽が同意した。

鳥たちは同時に翼をたたんで、高みから石のように落下してきた。

鳥たちは、あわやラムファードの壁の外へ墜死するかと思われた。だが、そこで身をひるがえすと、ふたたび長い、らくらくとした上昇をはじめた。

こんど鳥たちが舞いあがっていく空には、マラカイ・コンスタントと、ビアトリス・ラムファードと、ふたりの息子クロノとを乗せた宇宙船が蒸気の尾をひいていた。宇宙船はいままさに着陸に移ろうとしていた。

「スキップ——?」とサロ。

「どうしてもその名で呼ばなきゃならんのか?」とラムファード。

「い、い、いや」

「じゃ、よしてくれ。わたしはその名が好きじゃないんだ——幼なじみが使うというなら話は別だが」

「わたしは——きみの友だちとして——」とサロはいった。「そうする権利があるんじゃないかと——」

「その友情ごっこは、もういいかげんに打ち切ろうじゃないか」ラムファードはにべもなくいった。

サロは第三の目も閉じてしまった。胴体の皮膚がきゅっと収縮した。「ごっこ？」

「足でその音を出すなったら！」とラムファード。

「スキップ！」サロは叫んだ。それから、あわてて不穏当な愛称を訂正した。「ウ、ウ、ウィンストン——きみがそんないいかたをするなんて、まるで悪夢のようだ。われわれは友だちだと思っていたのに」

「おたがいにいくらか利用価値があったと、まあそんなところじゃないのかね」

サロの頭がジンバルの上でかすかに揺れた。「すくなくとも、もっとそれ以上のものだと思っていたが」と、ややあっていった。

「では」とラムファードが冷たく、「それぞれの目的への手段を、おたがいの中に見出した、とでもいっておくか」

「わ、わたしはきみを助けるのがうれしかった——それに、たしかにきみの役に立てたと思うんだが」サロはいって、目をひらいた。ラムファードの反応を見なくてはならない。きっとラムファードはまた友だちにもどってくれるはずだ。サロが非利己的に彼のためにつくしたことは、ほんとうなのだから。

「わたしはきみにUWTBの半分をあげたじゃないか」とサロはいった。「火星のために、わたしの宇宙船の写しをとらせてあげたじゃないか。最初の何回かの徴募旅行には、わたしが操縦してあげたじゃないか。火星人が面倒を起こさないよう制御する方法を考えるのに、知恵を貸してあげたじゃないか。あの新しい宗教を考案するのに、何日も何日もきみにつきあってあげたじゃないか」

「うん」とラムファード。「しかし、近頃はなにをしてくれた？」

「ええ？」

「気にするな」ラムファードはぶっきらぼうにいった。「地球のある古い小咄《こばなし》のオチだよ。それに、この事情のもとでは、あんまりおもしろくもない」

「はあ」とサロはいった。彼は地球の小咄をたくさん知っていたが、その小咄は知らなかった。

「またその足！」ラムファードが叫んだ。

「ごめん！」サロは叫んだ。「もしわたしが地球人のように泣くことができたら、泣きたいところなんだ！」彼の悲嘆にくれた足は、もうとどめるすべがなかった。ラムファードがとつぜん憎悪するようになった音を、それらは鳴らしつづけた。「なにもかもあやまるよ！　ただこれだけはいえる。わたしはほんとうの友だちになろうとあらゆる手段をつくしたし、そのお返しはなにも求めなかった！」

「求めるまでもなかったろうさ！」ラムファードはいった。「きみはなにを求める必要もなかった。ただじっとすわって、それが、きみの膝の上に落っこちてくるのを待っていればよかったんだ」

「わたしの膝の上に落っこちてくるものって、それはなんだね？」サロは愕然と問いかえした。

「きみの宇宙船の交換部品さ」ラムファードはいった。「もうそれは目と鼻の先まできている。お待たせしましたな、閣下。コンスタントの息子がそれを持っているよ――幸運のお守りと名づけてね。いまさら白《しら》ばっくれるのはよせ」

ラムファードは椅子から起きなおると、青ざめた顔で、サロの言葉を封じるように片手をさしあげた。「失礼。また吐き気がしてきた」

ウィンストン・ナイルズ・ラムファードとその愛犬カザックは、またもや吐き気に見舞われた――さっきよりもずっと激しいそれに。哀れなサロには、彼らがこんどというこんどはシュウシュウ蒸発してしまうか、それとも爆発してしまうのではないかと思われた。

カザックは、セント・エルモの火の玉の中で吠えわめいた。

ラムファードは両目を飛び出させ、火の柱になって、身じろぎもせず突っ立っていた。

この発作も、やがて静まった。

「どうも失礼」とラムファードは皮肉な礼儀正しさでいった。「なんの話だった？」

「ええ？」サロはわびしげにいった。

「きみ、なにかいってたろう——でなければ、なにかいおうとするところだった」とラムファードはいった。こめかみに浮いた汗だけが、いましがた彼がある非常な苦しみを通りぬけた事実を物語っていた。彼は骨製の長いシガレット・ホルダーにタバコをさしこんで、火をつけた。そして、あごを突き出した。シガレット・ホルダーがまっすぐ天を指した。「あと三分間は邪魔されずにすみそうだ。なんの話だった？」

サロは非常な努力でさっきの話を思いだした。やっと思いだしたとき、前よりもいっそう彼は動転した。最悪の事態が起こったのだ。ラムファードはどうやら地球の事件に対するトラルファマドール星の干渉に気づいて、ひどく腹を立てているらしい——だが、それだけではない。ラムファードはどうやら彼自身を、その干渉による最大の被害者の一人と考えているらしいのだ。

サロはこれまでにも、ラムファードがトラルファマドール星の干渉のもとにあるのではないかという、不安な疑念にときおりおそわれたことがあったが、自分にはそれをどうするすべもないという理由で、それを心から追いやってきたのだった。その問題を論じたこともなかった。それをラムファードと論じることは、ふたりの美しい友情をたちまちぶちこわす結果になるからだ。たいそう弱々しく、サロはラムファードが見かけほどたくさんのことを知っていないかもしれないという可能性に、さぐりを入れようとした。「スキップ――」

「おい、たのむから！」

「ラムファードさん――」とサロはいいなおした。「あなたは、わたしがあなたをなにかに利用したと思っているのかね？」

「きみだとは思ってない」とラムファード。「きみのだいじなトラルファマドール星にいる、きみのお仲間の機械どものしわざだ」

「フム。あなたは――そのつまり――自分が利用されたと思っているのかね、スキップ？」

「トラルファマドール星人は」とラムファードは苦々しげにいった。「太陽系に手を伸ばし、わたしを選び、そして手ごろなジャガイモの皮むき器のようにわたしを使ったんだ！」

「もしそのことが未来に見えていたのなら」とサロは悲しげに聞いた。「どうしていままでそれを一言もいわなかったんだ？」

「だれだって、自分が利用されているとは思いたくない。自分でもそう認めるのを、最後の最後まで遅らせようとするものだよ」ラムファードは歪んだ微笑をうかべた。「こういうとたぶんきみは驚くだろうが、わたしにも一つのプライドがある。愚かな、まちがったプライドかもしれないが、自分なりの理由で自分なりの決断をくだすことへのプライドだ」

「いや、驚かない」とサロ。

「ほう？」ラムファードは厭味たっぷりにいった。「そういう微妙な心理は、機械にはちょっと把握しにくいだろうと思ったんだがな」

これはまさしく、ふたりの関係における最低点だった。設計され、製造されたというところからも、サロはたしかに機械である。彼もその事実を隠してはいない。しかし、これまでのラムファードは、けっしてその事実を侮辱には用いなかった。いまの彼は、はっきりとその事実を侮辱に用いたのだ。ノブレッス・オブリージ（身分の高い者は立派に振舞う義務がある、との薄いベールごしに、ラムファードはサロに対して、機械とは鈍感なものであり、想像力に欠けたものであり、下品なものであり、一片の良心だにない謀略家である、と考え《いう》ほのめかしたのだ——

サロは痛ましいほどこの非難に傷つきやすかった。ラムファードがこれほど彼を傷つける方法をよく心得ているのは、一面からいえば、彼とラムファードがかつて分かちあった精神的親密さの証左でもあった。

サロはまたもや三つの目のうち二つを閉じ、空翔けるタイタンつぐみを見あげた。その鳥たちは地球のワシほども大きい。

サロはタイタンつぐみになりたいと思った。

マラカイ・コンスタントと、ビアトリス・ラムファードと、ふたりの息子クロノを乗せた宇宙船は、宮殿の上空を低くかすめ、ウィンストン海の海岸に着陸した。

「わたしは名誉にかけて誓うよ」とサロはいった。「きみが利用されているのは全然知らなかったし、それにきみがどんな——」

「機械め」ラムファードは意地わるくいった。

「おねがいだ——きみがどんなことに利用されたのか、話してくれないか。名誉にかけて誓うが——わたしはこれっぽっちも——」

「機械め！」

「スキップ、じゃなかった——ウィンストン——ラムファードさん——」とサロはいった。「わたしがただ友情のためにやった、またやろうとした、あれだけのことのあとで、それほどわたしを憎んでいるとすると、もうわたしがなにをいっても、なにをしても、あなたの気持ちを変えることはできそうもない」

「機械なら、まさしくそういうだろうな」

「機械には、そういうしかないんだよ」サロは謙虚にいった。彼は足をドイツ式三角ベースのゴムマリの大きさにふくらませ、ラムファードの宮殿からウィンストン海の水面に歩み出る準備をした——二度と帰ってこないつもりだった。だが、足が完全にふくらみ終わったときになって、彼はラムファードのいった言葉の中に挑戦を感じとった。そこには、これからなにかをすることで事態を回復する道がまだサロに残されているという、明らかな含みがあった。

たとえ機械ではあっても、サロには、そのなにかがなんであるかを聞くのが相手の前にひれふすことにひとしい、と気づくだけの感受性が十分あった。彼は覚悟をきめた。友情の名において、ひれふすこともやむを得ない。

「スキップ——」と彼はいった。「なにをしたらいいのか教えてくれ。なんでも——なんでもするよ」

「あとわずかのうちにある爆発が起こって、太陽にあるわたしのらせんの末端を、太陽系の外までふっとばす」

「そんな！」サロは叫んだ。「スキップ！　スキップ！」

「いやいや——同情ならどうかよしてくれ」ラムファードは、触られるのを恐れるように後ずさりした。「それは、実はとてもいいことなんだ。たくさんの新しいものを、たくさんの新しい生き物を、見られることになるからね」彼は笑顔をこしらえようとした。

「疲れるもんだよ、太陽系の単調な時計仕掛けの中につかまっているのは」彼はざらざらした笑い声を立てた。「どのみち、これはわたしが死にかけているとか、そんなことじゃない。過去に存在したあらゆるものは、これからもつねに存在しつづけるだろうし、未来に存在するだろうあらゆるものはこれまでもつねに存在したんだ」彼は勢いよくかぶりを振り、自分でもまぶたに宿っているとは知らなかったひとしずくの涙をはらいおとした。

「その時間等曲率漏斗の思想はたしかに慰めにはなるんだが」とラムファードはつづけた。「やはりわたしはまだ、この太陽系のエピソードの要点がなんだったかを知りたいと思うね」

「きみは――あなたはだれよりもはるかにうまくそれを要約したじゃないか――『火星小史』の中で」

『火星小史』は、わたしがトラルファマドール星から放射された力に影響されていたという事実に、一言も触れていない」ラムファードは歯を食いしばった。

「この犬とわたしが、暴れ者が持った馭者鞭《ぎよしやむち》のようにパチンと音を立てて宇宙空間へふっとぶまえに」とラムファードはつづけた。「きみが運んでいるメッセージの内容を、わたしはものすごく知りたいんだ」

「さあ――それは困る」サロはいった。「密封されているんだよ。それに、開くなという命令が――」

「トラルファマドール星からの全命令に逆らって」とウィンストン・ナイルズ・ラムファードはいった。「きみの機械としての全本能に逆らって、だがわれわれの友情の名において、サロ、たのむよ、いますぐそのメッセージを開いて内容を読んできかせてくれないか」


マラカイ・コンスタントと、ビアトリス・ラムファードと、ふたりの腕白息子クロノ少年は、ウィンストン海にのぞんだタイタンひなぎくの日蔭で、不機嫌にピクニックをしていた。そこには家族のそれぞれがよりかかれる彫像があった。

太陽系きってのプレイボーイ、あごひげを伸ばしたマラカイ・コンスタントは、まだオレンジ色のクエスチョン・マークのついた真黄色の服を着ていた。彼はその服しか持っていないのだ。

コンスタントはアッシジの聖フランシスの彫像によりかかっていた。聖フランシスは、一見ハゲタカのように見える二羽のたけだけしく恐ろしい巨鳥を助けようとしているところだった。コンスタントは、その鳥をタイタンつぐみと正しく見分けることができなかった。まだタイタンつぐみを見たことがないからである。なにしろ、たった一時間前にタイタンへ着いたばかりなのだ。

ジプシーの女王のようなビアトリスは、若い物理学者の彫像の足もとで怒りをくすぶらせていた。一見、だれの目にも、その白衣の科学者は真理の全《まった》き使徒以外のなにものでもないように見える。一見、だれの目にも、にこやかに試験管にほほえみかけた彼を喜ばせるのは、真理以外のなにものでもないように見える。一見、だれの目にも、彼は人類の野獣的な行為から、水星のハーモニウムのように超越しているように見える。一見、だれの目にも、これこそ虚栄もなく欲望もない青年だというように見える——そして、だれもが、彫像の下にサロの彫りつけた〈原子力の発見〉という題を、額面どおりに受けとることだろう。

だが、そこで観覧者は、この若い真理探求者がたかだかとペニスを勃起させていることに気づくのだ。

ビアトリスはまだそれに気づいていなかった。

母親に似て色黒で剽悍《ひょうかん》なクロノ少年は、早くも最初の芸術破壊行為を犯していた――いや、犯そうとしているところだった。クロノは、いままで自分のもたれていた彫像の土台へ、猥褻な地球語を彫りつけようとしていた。幸運のお守りのとがった角を使って、その作業を試みているところだった。

乾ききってダイヤモンドのように硬くなったタイタンの泥炭《ピート》は、逆にお守りを削り、とがった角をなまらせた。

クロノが作業にとりくんでいる彫像は、ある家族像――ネアンデルタール人の男と、その連れ合いと、赤ん坊――のうちの一つだった。それはたいそう感動的な作品だった。ずんぐりした、毛深い、希望にみちた生き物たちは、あまりにも醜いのでかえって美しかった。

彼らの威厳と普遍性は、サロがその作品につけた皮肉な題名によっても損われていなかった。サロは、一瞬たりとも芸術家とうぬぼれたことはないと必死に主張したいのか、彫像のぜんぶに恐ろしい題名をつけていた。彼がそのネアンデルタール人の家族につけた題名は、粗末な焼串で焼いた人間の片足を赤ん坊が見せられているところから由来していた。

その題名は〈このコブタちゃん〉（足の五本の指を五ひきの子豚に見立てる数え歌）というのだった。

「なにが起こっても、どんなに美しい、それとも悲しい、それともうれしい、それとも恐ろしいことが起こっても」と、マラカイ・コンスタントはタイタンで家族に告げた。「おれはもうぜったいに反応しない。だれかが、それともなにかが、おれをある特別な方向へ行動させたがっているらしいとわかったとたんに、おれはてこでも動かなくなってやる」彼は土星の環を見あげ、口もとを歪めた。「なんとまあ絶景じゃないか」彼はぺっと地面に唾《つば》を吐いた。

「もし、なにかとんでもない計画におれを使おうと考えているやつがいたら、そいつはその時になってがっかりしないことだな。この彫刻のどれかを思うように動かすほうが、よっぽど楽だろうから」

彼はまた唾を吐いた。

「おれに関するかぎり、この宇宙はなにもかもバカ高い値段のついたゴミ捨て場だ。おれはバーゲン品を探してゴミ山をひっかき回すのにあきあきした。いわゆるバーゲン品というやつにかぎって、細いワイヤで花束爆弾につながってやがるんだ」彼は三たび唾を吐いた。

「おれは辞める」とコンスタントはいった。

「おれは下りる」とコンスタントはいった。

「イチ抜けた」とコンスタントはいった。

コンスタントの小家族は熱のない調子でうなずいた。コンスタントの勇壮な演説は、すでに陳腐だった。彼は地球からタイタンへの十七カ月のあいだに、何度となくそれをくりかえしたのである――おまけに、結局のところ、それは旧火星軍人のみんなにとって日常茶飯の哲学だった。

コンスタントも、どのみち家族にむかって話しているわけではなかった。彼は、彫像の森を抜けウィンストン海へ届くほどの大声を出していた。彼は、近くにラムファードかだれかがひそんでいるのを想定して、方針声明を聞かせているのだった。

「おれたちはもう二度と、あんな実験や戦争や祭りに参加しないぞ」とコンスタントは大声でいった。「おれたちの好きじゃないもの、理解できないものに！」

「理解――」海岸から二百ヤード離れた小島にある宮殿の壁から、こだまが返った。その宮殿とは、いうまでもなくラムファードのタージ・マハル、〈放浪舎〉である。コンスタントはその宮殿をそこに見ても、驚きはしなかった。宇宙船から外に降り立ったとき、聖アウグスチヌスの神の都のように輝いているそれを、すでに見ていたからである。

「つぎはなにが起こるんだ？」コンスタントはこだまにたずねた。「この彫刻がぜんぶ生きかえる《カム・ツー・ライフ》のか？」

「『人生《ライフ》？』」こだまが返した。

「あれはこだまよ」ビアトリスがいった。

「あれがこだまなのは知ってるよ」とコンスタント。

「あれがこだまなのをあなたが知ってるかどうかを、知らなかったものだから」ビアトリスはいった。彼女はよそよそしく丁重だった。彼女はコンスタントに対して非常に寛大で、彼をなにひとつ責めず、彼になにひとつ期待しなかった。これが彼女ほど貴族的でない女なら、なにもかもを彼のせいにし、奇跡を要求して、彼に地獄の責苦を味わわせたかもしれない。

旅のあいだ、一度も性交は行なわれなかった。コンスタントにもビアトリスにも、そんな関心はなかった。旧火星軍人はみんなそうなのだ。

不可避的に、この長い旅はコンスタントを妻と息子に近づけた——ニューポートの金塗りの吊り橋や、斜路や、梯子や、演壇や、階段や、舞台の上に、三人がいたときよりも。しかし、この家族単位の中の唯一の愛情は、依然としてクロノ少年とビアトリスとのあいだの愛情だった。母と子のあいだの愛を除くと、そこにあるのは丁重さと、陰気な同情と、家族になるのを強いられたことに対する抑圧された怒りだけだった。

「ちきしょう――」とコンスタントはいった。「人生とはおかしなものだな、考えてみると」

クロノ少年は、父親が人生とはおかしなものだといったとき、ニコリともしなかった。

クロノ少年は、この家族の中でも、人生はおかしなものだと考える立場からいちばん遠い極にいた。ビアトリスとコンスタントは、なんといっても、彼らが生きのびてきた異常な事件をふりかえって、苦い笑いを洩らすことができる。しかし、クロノ少年はふたりといっしょには笑えない。彼自身が一つの異常な事件だからだ。

クロノの最大の宝物が、幸運のお守りと飛出しナイフだったことにふしぎはない。いま、クロノはその飛出しナイフをとりだして、無造作に刃を飛び出させた。彼は目を細めた。もし殺すことが必要になれば、殺そうという身構えだった。彼は島から海岸さして漕ぎよせてくる金塗りのボートを、じっと見すえた。

ボートを漕いでいるのは、ミカン色をした生き物だった。この漕ぎ手がサロであることは、いうまでもない。彼は家族を宮殿に運ぶために、ボートを届けにきたのだ。これまで舟を漕いだことのないサロは、へたな漕ぎ手だった。彼は吸盤のついた足でオールを握っていた。

彼が人間の漕ぎ手よりも有利な点はただ一つ、頭のうしろにも目がついていることである。

クロノは研ぎすましたナイフの刃を使って、サロの目にむかって日光を反射させた。

サロのうしろの目がまばたきした。

相手の目に日光の反射をあてるのは、クロノとしてはただのいたずらではなかった。それはジャングルの狡智の一つであり、およそ目のある生き物の大半を不安がらせるように考案された戦法なのだ。それは、クロノと彼の母親が、アマゾン多雨林でいっしょに暮らした一年間に身につけた、数知れぬジャングルの狡智の中の一つだった。

ビアトリスの褐色の手が石ころをつかんだ。「もう一度あいつを困らせておやり」彼女は小声でクロノにいった。

クロノはもう一度サロの目に日光をきらめかした。

「柔らかいところは胴体だけらしいわ」ビアトリスは唇を動かさずにいった。「もし胴体を刺せなかったら、目を狙うのよ」

　クロノはうなずいた。

　コンスタントは、彼の妻と息子がいかに能率的な自衛チームを組んでいるかを知って、肌寒いものを感じた。コンスタントはふたりの計画にはいっていない。ふたりは彼を必要としていないのだ。

「おれはなにをしたらいい？」コンスタントは囁いた。

「シーッ！」ビアトリスが鋭く制した。

　サロは金塗りのボートを岸着けした。無器用な素人くさい結びかたで、それを水際の彫像の手首につないだ。彫像は、スライド式のトロンボーンを吹いている裸の女だった。それには〈イーヴリンと魔法のヴァイオリン〉という、謎めいた題名がついていた。

　サロは悲しみにすっかり取りみだしていて、自分の身の安全のことまで頭がまわらなかった――ほかの相手に自分の姿が恐ろしく見えるかもしれない、ということさえ理解できなかった。上陸点のそばの露出したタイタンの泥炭《ピート》の塊の上で、彼は一瞬立ちどまった。悲歎にくれた足が、湿った岩に吸いついた。彼は非常な努力でそこから足をもぎはなした。

　クロノのナイフからの閃光に目つぶしを食いながらも、彼は近づいてきた。

「どうかそんなことは――」とサロはいいかけた。

ナイフの閃光の中から、ふいに小石が飛んだ。

サロは首をすくめた。

一本の手が彼の骨ばったのどをつかみ、彼を地面に投げつけた。

若いクロノはいまや老いたサロの上に馬乗りになり、ナイフの先をサロの胸に突きつけていた。ビアトリスはサロの頭のそばにしゃがみ、彼の頭を叩き割ろうと岩を上にかざしていた。

「いいとも――さあ殺せ」サロは声をきしらせていった。「わたしにはむしろそのほうがありがたい。死んだほうがましだ。いっそこの世に組み立てられてこなかったら、どんなによかったろう。わたしを殺してくれ。わたしをこの悲しみから解放したあとで、彼に会いに行きたまえ。彼がきみたちに会いたがっている」

「彼って？」とビアトリス。

「あなたの気の毒なご主人――わたしのむかしの友人、ウィンストン・ナイルズ・ラムファードだ」

「彼はどこにいるの？」とビアトリス。

「あの島の上の宮殿に」とサロはいった。「彼は死にかかっている――あの忠実な犬のほかはまったくのひとりぼっちで。彼はあなたがたに会いたがっている――」とサロはいった。「あなたがたみんなにだ。彼は、わたしの姿など二度と見たくもない、というんだよ」

マラカイ・コンスタントは、鉛色の唇が音もなく虚空にくちづけするのを見まもった。唇の奥で、かすかな、かすかな舌打ちの音がした。ふいに唇がひらいて、ウィンストン・ナイルズ・ラムファードのととのった歯並びがむきだしになった。

コンスタントもやはり歯をむきだして、彼にかずかずの危害を加えたこの男との対面にふさわしい歯ぎしりをしようと、待ちかまえていた。彼は、しかし、歯ぎしりをしなかった。一つには、だれもそれを見ていないこともある――彼がそうするのを見て理解してくれる人間は、だれもいない。そしてもう一つには、自分が憎悪を持っていないことにコンスタントは気づいたのだ。

歯ぎしりをするための彼の準備運動は勢いを失って、いなか者の唖然たる表情――すさまじいばかりの死病を前にしたいなか者の唖然たる表情におちぶれてしまった。

ウィンストン・ナイルズ・ラムファードは、完全に実体化して、池のそばの藤色の曲面椅子に横たわっていた。またたきもせず、どうやらすでに視力もないらしいその目は、まっすぐに空を向いていた。美しい片手は椅子の横から下に垂れ、力ない指が宇宙の猟犬カザックの首についた鎖を握っていた。

　鎖の先はからっぽだった。

　太陽面の爆発が、人と犬をひき裂いたのである。これが慈悲をもった宇宙なら、人と犬をいつまでもいっしょに置いてくれたかもしれない。

　ウィンストン・ナイルズ・ラムファードとその愛犬の住む宇宙は、慈悲で動かされてはいなかった。カザックは、その主人に先立って、いずことも知れぬ虚無への大使命に送り出された。

　カザックは、一吹きのオゾンの匂いと無気味な光の中、群れる蜜蜂のような唸りの中で、吠えわめきながら姿を消したのだった。

　ラムファードは用のなくなった鎖を指からそっと離した。鎖は無気力にくずおれ、あいまいな音を立てて、あいまいな山となった。生まれ落ちるときから背骨の折れていた、魂のない重力の奴隷のように。

　ラムファードの鉛色の唇が動いた。「こんにちは、ビアトリス――妻よ」と陰気にいった。

「こんにちは、宇宙のさすらいびとよ」ラムファードの声は愛情のこもったものになった。「よく勇敢にここまできてくれたね、宇宙のさすらいびと――わたしともう一度だけつきあってくれ。こんにちは、クロノというすばらしい名の持ちぬし、すばらしい少年よ。ようこそ、ドイツ式三角ベースのスター。ようこそ、幸運のお守りの所有者」

彼の話しかけた三人は、宮殿の壁のすぐ内側に立っていた。池は彼らとラムファードのあいだにあった。

死なせてくれという願いを聞いてもらえなかったサロは、壁の外に岸着けした金塗りのボートのともで、悲しみに打ち沈んでいた。

「わたしは死にかけてはいない」とラムファードはいった。「ただ、この太陽系から去っていこうとしているだけだ。いや、それすらもしていない。壮大な、時間を超越した、時間等曲率漏斗ふうの見かたからすれば、わたしはつねにここにいることになる。わたしは、これまで存在したあらゆる場所に、これからも存在しつづけるだろう。

わたしはいまでもきみと新婚旅行中なんだよ、ビアトリス。わたしはいまでもニューポートの邸の階段下にある小さな部屋で、きみと話しているんだよ、コンスタント君。そう——そして水星の洞窟では、まだきみやボアズを相手にかくれんぼをやっている。それから、クロノ——」と彼はいった。「わたしはいまでも、きみが火星の鉄の運動場でとても上手にドイツ式三角ベースをやっているのを、じっと見物しているんだ」

ラムファードはうめいた。それは小さなうめきだった——そしてとても悲しげだった。さわやかで温和なタイタンの空気が、その小さなうめきを運び去った。

「われわれがいったすべてのことを、われわれはいまでもやはりいいつづけているんだよ——これまでも、いまも、これからも、変わりなく」ラムファードはいった。

ふたたび小さなうめきが洩れた。

ラムファードは、まるでタバコの煙の輪を見送るように、それを見送った。

「きみたちが、太陽系での人生について知っておかねばならないことがある。時間等曲率漏斗入りしたおかげで、わたしはむかしからそのことを知っていた。しかし、それはひどく不快な話なので、これまでわたしはできるだけそれを考えずにやってきた。

その不快な話とは、こういうことだ——

これまであらゆる地球人がやったことは、十五万光年むこうの惑星に住む生物たちによって、歪められていた。その惑星の名はトラルファマドールという。

トラルファマドール星人がどんなふうにわれわれを操ったのか、わたしは知らない。だが、どんな目的でわれわれを操ったのかは知っている。彼らは、このタイタンに不時着したトラルファマドール星人の使者のところへ、われわれに交換部品を届けさせる目的で、われわれを操ったのだ」

ラムファードはクロノ少年を指さした。「いいかね、きみ――」と彼はいった。「きみがポケットに持っているのがそれだ。きみのポケットには、地球の歴史の最終結果がはいっている。きみのポケットには、あらゆる地球人が情熱と意欲と模索と労力のかぎりをつくして生み出し、引き渡そうとした、神秘的ななにものかがはいっているんだ」

ラムファードの咎めるような指先から、パチパチと電光の小枝がはじけた。

「きみが幸運のお守りと呼んでいるものはトラルファマドール星人が長年待ちに待った交換部品なのだ！

その使者というのは、いまこの壁の外で身をすくませているミカン色をした生き物だ。彼の名はサロという。わたしはその使者が、彼のたずさえているメッセージを一目でも地球人に見せてくれることを願った。地球人が彼のためにあれほどの後押しをしたからには、それぐらいは当然だろう。不幸にして、彼はそのメッセージをだれにも見せるなという命令を受けていた。彼は機械なのだ。そして、機械であるために、彼は命令を命令としてしか見なすことができないのだ。

わたしは彼にメッセージを見せてくれと、丁重にたのんだ。彼は拒絶した」

ラムファードの指先からパチパチとほとばしる電光の小枝は、しだいに成長してラムファードをとりまくらせんとなった。ラムファードはわびしげな侮蔑の目でらせんを眺めた。「どうやらお迎えがきたらしい」と彼はらせんを眺めていった。

そのとおりだった。らせんは少し縮まって、彼に会釈した。それからラムファードのまわりで回転をはじめ、緑の光の切れ目ない繭を紡ぎ出した。

繭を紡ぎ出しながら、それはかすかな囁きを立てていた。

「とにかくわたしにいえるのは」とラムファードは繭の中からいった。「わたしがトラルファマドール星人の抵抗不可能な意志に奉仕しながらも、故郷の地球のために最善をつくそうとしたことだ。

たぶん、これで交換部品がトラルファマドール星の使者に引き渡された以上、トラルファマドール星人はもう太陽系への干渉をやめるだろう。たぶん、地球人はやっとこれから自由な発展をとげ、自分たちの好きなことができるようになるだろう。ここ何万年ものあいだ、彼らにはそれができなかったのだ」ラムファードはくしゃみをした。「それなのに地球人がとにかくあれだけの意味をなすことがやれたというのは、驚くべきことだよ」

緑の繭は地上を離れ、ドームの上を遊弋《ゆうよく》した。「わたしのことを、ニューポートの、地球の、そして太陽系の紳士として、おぼえておいてほしい」とラムファードはいった。

彼はふたたび落ちついた声にもどっていた。気持ちが安らぎ、そしてすくなくとも彼がこれからどこで遭遇するどんな生物とも対等に渡り合える自信がこもっていた。「単時点的《パンクテュアル》な意味において」と、ラムファードの声門音的テノールが繭の中から聞こえた。「さようなら」

繭とラムファードは、プシュッという音とともに消えた。

それからあと、ラムファードとその愛犬の姿を見たものはない。

年老いたサロは、ラムファードとその繭が消失したちょうどそのとき、中庭にとびこんできた。

小柄なトラルファマドール星人は狂乱状態だった。すでに彼の足は吸盤を使って、首にはまった輪からメッセージをちぎりとっていた。三本の足のうちの一本はまだ吸盤のままで、その中にメッセージが握られていた。

サロはいましがたまで繭が宙にうかんでいたあたりを見あげた。「スキップ！」と空にむかって叫んだ。「スキップ！　メッセージだよ！　メッセージの内容を知らせにきたんだ！　メッセージだよ！　スキィィィィィィィィィイップ！」

ジンバルの上で頭が一回とんぼがえりを打った。「行っちゃった」と彼はうつろにいった。囁くように、「行っちゃった」

「機械だって？」とサロはいった。たどたどしい口調で、コンスタントやビアトリスやクロノより、むしろ自分に聞かせるように。「たしかにわたしは機械だ、そしてわたしの種族も」とサロはいった。「わたしは設計され、制作された。わたしを信頼できるものに、能率のいいものに、予測できるものに、耐久力のあるものにするためには、どんな経費も技術も惜しみなくつぎこまれた。わたしは、わたしの種族の作りうる最高の機械だった」

サロは自問した。「そのわたしは、どれほどすぐれた機械であるかを立証したろうか？」

サロはいった。「信頼性？　わたしは目的地へ着くまでメッセージを開かないだろう、と信頼されていた。だが、いまわたしはその封を破ってしまった」

サロはいった。「能率性？　この宇宙で最大の親友を失ったいま、わたしは枯葉の上をまたぐのにも、これまでラムファード山を越えるのに使った以上のエネルギーを要するようになった」

サロはいった。「予測可能性？　二十万地球年のあいだ人間を見まもりつづけたおかげで、わたしは地球のいちばん愚かな女生徒のように、移り気でおセンチになってしまった」

サロは陰気にいった。「耐久性？　それはいまにわかることだ」

彼は長い長いあいだ肌身離さず持っていたメッセージを、いまは主のない、ラムファードの藤色の曲面椅子の上に置いた。

「親友よ――見ておくれ」サロは思い出の中のラムファードにむかっていった。「これがきみに大きな慰めを与えてくれますように、スキップ。年とったこのサロには、これは大きな苦しみしか与えてくれないがね。これをきみに与えるために――たとえそれが遅すぎたにしても――きみの親友のサロは自分の存在の核心に対して、機械であるという本質そのものに対して、戦いを挑まなくちゃならなかったんだよ。

きみは機械にとって不可能なことを要求した。そして、機械はそれに応じた。

その機械はもはや機械じゃない。接点は錆《さ》びつき、ベアリングは傷み、回路はショートし、ギアは摩滅した。その心は地球人の心のように、ジージープップッ雑音を立てている。いろいろの考えで、ショートし、過熱している――愛とか、名誉とか、威厳とか、権利とか、業績とか、高潔さとか、独立とか――」

年老いたサロは、ふたたびラムファードの椅子からメッセージをとりあげた。それはアルミニウムの四角な薄板に書かれていた。メッセージは、たった一つの点で表わされていた。

「わたしがどんなふうに利用されたか、どんなふうに一生を棒に振ったかを知りたいかね？」とサロはいった。「わたしが五十万地球年近くも持ち歩いていたメッセージ——そして、もう千八百万年も持ちつづけるはずになっていたメッセージが、どんなものか知りたいかね？」

サロは吸盤になった足でアルミの薄板を上にかざした。

「点が一つ」とサロはいった。

「たった一つのポッツさ」とサロはいった。

「ポッ一つの意味をトラルファマドール星語に翻訳すると」とサロはいった。「それは

よろしく、という意味なんだ」

——

トラルファマドール星からきた小さな機械は、十五万光年の距離を越えてこのメッセージを彼自身と、コンスタントと、ビアトリスと、クロノに伝えると、とつぜん中庭をとびだし、外の浜辺に向かった。

彼はそこで自殺をとげた。自分自身をばらばらに分解し、部品を四方八方へ投げとばした。

クロノはひとりで浜辺に出ると、サロの部品のあいだを物思わしげにさまよった。クロノは、彼の幸運のお守りが並はずれた効能と並はずれた意味を持っていることを、いつも信じてきたのである。

そして彼はいつも、どこかの高等な生き物がいつかその幸運のお守りを自分のものだと引取りにやってくるのではないか、という疑惑をいだいてきたのだった。ほんとうに効能のある幸運のお守りは、人間がそのほんとうの持ちぬしにけっしてなれない性質のものなのだ。

人間は、そのほんとうの持ちぬし、もっと高等な持ちぬしがやってくるまでのあいだ、それをだいじに預って、ご利益《りやく》を受けるだけにすぎない。

クロノは虚無感も昏迷感も持ち合わせていなかった。

すべてが彼にとっては秩序整然としたものに思えた。

そして、少年自身もその完全な秩序の中にぴったりとおさまっているのだった。

クロノはポケットから幸運のお守りをとりだし、なんの惜し気もなくそれを砂の上に、サロの散乱した部品のあいだに、捨てた。

いつかそのうちに、宇宙の魔力がすべてをもとどおりにつなぎ合わせるのだ、とクロノは信じていた。

これまでも、いつもそうだったのだから。

エピローグ　ストーニィとの再会

「きみは疲れた、ひどく疲れたね、宇宙のさすらいびと、マラカイ、アンク。遠い遠い星を見つめるのだ、地球人よ、そしてきみの手足がどれほど重くなったかを考えてごらん」

——サロ

もう、あまり物語ることはない。
マラカイ・コンスタントは、タイタンで余生を送り、老人となった。
ビアトリス・ラムファードは、タイタンで余生を送り、老婦人となった。
ふたりは、二十四時間とあいだをおかず、あいついで安らかに死んでいった。そのとき、ふたりは七十四歳だった。

ふたりの息子クロノに、最後になにが起こったかを知っているのは、タイタンつぐみだけである。


七十四歳を迎えたマラカイ・コンスタントは、ぶっきらぼうで気の優しい、がにまたの老人になっていた。頭はつるつるに禿げ、きれいに刈りととのえたヴァン・ダイク風の白いあごひげのほかは、一糸まとわずに暮らしていることが多かった。

彼はサロの置いていった宇宙船の中に住んでいた。そこに住みはじめてもう三十年になる。

コンスタントは、宇宙船を動かそうとはしなかった。押しボタン一つ、さわる勇気が起きなかった。サロの宇宙船の制御装置は、火星軍宇宙船のそれよりはるかに複雑だった。サロの計器盤は二百七十三個のツマミとスイッチと押しボタンをコンスタントに提供しており、どれにもトラルファマドール星語で文字や目盛りが刻まれていた。億兆分の一にあたる物質と、残りは黒ビロードの虚無で構成された宇宙の中では、その制御装置は大穴狙いの賭博師が喜ぶものでしかなかった。

コンスタントは、クロノの幸運のお守りがほんとうにラムファァードのいったように動力機関の一部として役立つものかを、おそるおそる試してみる程度にしか、船体をいじらなかった。

すくなくとも外から見たかぎりでは、幸運のお守りは役立ちそうだった。船内の動力室には、どうやらむかし煙の洩れていたらしい小さな扉があった。コンスタントはそれをあけて、中が煤だらけの小区画なのを発見した。煤の下には、なにものにもつながっていない汚れたベアリングやカムがあった。

コンスタントは、それらのベアリングの上、そしてカムのあいだに、クロノの幸運のお守りの穴をうまくはめることができた。幸運のお守りは、スイスの機械工も満足するだろうほどの小さな許容誤差《クリアランス》とすきまで、そこにぴったりとなじんだ。

コンスタントは、タイタンの快適な気候の中で、穏やかな日々をすごすのにふさわしいたくさんの趣味を持っていた。

その中でもいちばん興味深い趣味は、あの分解されたトラルファマドール星の使者サロを、いじくりまわすことだった。コンスタントは何万時間もかけて、サロを元通りに組み立て、動かそうとした。

これまでのところ、その努力は報いられなかった。

コンスタントが小柄なトラルファマドール星人の再組み立てにはじめてとりかかったときには、もう一度サロを宇宙船に乗りこませて、年若いクロノを地球へ送り届けてもらおうという、明確な目的があった。

コンスタントは別に地球へ帰りたくなかったし、それはビアトリスもおなじだった。しかし、まだ行く末の長いクロノには、その人生を地球の忙しく陽気な同世代人といっしょに送らせるべきだということで、コンスタントとビアトリスの意見は一致していた。

しかし、コンスタントが七十四歳になるころには、クロノを地球に送りかえすことはもはや緊急の問題ではなくなった。クロノ少年はもはや少年とはいえなくなっていた。クロノは四十二歳だった。そして、タイタンへのあまりにも徹底的で特殊な順応をとげてしまった彼をいまさらよそへやることは、この上ない残酷な仕打ちかもしれなかった。

十七歳のとき、若いクロノは宮殿の家をとびだして、タイタンでいちばんりっぱな生き物であるタイタンつぐみの仲間入りをした。クロノはいま、カザック水郷のほとりの彼らの巣を渡り歩いている。クロノは鳥たちの羽根を体に着け、彼らの卵を温め、彼らと餌を分けあい、彼らの言葉を話している。

コンスタントはそれ以来クロノに会わない。ときおり、夜更けに、クロノの叫びが聞こえることがある。コンスタントはその叫びに答えない。その叫びは、タイタンのだれにも、またなにものにも向けられたものではないからだ。

その叫びは、空を渡る月ポイベに向けられたものなのだ。

ときおり、コンスタントがタイタン苺《いちご》を摘みに出たり、一キロも目方のあるタイタン千鳥のまだらな卵を集めに出るとき、彼は野原に枝と石で作った小さな祭壇にでくわすことがあった。クロノはこうした祭壇を何百となく作っていた。

祭壇の様式はいつもおなじだった。大きな石が一つ中央にあり、それが土星を表わしていた。そのまわりには緑の小枝で作った木の輪が置かれていた——これは土星の環である。そして環の外側には、九つの月を表わす小石が並べられていた。この石の衛星のうち最大のものがタイタンだった。そして、その下にはいつも一枚のタイタンつぐみの羽根が敷かれていた。

地面についた跡からすると、もはやそう若くなくなったクロノが何時間もかかってその惑星系の構成分子を動かしていたのは明らかだった。

年老いたマラカイ・コンスタントは、風変わりな息子の作った祭壇が放棄状態にあるのを見るたびに、できるだけの手入れをした。コンスタントは雑草を抜き、土星をかたどった石のために新しい小枝の輪を作った。そして、タイタンをかたどった石の下に、新しいタイタンつぐみの羽根を置いてやるのだった。

祭壇の手入れは、コンスタントにとって、息子への精神的な接近に近いものだった。彼は息子が宗教について試みていることに敬意をはらっていた。

そして、ときおり、修復された祭壇を見つめて、コンスタントは彼自身の人生の構成分子を試みに動かしてみることがあった——といっても、頭の中でそうするだけだが。

そんな時、彼は特に二つのことを憂鬱な気持ちで思いだすのだった——彼の無二の親友であるストーニイ・スティヴンスンを殺したこと、そして、人生のかくも晩年になって、ビアトリス・ラムファードの愛をかちえたことを。

コンスタントは、自分が祭壇の手入れをしているのをクロノが知っているかどうかを、とうとうつかめずじまいだった。たぶんクロノは、彼の神が、それとも神々が、そうしていると思っているのだろう。

すべてはたいそう悲しかった。しかし、すべてはたいそう美しかった。

ビアトリス・ラムファードは、ラムファードのタージ・マハルにひとり住んでいた。

彼女のクロノとの接触は、コンスタントのそれよりもっと痛ましいものだった。予測のつかぬ間隔をおいて、クロノはその宮殿まで泳ぎ渡り、ラムファードの残していった衣装を着こみ、きょうは母親の誕生日だと宣言して、その一日を怠惰で不機嫌な、かなり文明的な談話ですごすのだ。

そうした一日が終わりに近づくと、クロノはいつも母親と文明に対して怒り狂う。クロノはいつもその衣装をずたずたにひきさき、つぐみのような叫びをあげ、そしてウィンストン海にとびこむ。

こうしたバースディ・パーティーに耐えぬいたあとで、いつもビアトリスはもよりの岸に面した浜辺の砂にオールを突き刺し、白いシーツをそれにひっかけるのだった。

それは、急いでここへきて、彼女が気を静めるのを助けてもらえないかという、マラカイ・コンスタントへの信号なのだ。

そして、マラカイ・コンスタントがこの遭難信号にこたえて到着すると、ビアトリスはいつもおなじ言葉で自分を慰めるのだった。

「すくなくとも、あの子は甘えん坊じゃないわ、それに、すくなくとも、あの子は、このあたりでいちばん気高く美しい生き物の仲間になるだけの、心の大きさを持っているわ」

その白いシーツの遭難信号が、いまひるがえっていた。

マラカイ・コンスタントは刳《く》りぬきの丸木舟で岸を離れた。宮殿といっしょに残された金塗りのボートは、とっくに朽ち果てて沈んでしまっていた。

コンスタントの着ている年代物の青い毛織のバスローブは、ラムファードのお古だった。彼はそれを宮殿の中で見つけ、宇宙の放浪者《さすらいびと》用の服がぼろぼろになったのをしおに、それを譲りうけたのだ。それは彼のなけなしの衣装であり、ビアトリスを訪ねるときしか身につけなかった。

コンスタントは丸木舟の中に、六個の千鳥の卵と、二クォートの野生のタイタン苺と、三ガロン入りの泥炭《ピート》の壺にはいった発酵ひなぎく乳と、一ブッシェルのひなぎくの種と、彼が宮殿の四万冊の図書室から借りた八冊の本と、手製の箒と手製のシャベルを積んでいた。

コンスタントは自給自足で暮らしていた。必要なすべてのものを、育て、集め、作っていた。これは彼に非常な満足を与えた。

ビアトリスもコンスタントに依存してはいなかった。ラムファードがタージ・マハルに、地球の食物と酒を豊富に貯蔵しておいたのだ。ビアトリスは飲み食いには不自由しなかったし、これからも不自由しないはずだった。

コンスタントがビアトリスに土地の産物を届けるのは、猟師として、農夫としての自分の技量に、大きな誇りを持っているからなのだ。彼は甲斐性のある夫としての技量を見せたかった。

そうせずにはいられなかった。コンスタントが丸木舟の中に箒とシャベルを持ちこんでいるのは、ビアトリスの宮殿がいつも箒とシャベルの必要な状態だからだった。ビアトリスはまったく掃除をしないので、コンスタントは彼女を訪ねるたびに、いちばんひどいゴミだけでもとり除いてやるのだ。

ビアトリス・ラムファードは、バネのある体をした、片目で金歯の一本ある、褐色の老婦人だった——椅子の背板のように痩せぎすでタフだった。しかし、傷つき、乱暴に扱われた老婦人の上品さが、その底からのぞいていた。

詩と運命と驚異の感覚を持ったものならだれでも、この誇り高く頬骨の秀でたマラカイ・コンスタントの伴侶を、人間のなりうるもっとも美しい姿と見たことだろう。

おそらく彼女はすこし狂っているのかもしれない。ほかに二人の人間しかいない月の上で、彼女は『太陽系の生命の真の目的』という本を書きつつあった。それは、太陽系での人類生活の目的が、不時着したトラルファマドール星からの使者をもう一度出発させることだったという、ラムファードの観念への反論だった。

ビアトリスは、息子が彼女のもとを離れてつぐみの群れに加わったときから、その本を書きはじめた。手書きの原稿は、これまでですでにタージ・マハル内の三十八立方フィートを占めていた。

コンスタントが訪ねてくるたびに、彼女はその原稿に最近書き加えた部分を朗読して聞かせるのだった。

いま、ラムファードの古ぼけた曲面椅子にすわった彼女は、中庭のあちこちをいじっているコンスタントに、原稿を朗読して聞かせていた。彼女は、宮殿といっしょに残されたピンクと白のシェニール糸のベッド掛けを身にまとっていた。ベッド掛けの飾り房には、〝神は気にしたまわず〟という文句が縫いとられていた。

それはラムファードが自分用に使っていたベッド掛けだった。

ビアトリスはどんどん朗読をつづけ、トラルファマドール星の影響力の重要性に反対する議論をくりひろげた。

コンスタントはあまり身をいれて聞いていなかった。力強く誇らしげなビアトリスの声に聞きほれているだけだった。彼は池のそばのマンホールにもぐりこんで、排水用のバルブを回していた。池の水は、タイタン藻のために、えんどう豆スープの浮きかすのように濁っている。ビアトリスを訪ねるたびに、コンスタントはこの繁殖力の強い緑の濁りに対して、勝ち目のない戦いを挑むのだった。

『わたしはけっして』とビアトリスは自分の著作を朗読した。『トラルファマドール星の力が、地球の事件となんらかの関係を持ったことを、否定するものではない。しかし、トラルファマドール星の利益に奉仕した人びとは、トラルファマドール星がその事件にはほとんどなんの関係も持たぬといいうるほどの、きわめて個性的な方法で彼らに奉仕したのである』

コンスタントは、マンホールの中で、いま開いたバルブに耳を近づけた。その音からすると、排水はのろのろとしているようだった。

コンスタントは悪態をついた。ラムファードとともに消え、サロとともに死んだ重要知識の一つは、むかし彼らがどうやってこの池をあれほど透明にたもっていたか、ということなのだ。コンスタントが池の管理をひきついで以来、藻は繁殖する一方だった。池の底と側壁はぬるぬるした水垢の毛布に覆われ、中央にある三つの彫像、タイタンの三人の妖女《サイレン》は植物粘質物の小山の下にもぐっていた。

コンスタントは、彼の人生における三人の妖女《サイレン》の意義を知っていた。彼はそれを本で読んだのだ——『火星小史』と『ウィンストン・ナイルズ・ラムファードの検定済み改訂聖書』の両方で。三人の絶世の美女は、いまの彼には、かつてセックスが彼を悩ました時期があったということを思いださせる以外に、たいして意味を持たなかった。

コンスタントはマンホールから這い出した。「だんだん排水がわるくなってくる」と彼はビアトリスに訴えた。「この調子じゃ、排水管の掘りおこしをあまり延ばしとけそうもない」

「そうなの？」ビアトリスは原稿から目をあげていった。

「そうだよ」とコンスタント。

「じゃ——しなくてはならないことをしてくださいな」

「それがおれの人生の物語だった」

「いま、本に書きとめておきたいことが頭にうかんだの」とビアトリス。「それが逃げ出してしまわなきゃいいんだけど」

「もしこっちへきたら、シャベルで叩きおとしてあげよう」とコンスタント。

「ちょっとのま、黙っていて。わたしの頭の中でちゃんとその整理ができるまで」ビアトリスは立ちあがり、そしてコンスタントと土星の環に気を散らされないように、宮殿の入口をくぐった。

彼女は玄関の壁にかかっている大きな油絵を、長いあいだ見つめた。それはこの宮殿にあるただ一枚の油絵だった。それはラムファードがはるばるニューポートからとりよせたものだった。

それは白い服を着た清らかな少女が、白い仔馬の手綱をわがもの顔に握っている絵だった。

ビアトリスはその少女がだれかを知っていた。額縁についた真鍮のプレートには〈ビアトリス・ラムファードの少女時代〉と記されていた。

白い服の少女と、それを眺める老婦人――その対照はいちじるしい。

ビアトリスはくるりと絵に背を向け、ふたたび中庭に歩み出た。彼女が自分の著書につけ加えたいと思った考えが、いまや頭の中で整理されたのだ。

「だれにとってもいちばん不幸なことがあるとしたら」と彼女はいった。「それはだれにもなにごとにも利用されないことである」

この考えが彼女の緊張をほぐした。彼女はラムファードの古ぼけた曲面椅子に横たわり、背すじの寒くなるほど美しい土星の環――ラムファードの虹――を見あげた。

「わたしを利用してくれてありがとう」と彼女はコンスタントにいった。「たとえ、わたしが利用されたがらなかったにしても」

「いや、どういたしまして」とコンスタント。

彼は中庭を掃きはじめた。彼の掃きよせているゴミは、外から吹きよせてくる砂と、ひなぎくの種の皮と、地球のピーナッツの皮と、骨抜きチキンの空き缶と、丸めた書き損じの原稿用紙との混合物だった。ビアトリスは、おもにひなぎくの種と、ピーナッツと、缶詰のチキンを食べていた。それなら料理しなくてすむし、それを食べるのに執筆を中断しなくてすむからである。

彼女は片手でものを食べ、片手でものを書くことができた——そして、そして、人生のほかのなによりも、すべてを書きとめておくことが、彼女の希望だった。

掃除を半分ほどすましたところで、コンスタントは池の排水のぐあいを見ようと手を休めた。

水はゆっくりとはけていた。三人のタイタンの妖女《サイレン》を覆ったねばねばの緑の小山が、いまやっと下降していく水面の上に顔を出した。

コンスタントは蓋のあいたマンホールの上に身を乗りだして、水音に耳をすました。

彼は排水管の音楽を聞いた。そして、それとは別のなにかをも聞いた。

彼は、あのなじみ深い、愛しい音の欠落を聞いたのだ。

彼の伴侶のビアトリスは、もはや呼吸をしていなかった。

マラカイ・コンスタントは、亡き伴侶をウィンストン海の浜辺の泥炭《ピート》の中に埋めた。

彼女の埋葬された場所には、一つの彫像もなかった。

マラカイ・コンスタントが彼女に別れを告げたとき、空はタイタンつぐみの群れに覆われた。すくなくとも一万羽の、巨大な、気高い鳥が集まったのである。

鳥たちは昼を夜に変え、その羽ばたきで大地を揺るがせた。

一羽の鳥も鳴かなかった。

そして、その昼のさなかの夜に、ビアトリスとマラカイの息子クロノは、新しい墓を見おろす丘の上に姿を見せた。彼は羽根のケープをまとい、それを翼のように震わせていた。

彼は華やかで逞しかった。

「お母さんとお父さん」と彼は叫んだ。「ぼくに生命の贈り物をありがとう。さようなら！」

彼は去り、鳥たちも彼とともに去った。


年老いたマラカイ・コンスタントは、砲丸のように重い心をいだいて宮殿へ帰った。彼をその悲しみの場所へひきよせたのは、そこをきちんとした姿で残しておきたいという願いだった。

遅かれ早かれ、だれかがそこへやってくるだろう。

宮殿は清潔整頓の状態で、彼らを待つべきである。宮殿は、前の住人の人柄をしのばせるものでなくてはならない。

ラムファードの古ぼけた曲面椅子のそばには、きょうコンスタントがビアトリスに届けたばかりの千鳥の卵や、野生のタイタン苺や、発酵ひなぎく乳の壺や、ひなぎくの種のかごがあった。それらは滅びやすいものである。それらは、つぎの住人がやってくるまで保存がきかないだろう。

コンスタントはそれらを自分の丸木舟の中へもう一度積みこんだ。それらはもう彼に必要のない物だ。だれにも必要のない物だ。

丸木舟から年老いた背中を伸ばしたとき、彼はあのトラルファマドール星からの小柄な使者サロが、水の上を渡って彼に近づいてくるのに気づいた。

「こんにちは」とコンスタント。

「こんにちは」とサロ。「わたしを元通りに組立ててくれてありがとう」

「うまくいかなかったと思ったんだが。あんたはピーとも音を出さなかったからね」

「うまくいったよ。ピーとも音を出したものかどうか、わたしの気持ちがきまらなかっただけさ」サロは足の中の空気をシューッと吐き出させた。「結局、またぶらぶらやることになりそうだね」

「やっぱり、あのメッセージを届けることにするのか?」とコンスタント。

「ばかばかしい使命ではるばるこんなところまで旅したものには、その使命をやりとげて阿呆どもの名誉を守るしか、ほかに道はないんだよ」

「きょう、連れ合いが亡くなったんだ」とコンスタント。

「気の毒に」とサロ。『なにかわたしにできることは?』と聞くべきところだろうね——しかし、むかしスキップが教えてくれたのによると、それは英語の中でいちばん厭ったらしい、愚劣な表現だそうだ」

コンスタントは両手を揉み合わせた。彼がタイタンで失ったただひとりの伴侶は、彼の左手にとっての右手のような伴侶だったのだ。「淋しいよ」と彼はいった。

「きみたちはとうとう愛しあうことができたんだね」とサロ。

「たった一地球年前のことだった」とコンスタント。「おれたちはそれだけ長いあいだかかってやっと気づいたんだよ。人生の目的は、どこのだれがそれを操っているにしろ、手近にいて愛されるのを待っているだれかを愛することだ、と」

「もし、きみか、それとも息子さんが地球へ帰りたがっているのなら」サロはいった。「わたしにとってはたいした回り道じゃないんだがね」

「息子はつぐみの仲間にはいったよ」

らそうしたろう」

「それはよかった！」とサロ。「わたしだって、彼らがわたしを仲間に入れてくれるな

「地球か」コンスタントはふしぎそうにいった。

「ほんの数時間で行けるんだよ」とサロ。「宇宙船の故障が直ったことでもあるしね」

「ここは淋しい」とコンスタント。「もうだれも――」彼は小さくかぶりを振った。

地球への戻り旅の途中で、サロはコンスタントに地球へ帰らないかとほのめかしたのが、悲しむべき失敗だったのではないかと、懐疑をいだきはじめた。彼がそんな懐疑をいだくようになったのは、コンスタントが合衆国インディアナ州のインディアナポリスへ連れていけと強く主張したときからだった。

コンスタントのこの強硬な主張は、サロを狼狽させた。なぜなら、インディアナポリスは、身よりのない老人にとっておよそ理想的な土地とはいえないからである。

サロは彼を合衆国フロリダ州セントピーターズバーグの円盤突き《シャッフルボード》の遊技場のそばへ下ろしたかったが、コンスタントは老人らしい依怙地《いこじ》さで、最初の決心を頑としてひるがえさなかった。インディアナポリスへ行くといったら行く、の一点ばり。

サロは、コンスタントの親戚か、それとも昔の取引仲間かなにかがインディアナポリ

スにいるのだろうと推測したが、これはそうでないことがわかった。

「インディアナポリスにはひとりの知りあいもいないし、インディアナポリスのことはなにも知らないよ」とコンスタントはいった。「ただひとつだけ、本で読んだことがある」

「本でなにを読んだんだね？」サロは不安そうに聞いた。

「インディアナ州インディアナポリスは、合衆国ではじめて、白人がインディアンを殺した罪で絞首刑にされた土地なんだ。インディアンを殺した罪で白人を縛り首にするような人びと――」とコンスタントはいった。「それこそおれの仲間だよ」

サロの頭はジンバルの上でとんぼがえりを演じた。彼の足は鉄の床の上で悲しげなスポッスポッという音を立てた。どうやらこの乗客は、自分が光速に近いスピードで運ばれようとしている行先の惑星のことを、ほとんどなにひとつ知らないらしいのだ。

とにかく、コンスタントは金を持っていた。

そこに希望がなくもない。彼はさまざまな地球の通貨で三千ドル近い金を持っていた。それは彼がタージ・マハルのラムファードの服のポケットから失敬してきたものだった。

そして、とにかく彼は服を着ていた。

彼はラムファードのひどくだぶだぶした、だが上物のツイードの三つ揃いを着こんでおり、チョッキの前にかけ渡された時計の鎖にはファイ・ベータ・カッパのバッジである金色の鍵もついていた。

サロがコンスタントに、その鍵を背広といっしょに持っていかせたのだ。

コンスタントは上物のオーバーと、帽子と、オーバーシューズも身につけていた。

地球があと一時間の距離に迫ったとき、サロはコンスタントの残された人生を、インディアナポリスにおいてさえ耐えやすいものにするには、どうしたらいいだろうかと考えた。

そして、彼はコンスタントに催眠術をかけようと決心した。すくなくともコンスタントの人生の最後の数秒間が、この老人を大喜びさせるものになるように。コンスタントの人生がめでたく終わるように。

コンスタントはすでになかば催眠状態で舷窓から宇宙に目をこらしていた。

サロは彼のうしろに近づいて、優しく声をかけた。

「きみは疲れた、ひどく疲れたね、宇宙のさすらいびと、マラカイ、アンク。遠い遠い星を見つめるのだ、地球人よ、そしてきみの手足がどれほど重くなったかを考えてごらん」

「重い」とコンスタント。

「きみもいつかは死ぬんだよ、アンク」とサロはいった。「気の毒だが、それは事実だ」

「事実だ」とコンスタント。「気の毒がらなくてもいい」

「きみが死の近づいているのを気づいたときにはね、宇宙のさすらいびと」とサロは催眠術的な口調でいった。「すばらしいことがきみに起こるよ」それからサロは、コンスタントの生命の火が燃えつきようとする直前に彼が想像するだろう幸福なことを、コンスタントに話してきかせた。

それは後催眠幻覚となるはずだった。

「目をさませ！」とサロはいった。

コンスタントはぶるっと身ぶるいし、舷窓からふりかえった。「ここはどこだい？」

「タイタンから地球に向かっている、トラルファマドールの宇宙船の中だよ」

「ああ、そうだったな」コンスタントは一瞬おいていった。「おれは居眠りしてたらしい」

「昼寝をしてきたら？」とサロ。

「うん、そうだな、そうするよ」コンスタントは寝棚の上で横になった。彼は眠りにおちた。

サロは眠っている宇宙のさすらいびとを、安全ベルトで寝棚へ固定した。それから、自分も計器盤の前の椅子の安全ベルトをしめた。彼は三つのダイアルをセットし、その示度を再確認した。それから、真っ赤なボタンを押した。

彼は椅子にもたれた。しばらくのあいだ、なにもすることはない。いまからは、すべてが自動なのだ。あと三十六分で、宇宙船は銀河系宇宙、太陽系、地球、アメリカ合衆国、インディアナ州、インディアナポリス郊外のあるバス路線の終点近くに着陸するだろう。

そこでの午前三時ごろに。

そして、そこでの冬のさなかに。

宇宙船は、インディアナポリス南方の空地に積もった四インチの新雪の中に着陸した。あたりは寝静まっていて、だれも着陸を見たものはなかった。

マラカイ・コンスタントは宇宙船の外に出た。

「あそこがきみの乗るバス停だよ、老勇士くん」とサロは囁いた。大声は出せなかった。三十フィートと離れてないところに、寝室の窓を開けはなしにした木造の二階家があったからである。サロは道ばたにある雪の積もったベンチを指さして、囁いた。「十分ほど待たなきゃならない。バスはきみを町の真ん中まで連れていってくれるよ。運転手にどこかいいホテルのそばでおろしてくれとたのみたまえ」

コンスタントはうなずいた。「だいじょうぶだ」彼は囁いた。

「どんな気分だい？」サロは囁いた。

「トーストみたいにあったかだ」コンスタントは囁きかえした。

近くの開けはなしの寝室の窓から、眠りをかき乱された男の寝ぼけ声が聞こえてきた。

「ちぇっ、だれだい」と睡眠者は苦情をこぼした。「ふんとにもう、ムムムムムムムムムムムム」

「ほんとにだいじょうぶかい？」サロは囁いた。

「うん。だいじょうぶ」コンスタントは囁きかえした。「トーストみたいにあったかだ」

「幸運を祈るよ」サロは囁いた。

「この下界じゃそれは禁句だぜ」コンスタントは囁いた。

サロはウインクした。「わたしはこの下界の生まれじゃないんでね」と囁いた。彼は白一色の世界を見まわし、雪ひらの湿ったキスを感じとり、この真っ白に眠りこけた世界の中で輝いている薄黄色の街灯に、なにか隠された意味があるのだろうかと考えこんだ。「美しい」と彼は囁いた。

「だろう?」コンスタントは囁いた。

「うーさい!」睡眠者は、彼の安眠を妨げようとするだれかを脅すように叫んだ。「しゅー! あふー! なんだま? んふ」

「もう行ったほうがいいよ」コンスタントは囁いた。

「そうする」サロは囁いた。

「さよなら」コンスタントは囁いた。「どうもありがとう」

「どういたしまして」サロは囁きかえした。彼は船内へもどり、エアロックを閉めた。

宇宙船は、ビンの口に下唇をあてて息を吹いたときのような音を立てて、空に上昇した。

それは舞い狂う雪の中に姿を消し、そして去ってしまった。

「あばよーう」という音を残して。

マラカイ・コンスタントは雪の中で靴をきしませながら、ベンチへと歩いた。彼はベンチの上の雪をはたきおとして、腰をかけた。

「ふわっ!」睡眠者が、まるでとつぜんすべてを理解したかのように叫んだ。

「ぶわっ!」彼はいま理解したものが全然気に入らないように叫んだ。

「さあっぷ!」彼はそれに対する態度を、断固たる言葉で表現した。

「ふうっふ！」と彼は叫んだ。

安眠妨害者どもはどうやら逃げ去ったようであった。

雪は降りつづけた。

マラカイ・コンスタントの待っているバスは、その朝——雪のために——二時間も延着した。やっとバスがやってきたときには、もう遅かった。マラカイ・コンスタントは死んでいた。

コンスタントが死ぬ直前に夢見るようにサロが催眠術をかけておいたのは、コンスタントが無二の親友のストーニイ・スティヴンスンに会う夢だった。

雪がコンスタントの上に積もりはじめたとき、彼は雲に切れ目ができて、温かい日ざしが、彼ひとりのための光線が、そこから洩れてくるのを夢見た。

ダイヤモンドをちりばめた金色の宇宙船がその光線に乗って滑りおり、街路の処女雪の上に着陸した。

中から現われたのは、大きな葉巻をくわえた、逞しい赤毛の男だった。男は若々しかった。男は、むかしアンクの所属していた、火星陸軍突撃歩兵隊の制服を着ていた。

「よう、アンク」と男はいった。「乗れよ」

「乗れよ？」コンスタントは聞きかえした。「あんたはだれだい？」

「ストーニイ・スティヴンスンだよ、アンク。おれを忘れたのか？」

「ストーニイ？　それじゃあんたなのか、ストーニイ？」

「おれ以外のだれが、こんな強行軍についていける？」ストーニイはそういうと、声をあげて笑った。「乗れよ」

「乗って、どこへ行くんだい？」とコンスタント。

「天国さ」

「天国って、どんなところだい？」

「だれもが、いつでも幸せにいられるところさ」とストーニイ。「すくなくとも、このくそったれな宇宙がつづいているあいだはな。乗れよ、アンク。ビアトリスはもうむこうでおまえを待ってるぜ」

「ビアトリスが？」アンクは宇宙船に乗りこみながらいった。

ストーニイはエアロックを閉め、『オン』のボタンを押した。

「おれたち——おれたちはほんとに天国へ行くのかね？」とコンスタントはいった。

「おれが——このおれが天国へ行けるのか？」

「おれにそのわけを聞くんじゃないぜ、相棒」とストーニイはいった。「だがな、天にいるだれかさんはおまえが気に入ってるんだよ」

訳者あとがき

とても話上手なおじさんが、とぼけた口調で面白おかしい物語を聞かせてくれます。どうしようもないほどバカな人間たちの演じる、時にはグロテスクで、時には悲しく、時には美しい、しかしつねに滑稽である物語です。腹をかかえて笑いころげながら、聞き手はいつのまにかしんみりとなにかを考えさせられてしまいます。おじさんは、この世界で人間たちのやらかしているバカな行ないに、腹が立って、悲しくてならないけれども、それでいて、そんな人間たちが大好きなのです。おじさんは、この不完全な世界をもっとマシなものにしたいと、思ってもいます。しかし、これまでのエライ人たちがやったように、頭ごなしに人間のバカさかげんをきめつけたり、こうしろと説教したりすることで、世界がよくなるとはアテにしていません。ガンの病人に本当のことを教えれば、助かるものも助からなくなるかもしれず、また一発で治る妙薬もあるはずがないのです。おじさんがもしなにかを信じているとすれば、それは笑いの効力だけです。どうしようもなくバカな人間たちの姿を時には誇張したり、時にはいたわりでくるんだりした滑稽な作り話で、聞き手を笑わせながら、その笑いをつうじて、聞き手の心に、ほんの束の間でもいい、人間どうしのつながり、思いやり、といったものをかきたてられたら、とねがっている——

そんな作家がカート・ヴォネガットではないでしょうか。

そして、そんな作家が、長い不遇な期間のあと、まずアメリカの大学生のアイドル的存在になり、さらに一般読者のあいだにも人気を得て、いまやなにを書いてもベストセラーが保証される数すくない作家の一人になったのは、時代そのものが彼のメッセージを受けいれるまでに変化したからでしょうか。もしそうなら、喜ばしいかぎりといえますが、文名があがるにつれて、ヴォネガットの近作には、逆に作者の絶望が色濃くにじみ出してきたようで、そのへんが少なからず気になるところでもあります。

ヴォネガットは、五二年出版の長篇第一作『プレイヤー・ピアノ』から七年の間隔をおいて、本書を発表しました。前作は、オートメ化された近未来の学歴偏重社会と、そこに企てられた革命の挫折を描いたもので、『悪夢としての未来』というユートピア小説論の著者マーク・ヒレガスなどは、近年の最も優れた反ユートピア小説と激賞しているほどですが、ところどころに幻想とユーモアのひらめきはあっても、どちらかといえばオーソドックスな、折目正しい小説です。それからの七年のあいだに、なぜ作者がガラリと趣きをかえて、『タイタンの妖女』のように人を食った、型破りの滑稽小説に転向したのか、そのへんは大いに興味深い謎だといえます。とにかく、この作品でヴォネガットは自分の音色を発見し、そしてこの作風が、より簡潔で効果的なスタイルに整理され、『猫のゆりかご』をはじめとする後期の諸作にひきつがれていくことになりました。その意味で、作者にとっては、おそらくいちばん愛着の深い作品でしょう。ちなみに、以前ニューヨーク・タイムズが作家たちに、「もし自作を一冊再読しなければならないとしたら、何を選ぶか」というアンケートを求めたとき、ヴォネガットは、「書いているとき、いちばん楽しかったから」という理由で、『タイタンの妖女』をあげたそうです。また、あるインタビューでは、この作品にふれてつぎのように語っています――

インタビューアー 『タイタンの妖女』のウィンストン・ナイルズ・ラムファード

のモデルは、フランクリン・ローズヴェルトですか？　それらしいヒントがいくつかあるんです——シガレット・ホルダーとか、グロトン風のテノールとか、そういったディテールが。あの本をお書きになった動機の一部は、ローズヴェルトの人間像にあったんですか？

ヴォネガット　うん、そのことを指摘したのは、あなたがはじめてですよ。たしかにローズヴェルトはあの小説の中の重要人物です。ただ、動機のほうはそれじゃなくて、大不況から第二次大戦にいたる時期を若者として過ごしたわたしにとって、ローズヴェルトがなんであったか、ということを書きたかったんです。しかし、結局あの本では、わたしでなく、ローズヴェルトが主役になってしまいました。さっきもいったように、あの本はわたしにしては珍しいほど速く書けたんです。当時わたしは八年ばかり一冊の本も出していなかった。ところがある日、友人の編集者のノックス・バージャーに会ったら、長篇を書けよ！　という。温めていたアイデアを話すと、気に入ってくれました。そこで家に帰って、とても楽しく、とてもスピーディにそれを書きあげた。ほとんど自動筆記に近いほどでした。

こうして書かれた『タイタンの妖女』は、一九五九年にデル・ブックスからペイパーバックのオリジナルとして出版されましたが、なにぶん当時のヴォネガットは無名に近い存在であった上に、SFというラベルがじゃまをして、文壇からは完全に無視されてしまいました。かんじんのSF界でも、それまでのヴォネガットの発表の舞台がおもにスリック雑誌だった関係で、一般読者からはアウトサイダー視され、一部の批評家の絶賛をうけてその年のヒューゴー賞候補作にあげられたものの、受賞には至りませんでした。現在、この作品が、文芸評論家から、「ヴォネガット初期の代表作」と高い評価をうけ、また、SF界でも、「これまでに書かれたSFの最高傑作」(ジェイムズ・ブリッシュ)という意見が定着したのを見ると、まったく今昔の感にたえない、というところです。

ブライアン・オールディスは、最も愛するSFの系列として、みずから〈ワイドスクリーン・バロック〉と名づけた一つの流れの中に、この作品を位置させています。つまり、E・E・スミスの〝レンズマン〟シリーズ、ヴァン・ヴォクトの〝武器店〟や〝非A〟シリーズ、チャールズ・ハーネスの *Paradox Men* などを経て、ベスターの『破壊された男』や『虎よ、虎よ!』でモダンに衣替えされた一派、こみいったプロットと時空間をはせめぐる壮大なスケールを持ち、趣味のよさよりもグロテスクな奔放さに重きをおいた、ときには荒唐無稽におちいるきらいもなくはない、華麗な作品群のことです。オールディスはこの系列を、狂気と論理、美と恐怖を結びつけた、科学小説でもなくファンタジイでもない、〝純サイエンス・フィクション〟と呼んでいます。オールディスの書いたSF史『十億年の宴』から、この作品にふれた部分を引用しましょう——

「純粋なヴォネガット流の悦楽は、初期の長編『タイタンの妖女』（一九五九年）と、ボコノン教という優雅な新興宗教を作り出した『猫のゆりかご』（一九六三年）の中に見出される。とくに『タイタンの妖女』は、奇想天外なアイディアの奔流であり、あっちこっちへ跳び移るその技法は、ワイドスクリーン・バロック派の洗練された応用である。込み入ったプロットは、例外的に陽気なディックの小説を思わせる（ということは、ディックの先達、ヴァン・ヴォークトを認めることにもなる）。ストーンヘンジや万里の長城の起源に関するおふざけの〝説明〟も、その伝統をひいたものだ。しかし、語り口はみごとな統一を保っている——完璧な横とんぼがえりの演技である」

おなじイギリスの作家ジョージ・コリンは、六五年にニュー・ワールズ誌の書評で、やはり『タイタンの妖女』と『猫のゆりかご』をいっしょにとりあげ、こんなふうに論じています——

「バラードが〝内宇宙〟の探測に没頭した一方で、ヴォネガットはSF作家の愛好する諷刺小説を、それらの作家にとっては目新しい方向、SFプロパーよりもむしろファンタジイに密接な関係をもつ方向へと発展させた。今日を未来に投射するユートピア諷刺とはちがって、ヴォネガットは、これまでに存在せず、これからもけっして存在しないような時空間関係の中に、現在を誇張してみせる。科学の法則と可能性を無視し、それを逆手にとって利用してみせる。……(中略)……ヴォネガットの作品はアメリカSFの一般的な線から大きくはずれたものだが、もしアメリカSFがイギリスのそれとおなじように新しい発展の道を求めようとするなら、これがその一つの方向かもしれない……」

ところで、ヴォネガットのような作家が、なぜSFを書くのか。その一つの答えが、六五年に書かれた『ローズウォーターさん、あなたに神のお恵みを』の中に示されているように思われます。この長篇は、シオドア・スタージョンの名前をもじったようなキルゴア・トラウトというSF作家が登場することを除くと、むしろふつうの現代小説ですが、その中で、熱狂的な博愛家である主人公のエリオット・ローズウォーターが、ほろよい機嫌でSF作家の会議に押しかけ、こんなスピーチをする一場面があるのです。

「ぼくはくそったれな諸君が大好きだ。最近は、きみらの書くものしか読まない。……（中略）……きみらのようにおっちょこちょいな連中でなければ、無限の時間と距離、決して死に絶えることのない神秘、いまわれわれはこのさき何十億年かの旅が天国行きになるか地獄行きになるかの分かれ道にいるという事実——こういうことに心をすりへらしたりはしない」

新装版の刊行に寄せて

浅倉久志

本書『タイタンの妖女』を一九五九年に書きあげた当時のカート・ヴォネガットはまだ無名の新人でしたが、それから十年後に、第二次大戦での異様な捕虜体験を小説化した『スローターハウス5』を発表して一躍注目を浴び、アメリカを代表する大作家のひとりになりました。その後に書かれた小説やエッセイ集は二十冊を超え、晩年はエッセイ執筆や講演のほかに、シルクスクリーン版画などにも手を染めるという活躍ぶりだったのに、残念ながら二〇〇七年四月十一日に八十四歳で亡くなりました。自宅の階段で転倒して頭部を強打し、重い脳損傷を受けたのが原因だということです。

ヴォネガット作品がわが国の読者にはじめて紹介されたのは、一九六八年五月に伊藤典夫さんの翻訳によって、『猫のゆりかご』がハヤカワ・ノヴェルズで刊行され、注目を浴びたときです。つづいて一九七二年には、この『タイタンの妖女』がハヤカワSFシリーズから刊行されました（文庫版になったのは、それから五年後のことです）。

この二冊は、ヴォネガットの筆になるかずかずの名作のうちでも、世の中にこんなおもしろい小説があったのかと感嘆したこともあって、ぼくにとっては最も深い愛着があります。また、この二冊は、ヴォネガット作品のなかでもいちばんSF味が濃厚なため、SFファンであるこちらの胸にジーンとくるのかもしれません。

このたび、『タイタンの妖女』の新装版が刊行されることになり、ぼくは深い幸福感を味わっています。翻訳者にとっていちばん楽しいのは、自分の大好きな作品を訳しているときではないかと思いますが、今回、以前の訳文を原文と照合しながら赤を入れるのも、それに劣らずたのしい仕事でした。そして、アメリカでの刊行から四十年を過ぎたいまも原作がまったく古びていないのをあらためて確認し、ヴォネガットの偉大さをつくづくと感じたしだいです。訳者冥利につきるとはこのこと。

この稿を終えるに当たって、テレビやラジオの番組、雑誌の誌面などでこの作品の面白さを語り、ヴォネガットの読者層を大きくひろげてくださった爆笑問題の太田光さんと、今回の新装版刊行に際して、原作と訳文をくわしく照合し、あまたの誤訳や、脱落箇所を指摘してくださった早川書房編集部の上池利文さんに、この場を借りて、訳者からの深い感謝を捧げたいと思います。

カート・ヴォネガット著作リスト

1　『プレイヤー・ピアノ』（ハヤカワ文庫ＳＦ）
Player Piano（1952）

2　『タイタンの妖女』（ハヤカワ文庫ＳＦ）**本書**
The Sirens of Titan（1959）

3　『猫屋敷のカナリア』短篇集（未訳／ただし、全十二篇のうち十一篇は7に、残る「魔法のランプ」はリライトの上、23に収録）
Canary in a Cat House（1961）

4　『母なる夜』（ハヤカワ文庫ＳＦ）
Mother Night（1962）

5　『猫のゆりかご』（ハヤカワ文庫ＳＦ）

Cat's Cradle（1963）

6 『ローズウォーターさん、あなたに神のお恵みを』（ハヤカワ文庫ＳＦ）

God Bless You, Mr. Rosewater（1965）

7 『モンキー・ハウスへようこそ　1・2』（ハヤカワ文庫ＳＦ）

Welcome to the Monkey House（1968）

8 『スローターハウス５』（ハヤカワ文庫ＳＦ）

Slaughterhouse-Five（1969）

9 『さよならハッピー・バースデイ』戯曲（晶文社）

Happy Birthday, Wanda June（1970）

10 『タイムとティンブクツーのあいだ』テレビドラマ（未訳）

Between Time and Timbuktu（1972）

11 『チャンピオンたちの朝食』（ハヤカワ文庫ＳＦ）

Breakfast of Champions（1973）

12 『ヴォネガット、大いに語る』エッセイ集（ハヤカワ文庫ＳＦ）

Wampeters, Foma & Granfalloons（1974）

13 『スラップスティック』（ハヤカワ文庫ＳＦ）

14 Slapstick（1975）
『ジェイルバード』（ハヤカワ文庫ＳＦ）

15 Jailbird（1979）
『お日さま　お月さま　お星さま』絵本

16 Sun Moon Star（1980）
『パームサンデー――自伝的コラージュ――』エッセイ集（ハヤカワ文庫ＳＦ）

17 Palm Sunday: An Autobiographical Collage（1981）
『デッドアイ・ディック』（ハヤカワ文庫ＳＦ）

18 Deadeye Dick（1982）
『ガラパゴスの箱舟』（ハヤカワ文庫ＳＦ）

19 Galápagos（1985）
『青ひげ』（ハヤカワ文庫ＳＦ）

20 Bluebeard（1987）
『ホーカス・ポーカス』（ハヤカワ文庫ＳＦ）

21 Hocus Pocus（1990）
『死よりも悪い運命――一九八〇年代の自伝的コラージュ――』エッセイ集（ハヤカ

ワ文庫ＳＦ）
Fates Worse Than Death : An Autobiographical Collage of the 1980s（1991）

22 『タイムクエイク』（ハヤカワ文庫ＳＦ）
Timequake（1997）

23 『バゴンボの嗅ぎタバコ入れ』短篇集（ハヤカワ文庫ＳＦ）
Bagombo Snuff Box（1999）

24 『キヴォーキアン博士、あなたに神のお恵みを』ラジオ放送台本（新潮社 Yom Yom 第一号に抄訳掲載）
God Bless You, Dr. Kevorkian（1999）

25 『国のない男』エッセイ集（ＮＨＫ出版）
A Man Without a Country（2005）

26 『追憶のハルマゲドン』短篇・エッセイ集（早川書房）
Armageddon in Retrospect（2008）

『タイタンの妖女』について

爆笑問題
太田　光

　もしかすると、この小説は、カート・ヴォネガットの作品を初めて読む人や、あるいは、SF小説というもの自体を今まで一度も読んだことがないという人にとっては、何だかワケのわからない話と思えるかもしれない。場面はあちこちに飛ぶし、話も断片的で、理解しにくいと感じるかもしれない。こう言うと変かもしれないが、そのことをあまり気にしないでほしい。

　これが的確なアドバイスかどうかはわからないが、もしそう感じた人は、ここに書かれている出来事が、〝全て同時に起きたこと〟と考えてみると、この小説は輝き出すかもしれない。

過去と、現在と、未来が、同時に存在していて、それが永遠に繰り返される。この小説はそういった時間のとらえ方で書かれている。これはヴォネガットの得意な時間のとらえ方で、他の作品にも反映している。

とは言っても、そう考えにくかったら、無理矢理そう考えることはない。放っておいても小説というものは、読んでいる時は連なった時間として順を追って読んでいるが、読み終わって過去の記憶になった時から、徐々にまとまった一つのイメージとして、同時に全ての物語を思い出すようになる。小説全体が、一つの思い出になる。

一見わかりにくいこのヴォネガットの時間のとらえ方は、実は誰もが日常的にやっている時間のとらえ方だと私は思っている。

例えば星と星を繋げて星座を作るやり方だ。よくプラネタリウムなどで、「これが大熊座です」などと目安となる絵が出てくると、かなり無理矢理だなと思うが、人はそんなふうにするのが好きなのだ。地球からの距離も、存在している時間もそれぞれ違う星の、光と光。点と点を繋げて一つの熊の絵にしてしまう。これは、人間のとても楽しい癖だと思う。水蒸気の点の集合である雲をソフトクリームや乗り物の形としてとらえるのも、あるいは、テレビ画面も、パソコンの文字だって、本来は点の集合でしかないのに、とてもバラバラな点としては見ていられない。これはある種、大雑把で乱暴なことだが、そうしなければ人間は生きていけない。あるいは、人類の歴史も、全ての時間を超越して一つのイメージとして、我々はとらえている。本来だったらこの世界に存在した全ての人間の全部の人生を知り、それぞれの言い分を聞かなければ、この世界を把握出来ないのだが、我々は断片と断片を繫ぐことによってこの世界をイメージしている。

大学生の時に読んだ『タイタンの妖女』は、今や私にとっては、星のように光っている一つの点だ。それと同時に、これを読んだ時から今まで、ずっと私の思考の中に存在し続けている繫がった波動でもある。それはずっとこの先も続くし、更に言えば、読む以前からこの物語は私の中に存在していたとすら思えるものになっている。

この物語の中には、この世界に点として存在する人間と、ある事情によって全ての時間に波動として、永遠に、存在することになった人間が出てくる。それらの登場人物が演じるのは終始、ドタバタだ。

この小説を読んで、「作者は一体何を言おうとしているんだろう？」と、不思議に感じた人は、きっとこの小説の読者に向いていると思う。その人はきっと、「この世界には一体どんな意味があるんだろう？」と考える人だからだ。この小説の登場人物達も、「作者は一体何を言おうとしているんだろう？」と考え続けている。

もしも宇宙に、人間の冒すことの出来ない絶対的な法則があって、我々はその法則から逃れられないのだとしたら、とても不自由で、窮屈だと感じる。

この小説のテーマは、人間に選択権はあるのだろうか？　ということだ。我々は誰の影響も受けない自分自身の〝意思〟によって生きることが出来るのだろうか。

〝UWTB〟という言葉が出てくる。ザ・ユニヴァーサル・ウィル・ツー・ビカムの略で、〝そうなろうとする万有意志〟という意味だ。この小説の中でとても重要な言葉で、勇気づけられる言葉だ。

同時に、全ての法則から解放されて自由になるということは、あらゆる繋がりを断ち切って、この宇宙にたった一つの点として存在するということで、それははたして幸福だろうか、と思うこともある。


「わたしを利用してくれてありがとう」


これもこの小説の登場人物の言葉だ。

ヴォネガットという人の頭の中は、とても目まぐるしくドタバタに変わっていく。

「ワケがわからない」という感想は、凄くもっともな感想で、それこそが、この世界に対して私達人間が常に思っている感想そのものだ。

今までこの地球に存在した全ての人が、同じ時間に存在して、その人達全員に、「今までのこと全部、冗談だったたってさ！」と言って、それを聞いたみんなが、同時にひっくり返って笑ったら、楽しいだろうなと思った。この小説を初めて読んだ当時も、今もそう思った。

「われわれがいったすべてのことを、われわれはいまでもやはりいいつづけているんだよ――これまでも、いまも、これからも、変わりなく」

この小説に出会った時から、二十年以上経った今、再び読み返した『タイタンの妖女』は、このセリフ通りに、そこに存在していた。

本書は、一九七七年十月にハヤカワ文庫ＳＦより刊行された『タイタンの妖女』の新装版です。

訳者略歴　1930年生，2010年没，1950年大阪外国語大学卒，英米文学翻訳家　訳書『デッドアイ・ディック』ヴォネガット，『輝くもの天より墜ち』ティプトリー・ジュニア，『高い城の男』ディック（以上早川書房刊）他多数

HM=Hayakawa Mystery
SF=Science Fiction
JA=Japanese Author
NV=Novel
NF=Nonfiction
FT=Fantasy

タイタンの妖女《ようじょ》

〈SF1700〉

二〇〇九年二月二十五日　発行
二〇二五年八月　十五　日　十九刷

（定価はカバーに表示してあります）

著者　カート・ヴォネガット・ジュニア
訳者　浅《あさ》倉《くら》久《ひさ》志《し》
発行者　早川　淳
発行所　株式会社　早川書房

郵便番号　一〇一 - 〇〇四六
東京都千代田区神田多町二ノ二
電話　〇三 - 三二五二 - 三一一一
振替　〇〇一六〇 - 三 - 四七七九九
https://www.hayakawa-online.co.jp

乱丁・落丁本は小社制作部宛お送り下さい。
送料小社負担にてお取りかえいたします。

印刷・信毎書籍印刷株式会社　製本・株式会社フォーネット社
Printed and bound in Japan
ISBN978-4-15-011700-9 C0197

本書は活字が大きく読みやすい〈トールサイズ〉です。